Georg Christoph Lichtenberg

Krokodile im Stadtgraben

Sudelsprüche und
Schmierbuchnotizen
Ausgewählt
und mit Zeichnungen
versehen von
Robert Gernhardt

Insel

Erste Auflage 1998

Satz: Hümmer GmbH, Waldbüttelbrunn
Druck: Nomos Verlagsgesellschaft, Baden-Baden
Printed in Germany

Krokodile im Stadtgraben
Sudelsprüche und Schmierbuchnotizen

Die Gesichter der Menschen sind oft bis zum Ekelhaften häßlich. Warum dieses? Vermutlich konnte die nötige Verschiedenheit der Gemüts-Arten nicht erhalten werden ohne eine solche Einrichtung; man kann dieses als eine Seelen-Charakteristik ansehen, welche zu lesen wir uns vielleicht mehr befleißigen sollten. Um einigen Grund in dieser schweren und weitläuftigen Wissenschaft zu legen müßte man, bei verschiednen Nationen, die größten Männer, die Gefängnisse und die Tollhäuser durchsehen, denn diese Fächer sind so zu reden die 3 Hauptfarben, durch deren Mischung gemeiniglich die übrigen entstehen.

Es ist schwer anzugeben, wie wir zu den Begriffen gekommen sind die wir jetzo besitzen, niemand, oder sehr wenige werden angeben können, wenn sie den Herrn v. Leibniz zum erstenmal haben nennen hören; weit schwerer aber wird es noch sein, anzugeben, wenn wir zum erstenmal zu dem Begriff gekommen, daß alle Menschen sterben müssen, wir erlangen ihn nicht so bald, als man wohl glauben sollte. So schwer ist es den Ursprung der Dinge anzugeben, die in uns selbst vorgehen, wie wird es erst alsdenn ergehen, wenn wir hierin [etwas] in Dingen außer uns zu Stande bringen wollen?

So wie das Ohr Verhältnisse mißt, so berechnet vielleicht die Zunge Flächen von Körpern.

Die größten Dinge in der Welt werden durch andere zuwege gebracht, die wir nichts achten, kleine Ursachen, die wir übersehen, und die sich endlich häufen.

Da alle Glieder der Tiere eine sehr weisliche Absicht ihres großen Schöpfers zeigen, so fragt sich warum die Menschen oft Gewächse, Glieder ohne eine Absicht, bekommen.

Die Esel haben die traurige Situation, worin sie jetzo in der Welt leben, vielleicht bloß dem witzigen Einfall eines losen Menschen zu danken, dieser ist Schuld, daß sie zum verächtlichsten Tier auf immer geworden sind und es auch bleiben werden, denn viele Eselstreiber gehen deswegen mit ihren Eleven so fürchterlich um, weil es Esel, nicht weil es träge und langsame Tiere sind.

Der Aberglauben gemeiner Leute rührt von ihrem frühen und allzu eifrigen Unterricht in der Religion her, sie hören von Geheimnissen, Wundern, Würkungen des Teufels, und halten es für sehr wahrscheinlich daß dergleichen Sachen überall in allen Dingen geschehen könnten. Hingegen wenn man ihnen erst die Natur selbst zeigte, so würden sie leichter das Übernatürliche und Geheimnisvolle der Religion mit Ehrfurcht betrachten, da sie hingegen jetzo dieses für etwas sehr Gemeines halten, so daß sie es für nichts Sonderliches halten, wenn ihnen jemand sagte, es wären heute 6 Engel über die Straße gegangen. Auch die Bilder in den Bibeln taugen nicht für Kinder.

Aus den Träumen der Menschen wenn sie dieselben gnau anzeigten, ließe sich vielleicht vieles auf ihren Charakter schließen. Es gehörte aber dazu nicht etwa einer sondern eine ziemliche Menge.

Am 4ten Julii 1765 lag ich an einem Tag, wo immer heller Himmel mit Wolken abwechselte, mit einem Buche auf dem Bette, so daß ich die Buchstaben ganz deutlich erkennen konnte, auf einmal drehte sich die Hand, worin ich das Buch hielt, unvermutet, ohne daß ich etwas verspürte, und weil dadurch mir einiges Licht entzogen wurde, so schloß ich es müßte eine dicke Wolke vor die Sonne getreten sein, und alles schien mir düster, da sich doch nichts von Licht in der Stube verloren hatte. So sind oft unsere Schlüsse beschaffen, wir suchen Gründe in der Ferne, die oft in uns selbst ganz nahe liegen.

Wir würden gewiß Menschen von sonderbarer Gemüts-Art kennen lernen, wenn die großen Striche, die jetzo Meer sind, bewohnt wären, und wenn vielleicht in einigen Jahrtausenden unser gegenwärtiges festes Land Meer und unsere Meere Länder sein werden, so werden ganz neue Sitten entstehen, über die wir uns jetzo sehr wundern sollten.

Die Speisen haben vermutlich einen sehr großen Einfluß auf den Zustand der Menschen, wie er jetzo ist, der Wein äußert seinen Einfluß mehr sichtbarlich, die Speisen tun es langsamer, aber vielleicht ebenso gewiß, wer weiß ob wir nicht einer gut gekochten Suppe die Luftpumpe und einer schlechten den Krieg oft zu verdanken haben. Es verdiente dieses eine gnauere Untersuchung. Allein wer weiß ob nicht der Himmel damit große Endzwecke erreicht, Untertanen treu erhält, Regierungen ändert und freie Staaten macht, und ob nicht die Speisen das tun was wir den Einfluß des Klima nennen.

Wenn ich bisweilen viel Kaffee getrunken hatte und daher über alles erschrak, so konnte ich ganz gnau merken, daß ich ehr erschrak ehe ich den Krach hörte, wir hören also gleichsam noch mit andern Werkzeugen, als mit den Ohren.

Eine Sprache, die allemal die Verwandtschaft der Dinge zugleich ausdrückte, wäre für den Staat nützlicher als Leibnizens Charakteristik. Ich meine solche wie zum Ex. Seelsorger statt Prediger, Dummkopf statt Stutzer, Wassertrinker statt Anakreontischer Dichter.

Diejenigen verba, welche die Leute täglich im Munde führen, sind in allen Sprachen die irregulärsten. Sum, Sono, ἐιμὶ, ich bin, Je suis, Jag är, I am.

Dante Alighieri nennt in seiner Komödie den Vergil mit vielem Respekt seinen Lehrer, und hat ihn, wie Herr Meinhard bemerkt, doch so schlecht genützt, eine deutliche Probe, daß man schon damals die Alten lobte ohne zu wissen warum, sie zu loben und andere Sachen tun, dieser Respekt gegen Dichter, die man nicht versteht und doch erreichen will, ist die Quelle unserer schlechten Schriften.

Wenn wir so vollständig sprechen könnten als wir empfinden, die Redner würden wenige Widerspenstige, und die Verliebten wenig Grausame finden. Unser ganzer Körper wünschet bei der Abreise eines geliebten Mädgens, daß sie dableiben mögte, kein Teil drückt es aber so deutlich aus als der Mund: wie soll er sich aber ausdrucken, daß man auch etwas von den Wünschen der übrigen Teile empfindet, gewiß das ist sehr schwer zu raten, wenn man noch nicht in dem Fall würklich ist, und noch schwerer wenn man nie darin war.

Um ein Stückgen Fleisch wieder in Erde zu verwandeln, damit es andern Vegetabilien oder Tieren nützen könne, läßt es die Natur nicht bloß durch eine Verwesung auflösen, sondern hat lieber andere kleine Kreaturen hervorgebracht, die es auffressen, sie hätte vielleicht dieses ohne diese Tiere erhalten können, allein es ist dadurch die Summe des Vergnügens in empfindenden Geschöpfen auf der Welt vermehret worden, und es läßt sich wahrscheinlich mutmaßen, daß allzeit das Vergnügen der empfinden[den] Substanzen in der Welt ein *Größtes* ist, so daß, wenn es bei einer Gattung wüchse, es bei andern abnehmen müßte.

Die wahre Bedeutung eines Wortes in unsrer Muttersprache zu verstehen bringen wir gewiß oft viele Jahre hin. Ich verstehe auch zugleich hiermit die Bedeutungen die ihm der Ton geben kann. Der Verstand eines Wortes wird uns um mich mathematisch auszudrücken durch eine Formul gegeben, worin der Ton die veränderliche und das Wort die beständige Größe ist. Hier eröffnet sich ein Weg die Sprachen unendlich zu bereichern ohne die Worte zu vermehren. Ich habe gefunden, daß die Redens-Art: *Es ist gut* auf fünferlei Art von uns ausgesprochen wird, und allemal mit einer andern Bedeutung, die freilich auch oft noch durch eine dritte veränderliche Größe nämlich: die Miene bestimmt wird.

Zu Dorlar einem Dorf an der Lahn nicht weit von Gießen haben fast alle Leute rote Haare.

Die sonderbare Empfindung, die ich habe, wenn ich mit einem spitzigen Instrument gegen die Augen zu fahre?

Jedermann gesteht, daß schmutzige Historien, die man selbst aufsetzet, lange nicht die gefährliche Würkung auf uns tun, als die von Fremden.

Die Einrichtung unserer Natur ist so weise, daß uns so wohl vergangener Schmerz, als vergangene Wollust Vergnügen erweckt; da wir nun ferner eher eine zukünftige Wollust voraussehen als einen zukünftigen Schmerz, so sehen wir daß wirklich nicht einmal die traurige und angenehme Empfindung in der Welt gleich verteilt sind, sondern daß würklich auf Seiten des Vergnügens *ein Größeres* statt findet.

Ein Narr, der sich einbildet, ein Fürst zu sein, ist von dem Fürsten der es in der Tat ist durch nichts unterschieden, als daß jener ein negativer Fürst, und dieser ein negativer Narr ist, ohne Zeichen betrachtet sind sie gleich.

Kein Fürst wird jemals den Wert eines Mannes durch seine Gunst bestimmen, denn es ist ein Schluß, der nicht auf eine einzige Erfahrung etwa gegründet ist, daß ein Regent meistens ein schlechter Mann ist. Der in Frankreich backt Pasteten und betrügt ehrliche Mädgen, der König von Spanien haut unter Pauken und Trompeten Hasen in Stücken, der letzte König in Polen der Kurfürst von Sachsen war schoß seinem Hofnarren mit dem Blasrohr nach dem Arsch, der Fürst von Löwenstein beklagt bei einem großen Brand nichts als seinen Sattel, der Landgraf von Kassel fährt einer Tänzerin zu Gefallen in der Suite eines Fürsten der nicht viel mehr ist als er und wird durch die erbärmlichsten Leute betrogen, der Herzog von Württemberg ist ein Wahnsinniger, der König von Engelland macht... ....Engelländerin P...., der Fürst von Weilburg badet sich öffentlich in der Lahn; die meisten übrigen Beherrscher dieser Welt sind Tambours, Fouriers, Jäger. Und dieses sind die Obersten unter den Menschen; wie kann es denn in der Welt nur erträglich hergehen; was helfen die Einleitungen ins Kommerzien-Wesen, die arts de s'enrichir par l'agriculture, die Hausväter, wenn ein Narr der Herr von allen ist, der keine Oberen erkennt, als seine Dummheit, seine Caprice, seine Huren und seinen Kammer-Diener, o wenn doch die Welt einmal erwachte, und wenn auch drei Millionen am Galgen stürben, so würden doch vielleicht 50 bis 80 Millionen dadurch glücklich; so sprach einst ein Peruquenmacher in Landau auf der Herberge, man hielt ihn aber mit Recht für völlig verrückt, er wurde ergriffen, und von einem Unteroffizier noch ehe er in Verhaft gebracht wurde mit dem Stock todgeschlagen, der Unteroffizier verlor den Kopf.

Es kann ohnstreitig Kreaturen geben, deren Organe so fein sind, daß sie nicht im Stande sind durch einen Lichtstrahl durchzugreifen, so wie wir nicht durch einen Stein durchgreifen können, weil unsere Hände eher zerstört werden würden.

Ich habe schon auf Schulen Gedanken vom Selbstmord gehegt, die den gemein angenommenen in der Welt schnurstracks entgegen liefen, und erinnere mich, daß ich einmal lateinisch für den Selbstmord disputierte und ihn zu verteidigen suchte. Ich muß aber gestehen, daß die innere Überzeugung von der Billigkeit einer Sache (wie dieses aufmerksame Leser werden gefunden haben) oft ihren letzten Grund in etwas Dunklem hat, dessen Aufklärung äußerst schwer ist, oder wenigstens scheint, weil eben der Widerspruch, den wir zwischen dem klar ausgedruckten Satz und unserm undeutlichen Gefühl bemerken, uns glauben macht wir haben den rechten noch nicht gefunden. Im August 1769 und in den folgenden Monaten habe ich mehr an den Selbst-Mord gedacht als jemals vorher, und allezeit habe ich bei mir befunden, daß ein Mensch bei dem der Trieb zur Selbst-Erhaltung so geschwächt worden ist, daß er so leicht überwältigt werden kann, sich ohne Schuld ermorden könne. Ist ein Fehler begangen worden, so liegt er viel weiter zurück. Bei mir ist eine vielleicht zu lebhafte Vorstellung des Todes, seines Anfangs und wie leicht er an sich ist schuld daß ich vom Selbstmord so denke. Alle die mich nur aus etwas größeren Gesellschaften und nicht aus einem Umgang zu zweit kennen werden sich wundern, daß ich so etwas sagen kann. Allein Herr Ljungberg weiß es, daß es eine von meinen Lieblings-Vorstellung[en] ist mir den Tod zu gedenken, und daß mich dieser Gedanke zuweilen so einnehmen kann, daß ich mehr zu fühlen als zu denken scheine und halbe Stunden mir wie Minuten vorübergehn. Es ist dieses keine dickblütige Selbst-Kreuzigung, welcher ich wider meinen Willen nachhinge, sondern eine geistige Wollust für mich, die ich wider meinen Willen sparsam genieße, weil ich zuweilen fürchte, jene melancholische nachteulenmäßige Betrachtungsliebe möchte daraus entstehen.

Es donnert, *heult*, *brüllt*, zischt, pfeift, braust, saust, summet, brummet, rumpelt, *quäkt*, *ächzt*, *singt*, rappelt, prasselt, knallt, rasselt, knistert, klappert, *knurret*, poltert, *winselt*, *wimmert*, rauscht, *murmelt*, kracht, *gluckset*, *röcheln*, klingelt, *bläset*, *schnarcht*, klatscht, *lispeln*, *keuchen*, es kocht, schreien, weinen, schluchzen, krächzen, stottern, lallen, girren, hauchen, klirren, blöken, wiehern, schnarren, scharren, sprudeln. Diese Wörter und noch andere, welche Töne ausdrücken, sind nicht bloße Zeichen, sondern eine Art von Bilderschrift für das Ohr.

Den Männern in der Welt haben wir so viel seltsame Erfindung[en] in der Dichtkunst zu danken, die alle ihren Grund in dem Erzeugungstrieb haben, alle die Ideale von Mädchen und dergleichen. Es ist schade, daß die feurigen Mädchen nicht von den schönen Jünglingen schreiben dürfen wie sie wohl könnten, wenn es erlaubt wäre. So ist die männliche Schönheit noch nicht von denjenigen Händen gezeichnet, die sie allein recht mit Feuer zeichnen könnten. Es ist wahrscheinlich, daß das Geistiche, was ein paar bezauberte Augen in einem Körper erblicken, der sie bezaubert hat, ganz von einer andern Art sich den Mädchen in männlichen Körpern zeigt, als es sich dem Jüngling in weiblichen Körpern entdeckt.

Aus einer Menge von unordentlichen Strichen bildet man sich leicht eine Gegend, aber aus unordentlichen Tönen keine Musik.

Wenn er seinen Verstand gebrauchen sollte, so war es ihm als wenn jemand, der beständig seine rechte Hand gebraucht hat, etwas mit der linken tun soll.

Er hatte zu nichts Appetit und aß doch von allem.

Der Pöbel wünscht sich Gold und Chargen und würde sich betrogen finden wenn er sie hätte. Unter den Großen ist es nun auch Mode geworden, die Quelle und den Strohsack dem Bauern zu beneiden, mancher würde sich auch in diesem Zustand betrogen finden. Der Dichter versteht aber ein Ideal wird man sagen, wer weiß aber ob nicht der Bauer sich den Zustand des Großen auch idealisiert.

Mich dünkt immer die ganz schlechten Schriftsteller sollte man immer in den gelehrten Zeitungen ungeahndet lassen, die gelehrten Zeitungsschreiber verfallen in den Fehler der Indianer die den Orang Outang für ihres gleichen, und seine natürliche Stummheit für einen Eigensinn halten, von welchem sie ihn durch häufige Prügel vergeblich abzubringen suchen.

Er schreibt noch sehr bitter, Herr Klotz muß ihn erst ein bißgen umrühren bis der Zucker in ihm schmelzt.

Es gibt eine gewisse Art von Büchern, und wir haben in Deutschland eine große Menge, die nicht vom Lesen abschrecken, nicht plötzlich einschläfern, oder mürrisch machen, aber in Zeit von einer Stunde den Geist in eine gewisse Mattigkeit versetzen, die zu allen Zeiten einige Ähnlichkeit mit derjenigen hat, die man einige Stunden vor einem Gewitter verspürt. Legt man das Buch weg, so fühlt man sich zu nichts aufgelegt, fängt man an zu schreiben, so schreibt man eben so, selbst gute Schriften scheinen diese laue Geschmacklosigkeit anzunehmen, wenn man sie zu lesen anfängt. Ich weiß aus eigener Erfahrung, daß gegen diesen traurigen Zustand nichts geschwinder hilft als eine Tasse Kaffee mit einer Pfeife Varinas.

Winckelmann, Hagedorn und Lessing haben unsern deutschen Kritikern einen ganz neuen Geist mitgeteilt, ehmals sagte man von einem schlechten Kupferstich, der Kupferstich ist schlecht, jetzt haben die Beurteilungen mehr Feuer. Von einer Cœur-Dame werden sie so urteilen. Das Gesicht hat zu viel Lokales, die Augen haben von den Augen der Juno, die der Kartenmacher sich zu erreichen gesucht hat, nichts als die Größe, nichts von dem stillen Feuer, das den Paris wanken machte, nichts von dem Himmel in ihnen der sich mit [ihnen] auf und mit ihnen zuschließt. So idealisch auch der Mund scheint, so französisch sind die Locken, sie spielen nicht neidisch um die volle Wange, sondern mit reicher Pomade in eine gewisse Stellung gesteift scheinen sie wenig bekümmert zu sein ob sie zu viel oder zu wenig verbergen. In ihrem Wuchs ist nichts griechisch, dem Serer könnte sie gefallen, man vermißt mit Unwillen die schlanke Biegung des Körpers, die uns dadurch daß sie das Gesicht wegzieht den warmen elastischen Busen anzubieten scheint. Die Hände sind wie von der englischen Krankheit verdreht und scheinen angesetzt. Das Kolorit ist das Kolorit eines schlechten Malers der auf frischen Gips malt und der um einer Stelle sanften Schmelz mitzuteilen 7 andere ganz abgeschnitten sitzen läßt. Kurz in der ganzen Cœur-Dame finden wir auch nicht die flüchtigste Spur des Genies, das durch einen einzigen Zug uns nötigt Leinewand für unseren Nächsten zu halten, seinem stummen Seufzer uns entgegen zu erbarmen, und bei seinen gemalten Tränen das höchste Geschenk des gefühlvollen Menschen, lebendige Tränen, zu weinen.

Der Pöbel ruiniert sich durch das Fleisch das wider den Geist, und der Gelehrte durch den Geist dem zu sehr wider den Leib gelüstet.

Er war was man in allen Ländern zwischen dem Rhein und der Donau eine *gute Haut* nennt.

Man folgert vielleicht zu geschwind aus der weisen Einrichtung in den Kunsttrieben der Tiere ein *höchst* weises Wesen, es darf nur weiser sein als wir.

Jedermann sollte wenigstens so viel Philosophie und schöne Wissenschaften studieren als nötig ist um sich die Wollust angenehmer zu machen. Merkten sich dieses unsere Landjunker, Hof-Kavalier, Grafen und andere, sie würden oft über die Würkung eines Buchs erstaunen. Sie würden kaum glauben wie sehr Wieland den Champagner erhöhet, seine häufige Rosenfarbe, sein Silberflor, seine leinenen Nebel würden ihnen selbst den Genuß eines guten elastischen Dorf-Mädgens mehr sublimieren.

Herr Riedel hat die Kunst sich zu beobachten in einem hohen Grad, Bewegungen und Empfindungen abzuzeichnen, die jedermann in sich bemerken könnte, wenn er wollte, sie aber erst in der Zeichnung erkennt, dann mit sich zusammenhält, nicht selten ohne Bewunderung über die Weltkenntnis dessen der die Entdeckung gemacht. Ich verspreche Deutschland gute Schriftsteller, wenn es mir wieder versprechen will, mehr solche Beobachter zu ziehen.

Südostwärts von Herrn Grätzels Mühl
Am Wege, der da heißt Kaßpühl,
Da liegt ein schön gepflastert Städtgen
Von dem man hat ein ganz Traktätgen.
Da sieht man stets Jahr aus Jahr ein
Bei Regen und bei Sonnen-Schein
Auf breiten Steinen und in Buden,
An Musen-Söhnen und bei Juden,
Steinschnallen, Ringe, goldne Borten,
Gekaufte und geborgte Sorten;
Kurz sylphisch ausstaffierte Menschen
Mit allem was ein Mädgen nennt schön.
Dies Völkgen, das sich öfters umbrächt',
Wär kein Prorektor und kein Gumprecht,
Von dem man vieles hört und liest
Was lieblich klingt und doch nicht wahr ist,
Von dem will ich nun Taten singen

Die wahr sind, und nicht lieblich klingen.
Dazu Johann, bring mir Tobak, Pfeif'
Und Bier und meines Butlers Sack-Pfeif'.
Und soll die Wahrheit ja was anziehn,
So seis der Wams vom Harlekin.

Gott schuf den Weibern die Haare lang und um die Schultern hängend, aber ein Perüquenmacher fand für gut dieses zu ändern, und sie hinaufzukämmen.

Er pflegte seine obern [und] untern Seelenkräfte das Ober- und Unterhaus zu nennen, und sehr oft ließ das erstere eine Bill passieren, die das letztere verwarf.

Unsere Kunstkammern sind alle voll von elfenbeinernen Bechern, ein Beweis von der Favorit-Neigung unserer lieben Voreltern, ein Stück Elfenbein woraus der Grieche einen Apoll geschnitzt hätte schnitten sie zum Becher hohl.

Ich beneide sehr wenige Menschen, etwa Wielanden, Sternen, den Horaz, Kästnern und wenn ich etwas Wein getrunken habe den Herrn Gleim. Ja wenn ich Wein getrunken habe, da sehe ich schon in der Zeit, da *ich* dem Bedienten das Geld für die Bouteille gab, wie der Seligen einer in dieses Jammertal zurück. Wenn uns Sterne doch die Naturgeschichte des Rausches, so wie ihn der Dichter, der Philosoph und der Liebhaber betrachtet, beschrieben hätte! Es sind wenig Dinge in der Welt, die eines Philosophen so würdig sind, als die Flasche, die cum spe divite durch die Gurgel eines Liebhabers oder eines Dichters fließt. Spes dives, der Theolog trinkt und ein Thema zur Predigt wird nun zur Pfründe, er umarmt das Mädgen, das nur noch eine Seele zu seiner künftigen Besoldung auf die Empfängnis des Körpers wartet, der Jurist zieht sein Burgunder ein und Hasser werden nun zu Brod, Fähigkeiten und Titular-Geschicklichkeiten zu würklichen Ambassaden. O jenseit der Bouteille wie viel ist nicht da. Gebraucht es, Menschen, als Philosophen und lernt erkennen was Wein ist. Wie sich verhält tierischer Genuß zum platonischen – – – Genuß, so der Rausch des Fuhrmanns und des Tambours zu einer Verfassung, die vor dem unplatonischen Rausch vorhergeht, als die feine Liebe vor dem noch zweifelhaften Genuß, und für welche ich nun kein Wort wagen will.

In dem Hause, wo ich wohnte, hatte ich den Klang und die Stimmung jeder Stufe einer alten hölzernen Treppe gelernt, und zugleich den Takt, in welchem sie jeder meiner Freunde, der zu mir wollte, schlug, und, ich muß gestehen, ich bebte allemal, wenn sie von einem Paar Füßen in einem mir unbekannten Ton heraufgespielt wurden.

Charakter einer mir bekannten Person.

Ihr Körper ist so beschaffen, daß ihn auch ein schlechter Zeichner im Dunkeln besser zeichnen würde, und stünde es in ihrem Vermögen, ihn zu ändern, so würde sie manchen Teilen weniger Relief geben. Mit seiner Gesundheit ist dieser Mensch, ohnerachtet sie nicht die beste ist, doch noch immer so ziemlich zufrieden gewesen, er hat die Gabe, sich gesunde Tage zu Nutze zu machen, in einem hohen Grade. Seine Einbildungskraft, seine treuste Gefährtin verläßt ihn alsdann nie, er steht hinter dem Fenster den Kopf zwischen die zwo Hände gestützt, und wenn der Vorbeigehende nichts als den melancholischen Kopfhenker sieht, so tut er sich oft das stille Bekenntnis, daß er im Vergnügen wieder ausgeschweift hat. Er hat nur wenige Freunde, eigentlich ist sein Herz nur immer für einen Gegenwärtigen, aber für mehrere Abwesende offen, seine Gefälligkeit macht daß viele glauben er sei ihr Freund, er dient ihnen auch aus Ehrgeiz, Menschenliebe, aber nicht aus dem Trieb der ihn zum Dienst seiner eigentlichen Freunde treibt. Geliebt hat er nur ein oder zweimal, das einemal nicht unglücklich, das anderemal aber glücklich, er gewann *bloß* durch Munterkeit und Leichtsinn ein gutes Herz, worüber er nun oft beide vergißt, wird aber Munterkeit und Leichtsinn beständig als Eigenschaften seiner Seele verehren, die ihm die vergnügtesten Stunden seines Lebens verschafft haben, und könnte er sich noch ein Leben und noch eine Seele wählen, so wüßte ich nicht ob er andere wählen würde, wenn er die seinigen noch einmal wieder haben könnte. Von der Religion hat er als Knabe schon sehr frei gedacht, nie aber eine Ehre darin gesucht ein Freigeist zu sein, aber auch keine darin, alles ohne Ausnahme zu glauben. Er kann mit Inbrunst beten und hat nie den 90ten Psalm ohne ein erhabenes, unbeschreibliches Gefühl lesen können. *Ehe denn die Berge worden* pp ist für ihn unendlich mehr als: *Sing unsterbliche Seele* pp. Er weiß nicht was er mehr haßt, junge Offiziers oder junge Prediger, mit keinen von beiden könnte er lange leben. Für Assembleen sind sein Körper und seine Kleider *selten* gut, und seine Gesinnungen selten.... genug gewesen. Höher als drei Gerichte des Mittags und zwei des Abends mit etwas Wein, und niedriger als täglich Kartuffeln, Äpfel, Brod und auch etwas Wein, hofft er nie zu kommen, in beiden Fällen würde er unglücklich sein, er ist noch allzeit krank geworden, wenn er einige Tage außer diesen Grenzen gelebt hat. Lesen und Schreiben ist für ihn so nötig als Essen und Trinken, er hofft es wird ihm nie an Büchern fehlen. An den Tod denkt er sehr oft und nie mit Abscheu, er wünscht daß er an alles mit so vieler Gelassenheit denken könnte, und hofft sein Schöpfer wird dereinst sanft ein Leben von ihm abfordern, von dem er zwar kein allzu ökonomischer, aber doch kein ruchloser Besitzer war.

Schreiben an Herrn Ljungberg
von Herrn S. im Rausch geschrieben.

Mein lieber Freund, mehr habe ich wohl noch nie an einen Freund geschrieben als ich jetzo an dich schreibe. Und was denn? Die Beschreibung einer der schönsten Kreaturen, die für uns vielleicht gelebt hat. Bedenke der schönsten! das ist viel gesagt, aber ich kenne dich, und das macht mich so zuverlässig. Stelle dir ein Mädgen vor, nicht sehr reich, aber doch für ihren Stand wohlhaben, gutherzig und die jedermanns Vergnügen wünscht und vielleicht (ich getraue kaum diese Zeile zu schreiben) auch gern *befördert* und es zuverlässig befördern *kann*. Nicht sehr groß, mehr fleischigt als fett, gewachsen wie, wie – – – wie das schönste Mädgen gewachsen sein muß, wie ein Bogen, wo aber die konvexe Seite Brust, Bauch und Schenkel werden. Zart, Bescheidenheit und alle Tugenden in dem feinen Gesicht, Gutherzigkeit, Geschmack, Schätzerin von Munterkeit und liebenswürdigem Leichtsinn. Ihr Busen – O! Ljungberg, Ljungberg, wie viel, wie viel war da. Menschliche Wollust, das höchste Werk des Vollkommenheit suchenden Himmels. Wollust, du kennst dieses Wort in unserer Bedeutung, in unserer gefühlvollen Bedeutung, diese wohnte auf ihr. Verständlich sind diese Zeilen für uns, Nonsense vielleicht für alles übrige was lebt. Ihre Sprache! Engel, sprecht so, ich bin fromm, ich bin gottselig, ich bin Engel. Ihr Kuß, zu hoch sind meine Empfindungen nun gestimmt als daß irdische Worte – – – Nonsense der Entzückung, Nonsense Nonsense gedacht, gefühlt ist besser als gesprochen, Himmel gefühlt ist ausgedruckt Nonsense Nonsense. Schweigt oder lernt besser Deutsch. Kein Deutsch für diese Empfindungen, kein Deutsch. Gottsched, was bist du, Riedel Kästner Wieland, Rosenfarb und Silber, Amen!*

Der Mann zu sein, der so absolut in Deutschland herrschen könnte wie ich auf meinem Schreibtische, wünsche ich mir nie, ich würde gewiß nur Dintenfässer umwerfen, und durch Aufräumen die Sachen nur noch mehr verwirren.

Die alten Schriftsteller sind nun durch so viele Jahrhunderte durchgesichtet worden, wie viele unserer großen Autoren wird schon 18.. mit dem Wirrstroh wegwerfen.

* gerast gegen Ende des Februars 1769 da der Saft anfing in die Bäume zu steigen. Viel Nonsense was im Rausch Vernunft zu sein schien.

Ich verstehe von Musik wenig, spiele gar kein Instrument, außer daß ich gut pfeifen kann. Hiervon habe ich schon mehr Nutzen gezogen, als viele andere von ihren Arien auf der Flöte und auf dem Clavecin. Ich würde es vergeblich versuchen mit Worten auszudrücken, was ich empfinde wenn ich an einem stillen Abend *In allen meinen Taten* recht gut pfeife und mir den Text dazu denke, ich singe nicht gerne alleine. Wenn ich an die Zeile komme *hast du es denn beschlossen* pp, was fühle ich da oft für Mut, neues Feuer in Menge, was für Vertrauen auf Gott, ich wollte mich in die See stürzen und mit meinem Glauben nicht ertrinken, mit dem Bewußtsein einer einzigen Guttat eine Welt nicht fürchten. Spüre ich einen Hang zum Scherzhaften, so pfeife ich: Sollt auch ich durch Gram und Leid, oder When you meet a tender creature pp.

In der Komödie suchte er bei jedem ihm lächerlich scheinenden Zug immer mit den Augen jemanden, der mit ihm lachen mögte, wenn ich dieses gewahr wurde, so kam ich ihm nie zu Hülfe, sondern sahe unverwandt auf die Seite zu.

Es ist lächerlich zu behaupten, daß man zuweilen zu gar nichts recht aufgelegt sei, ich glaube der Augenblick da man sich stark genug fühlt einen Haupttrieb, nämlich den Trieb zur Wirksamkeit und zum Handeln zu unterdrücken, dieses ist der Augenblick da man vielleicht geschickt wäre, die seltsamsten und größesten Dinge zu unternehmen. Es ist dieses eine Art von Entgeisterung worin die Seele eben so viel ungewöhnlich Kleines sieht, als in jenen Begeisterungen ungewöhnlich Großes, und wie diese letztere Art Zustand mit jenen verwegenen Aussichten der Astronomen verglichen werden kann, so läßt sich hingegen die erstere mit den Bemühungen eines Leeuwenhoek zusammenhalten.

Der Mensch kommt unter allen Tieren in der Welt dem Affen am nächsten.

Das Ding von dessen Augen und Ohren wir nichts und von dessen Nase und Kopf wir nur sehr wenig sehen, kurz unser Körper.

Von der so genannten großen Tour wie es die Engelländer nennen hatte er das Stück von Manheim nach Francfort etlichemal zu Fuß gemacht.

Das Nachahmen ist allezeit wie mich dünkt eine sehr kützliche Sache, denn entweder zeigt meine Denkungs-Art nach Norden und mein Original auch, gut so kommen wir etwas geschwinder dahin, wo wir allein vielleicht später hingekommen wären, oder ich nach Osten und das Original nach Nord, da wird das ganze Ding, das wir zusammen herausbringen, ein unkardinalisches nordöstliches Mittel-Ding, oder ich zeige nach Süden und mein Original nach Nord, ja lieber Gott da stehen wir wohl gar still und kommen nicht vom Fleck.

Damals fing sich etwas von der Leidenschaft in ihm an zu regen, die wir gewöhnlich nicht lange vorher, ehe wir uns zum erstenmal rasieren lassen, schon verspürt haben. Von Anfang war es ein Ding, das gar keine Richtung hatte, und er konnte nichts bemerken, als daß seine gewöhnlichen Begierden nicht so wohl besänftigt, als von etwas wenigstens eben so stark nicht mehr dahin sondern dorthin gezogen wurden, ein ärgerliches Gleichgewicht, man schüttelt und rüttelt und weiß nicht warum, nur um nicht still zu stehen, und wieder etwas anderem Überwucht zu geben, ein seltsamer Zustand durch den wir Männer alle müssen, und ihr Mädgen, ja das weiß ich nicht. Glücklich ist der geschwind dadurch kommt oder schon vorher eine klare Einbildungskraft durch eine wohltätige Erziehung erhalten hat, daß dieser süße Tumult in der Seele ihm nichts als schöne Hoffnungen eingibt, und ihn über einen bezauberten Boden endlich zu der schönen Kreatur hinführt und entzückende Gewißheit mit reizender Ungewißheit vertauschet.

Es gibt zwei Wege das Leben zu verlängern, erstlich daß man die beiden Punkte geboren und gestorben weiter von einander bringt und also den Weg länger macht, diesen Weg länger zu machen hat man so viele Maschinen und Dinge erfunden, daß man wenn man sie allein sähe unmöglich glauben könnte, daß sie dazu dienen könnten einen Weg länger zu machen, in diesem Fache haben einige unter den Ärzten sehr viel geleistet. Die andere Art ist, daß man langsamer geht und die beiden Punkte stehen läßt, wo Gott will, und dieses gehört für die Philosophen, diese haben nun gefunden, daß es am besten ist daß man zugleich botanisieren geht, zickzack, hier versucht über einen Graben zu springen und dann wieder herüber, wo es rein ist, und es niemand sieht, einen Purzelbaum wagt und so fort.

In dem Satz 2 mal 2 ist 4 oder $2 \cdot 2 = 4$ liegt würklich schon etwas von der Parallaxe der Sonne, oder von der pomeranzenförmigen Gestalt der Erde.

Nur immer ein Buch herauszugeben wenn man etwas Rundes zu sagen hat ist menschlicher Stolz, gibt es denn nicht noch mehr Figuren als die Ründe die alle auch schön sind, die Schlangen-Linie halte ich für ein Buch für die dienlichste und ich hatte schon in dieser Linie geschrieben ehe ich wußte daß Hogarth etwas über dieselbe geschrieben hatte, oder ehe Tristram Shandy seine Manier *en Ziczac* oder *Ziczac à double Ziczac* bekannt machte, so ohngefähr:

Der Trieb zum Bücherschreiben, der gemeiniglich wie ein andrer eben so starker in die Zeit des ersten Barts fällt, hat sich bei mir etwas früher eingestellt, mein erstes Jucken, wenn ich vom ersten Vers der Messiade zu zählen anfange, fiel in das 6te Jahr des deutschen Hexameters und ohngefähr in das 14te wenn ich mit meiner Geburt anfange. Es ist dieses eine etwas kützliche Zeit und Eltern und Lehrer haben gnau acht zu geben auf ihre Kinder. Ich will daher beschreiben was ich in mir fühlte, man wird leicht erachten können wie jemand aussehen muß, der dieses fühlt. Ich fand die Sprache in unserer Familie etwas zu plan, ich vermißte hier und da die Beiwörter und fühlte mich so voll wenn ich welche fand, zumal die ich selbst gemacht hatte pp.

E*inteilung.* Ich teile mir das Publikum so ein, Leute die gar keine Besoldung und auch keine fixe Einnahmen haben, arme Teufel, Leute die unter 5 hundert Taler Besoldung oder bestimmte Einnahmen haben, Leute die über 5 hundert Taler haben, Leute die in die Tausende kommen, oder von Consequence sind. Dieses sind die 4 Klassen in der natürlichen Ordnung, wo die 4. die größte ist. Ich deklariere also feierlichst im Angesicht dieser Messe, daß ich nie etwas in meinen Schriften gegen die 4te Klasse, ja nicht einmal gegen die 3te geredet oder gedacht habe, sondern daß ich auch niemals etwas weder reden noch denken werde was dieser ehrwürdigen Klasse entgegenlaufen könne. Die 2te Klasse versichere ich meiner Freundschaft als Mitgenossen, allein die erste Klasse! Sehet da das Feld für einen deutschen Satyrenschreiber, unübersehbar; arme Teufel gibt es überall, und wird vermutlich welche geben so lange die Welt stehen wird.

Alles wird uns schön was einige Relation auf sinnliche Liebe hat, in den Stunden da der tierische Affekt selbst schläft, und unsere übrigen sinnlichen Werkzeuge einer Seele gegenüberstehen, die voll von dem Gedanken eines vergangenen Vergnügens und eines künftigen nach Belieben würklichen ist. Wir sehen alsdann vieles was wir nicht würden gesehen haben. Wir haben die armen Knaben nicht mehr lieb wie die Griechen, wenn unsere neuere Zeiten ein schönes Stück in der Bildhauerkunst liefern, so muß es ein Mädgen sein. Der christliche

Künstler findet die Schönheit nicht, und wenn er sie fände und anbrächte, so erkennt sie der Anschauer wieder nicht.
d. 2ten Mai. 1769.

Ich gehe zuweilen in 8 Tagen nicht aus dem Hause und lebe sehr vergnügt, ein eben so langer Hausarrest auf Befehl würde mich in eine Krankheit werfen. Wo Freiheit zu denken ist, da bewegt man sich mit einer Leichtigkeit in seinem Zirkel, wo Gedanken-Zwang ist, da kommen auch die erlaubten mit einer scheuen Miene hervor.

Ich weiß nicht woher es kommt, aber das Wort *Jonisch* drückt bei mir sehr viel mehr aus als im Lexikon steht.

Mein Leben hat nie höher gestanden als im August 1765 und im Februar 1766, Einen Sommer und einen Winter genug für mich, ich werde diese Zeit allzeit für den Mittel-Punkt der Vergnügungen meines Lebens ansehen.

Trinken, wenn es nicht vor dem fünf und dreißigsten Jahre geschieht, ist nicht so sehr zu tadlen, als sich viele von meinen Lesern vorstellen werden. Dieses ist ohngefähr die Zeit, da der Mensch aus den Irrgängen seines Lebens heraus auf die Ebene tritt in welcher er seine künftige Bahn von nun an offen vor sich hinlaufen sieht. Es ist betrübt, wenn er alsdann erst sieht daß es die rechte nicht ist, eine andre zu suchen, wenn er nicht sehr gut zu Fuß ist, ist gemeiniglich zu spät. Ist diese Entdekkung mit einer Unruhe verknüpft, so hat man durch die Erfahrung befunden, daß der Wein zuweilen Wunder tut, fünf bis sechs Gläser oder bis an die Spes dives des Horaz getrunken, gibt nun dem Menschen die Lage die er verfehlt hat, das Gesinnungen-System findet alles Äußere mit seinem angenehmsten Stande harmonisch, wo Prospekte verbaut sind, da reißt die Seele ein, und überall schafft sie sich die schönsten Perspektive, von dem reinsten rosenfarbenen Licht erhellt, oder dem erquikkendsten Grün das nur ein Auge zur Stärkung und eine Seele zur angenehmsten Füllung verlangen kann.

Einen einzigen Abend in einer Laube im Genuß seiner eigenen Empfindung, wie es Wieland nennt, zuzubringen, war für ihn das Beste und Höchste, darnach schätzte er die Größe und das Glück der Menschen, damit wog er Taten auf wovon das Gerücht durch Jahrtausende durchhallt.

Er und sein Bedienter waren so einig, einer dependierte so vom andern daß man sie ein 4füßigtes Tier nennen konnte. Der verheiratete 4füßigte Mensch.

Wir wundern uns zuweilen über die indianische Völker, die sich Briefe in Knoten schicken, unsere Buchstaben sind nichts als Knoten von Linien, welche, wie man aus der Schattierung erkennt, gewisse Bänder machen.

Er mußte etwas zu spielen haben, hätte ich ihn keine Vögel halten lassen, so hätte er Maitressen gehalten.

Man soll sehr gut schießen, wenn man etwas getrunken, sehet da die Verwandtschaft zwischen Schützenkunst und Poesie.

Er hörte immer lieber einen Papagei sprechen als einen Professor und nächst Sinngedichten, die nicht sehr schwer waren, hörte er am liebsten Kanarien-Vögel. Die Graunische Passion hatte nicht so viel Reize für ihn als: *Straf mich nicht in deinem Zorn* pp wenn es von einem Finken gepfiffen wurde. In der Poesie hat er den falsch zärtlichen Geschmack, der heutzutage mehr junge Genies hinreißt, als die Pocken Kinder, und wenn er geheilt wird nicht selten Narben zurückläßt; eine wahre Dörrsucht der Seele, die gemeiniglich den Patienten endlich zu dem macht was er selbst den Vertrauten der Grazien, und der vernünftige Mann einen Gecken nennt.

Ein Deutscher, der eben aus Paris kam und nun wieder in seinem Städtgen aus dem Fenster sah, wo es sehr still war, fragte in der Hitze Mon Dieu, est ce qu'il n'y a point de bruit ici?

Ihr Unterrock war rot und blau sehr breit gestreift und sah aus, als wenn er aus einem Theater-Vorhang gemacht wäre. Ich hätte für den ersten Platz viel gegeben, aber es wurde nicht gespielt.

Man muß keinem Menschen trauen, der bei seinen Versicherungen die Hand auf das Herz legt.

Leute werden oft Gelehrte so wie manche Soldaten werden, bloß weil sie zu keinem andern Stand taugen, ihre rechte Hand muß ihnen Brod schaffen, sie legen sich, kann man sagen, wie die Bären im Winter hin und saugen aus der Tatze.

To be or not to be – Toby or not Toby, that is the question?

Jedermann kennt das Vergnügen und die angenehme Sicherheit mit welcher man in neuen Strümpfen ausgeht, wenn die vorhergehenden schon öfters geflickt worden, und dennoch zuweilen die Aufmerksamkeit der Leute durch ein Loch auf sich gezogen haben.

Aber der Herr P. kann recht trinken, sagte neulich jemand zu mir, erst zwo Bouteillen Wein und dann 12 Gläser Punsch. Was will er damit? Wenn ich ihn anders recht verstehe, so dünkt mich ich könnte alles viel geschwinder tun, was Herr P... tut, wenn ich mir eine Pistole vor den Kopf schösse.

Ich weiß in der Tat nicht warum dieser Mensch noch fortlebt in der Welt, keine von den Eigenschaften, die er jetzo besitzt, darf [er] auf einen höheren Grad der Vollkommenheit bringen, eine jede würde sich im Galgen endigen.

Man lese nicht viel und nur das Beste, langsam, und befrage sich alle Schritte, warum glaube ich dieses? folgt es aus meinem übrigen Gedanken-System, oder ist es nur aus Trägheit zur Untersuchung durch Vorurteil, fides implicita und dergleichen daran angeplackt worden, hat sich einmal ein solcher Klumpe angehängt und man fängt an darauf zu bauen, so reißt öfters alles ab und dann wird eine Menge guter Sachen zuweilen unbrauchbar, und die Mühe ist doppelt sie an das eigentliche System schicklich so anzusetzen daß sie anschlagen.

Ohne meine innere Überzeugung würde alle Ehre, Glück und Beifall der Welt mich nicht vergnügt machen können, und wenn ich meiner Überzeugung nach es bin, so kann das Urteil einer ganzen Welt mich nicht in diesem Genuß stören. Es ist einer mit von den Gala-Gedanken mittelmäßiger Schriftsteller geworden, den Bettler vor dem König glücklich zu preisen. Es ärgert mich nur, daß ihn so viele Leute sagen, deren Eigentum er nicht ist, er ist aber würklich gegründet, ich glaube, daß es im Krankenbette oft besser zugeht als am ersten Platz der königlichen Tafel. Ich habe wenigstens in einer kleinen Kammer als Kranker im Bette zuweilen Augenblicke gehabt, die ich den glücklichsten meines übrigen Lebens ohne Scheu gleichsetze; traurige auch, das versteht sich, aber auch eben so traurige bei vollkommener Gesundheit außer dem Bette.

Als die Polizei-Jäger in Göttingen einige Studenten auf die Köpfe schlugen

Dem Purschen, wenn er lärmt, Kopf oder Füß' entzwei
Zu schlagen, ist dem Schnurrn in Jena einerlei:
Doch hier lehrt Polizei ihn Füße nicht zu kränken,
Man nährt sich *sicherer* mit Gehen als mit Denken.

Ich habe eine Menge kleiner Gedanken und Entwürfe zusammengeschrieben, sie erwarten aber nicht sowohl noch die letzte Hand, als vielmehr noch einige Sonnenblicke, die sie zum Aufgehen bringen.

Auf ein schönes Mädgen, das in der Kirche sehr andächtig war.

Andächtiger und schöner als Lucinden
Wird man nicht leicht ein Mädgen beten sehn;
In jedem Zug lag Reue für die Sünden
Und jeder reizte zum Begehn.

Es ist noch gar nicht ausgemacht was einige gelehrte Zeitungsschreiber, Journalisten oder sonst Spottvögel behauptet haben, daß man über gewisse Materien ohne allen Verstand zu besitzen viel schreiben könnte, gesetzt aber auch man gäbe es zu, so sind es doch gewiß wenige Materien pp.

Es ist ein Fehler, den der bloß witzige Schriftsteller mit dem ganz schlechten gemein hat, daß er gemeiniglich seinen Gegenstand eigentlich nicht erleuchtet, sondern ihn nur dazu braucht sich selbst zu zeigen. Man lernt den Schriftsteller kennen und sonst nichts. So hart es auch zuweilen widergehen sollte eine witzige Periode wegzulassen, so muß es doch geschehen, wenn sie nicht notwendig aus der Sache fließt. Diese Kreuzigung gewöhnt allmählig den Witz an die Zügel die ihm die Vernunft anlegen muß, wenn sie beide zusammen mit Ehren auskommen sollen.

Um zu machen, daß man sich in einer einmal angefangenen Ironie erhält, ist es gleich von Anfang gut dem Ganzen eine Hauptwendung zu geben, das Ganze kann eine Verteidigung eines an sich schlechten Dinges, eine Lobrede auf einen an sich schlechten Mann sein, dieses muß nicht einen Augenblick aus dem Gesicht verloren werden sobald man es einmal darein gefaßt hat, alles muß eine entfernte Beziehung wenigstens auf diese Absicht haben. Spott wird erhalten, wenn man ganz an sich bekannte, allgemein zugegebene Dinge mit Umständen beweist bloß um Gelegenheit zu haben neue lächerliche Seiten von dem Dinge anzugeben, und umgekehrt wenn man Dinge als bekannt annimmt die allgemein widersprochen werden. Das Ganze muß ein angenommener Ernst sein, und den nichtswürdigsten Kleinigkeiten muß ein Ansehen von Wichtigkeit gegeben werden, als wenn der Wert der ganzen Sache und Glück und Seligkeit davon abhingen.

Er hatte etwas an sich, was die Herrnhuter gemeiniglich gesalbtes Wesen, der stubensitzende Lehrer der Theologie Frömmigkeit, der vernünftige Mann der die Welt kennt Einfalt und Unverstand nennt.

Hätte die Natur nicht gewollt daß der Kopf den Forderungen des Unterleibes Gehör geben sollte, was hätte sie nötig gehabt den Kopf an einen Unterleib anzuschließen. Dieser hätte sich ohne eigentlich dasjenige zu tun was man Sünde nennt satt essen und sich satt paaren und jener ohne diesen Systeme schmieden, abstrahieren und ohne Wein und Liebe von platonischen Räuschen und platonischen Entzückungen reden und singen und schwatzen können. Küsse vergiften ist noch weit ärger von der Natur gehandelt, als das Vergiften der Pfeile der Feinde im Krieg.

Ich kann die verdammten Buttervögel nicht leiden, die sich im Sommer so dünne tragen, daß ein unschuldiges Mädchen sich um den Himmel an ihnen gucken kann, und die doch im Winter so frosterich sind, daß sie bis auf die Degen-Scheiden alles mit Pelz füttern.

An Herrn Ljungberg schrieb ich am 2. Dec. 1770:
Nun habe ich keinen Menschen mit dem ich vertraut umgehen kann; auch nicht einmal einen Hund zu dem ich *du* sagen könnte. Zu meinem größten Glück habe ich noch unter diesen Umständen ein gutes Gewissen, sonst hätte ich mich, je eher je lieber, schon zu der Ruhe begeben, wovon den Hamlet die Träume, die er in derselben fürchtete, zurückhielten. Mich schrecken keine Träume, Hamlet sage was er wolle, ich rechne es für keinen geringen Trost bei der Betrachtung der menschlichen Trübsale, daß das Lot Pulver kaum 4 Pfennig kostet. Zu leben, wenn man nicht will, ist abscheulich, aber noch entsetzlicher wäre es unsterblich zu sein, wenn man nicht wollte. So aber hängt ja die ganze er-

schreckliche Last an mir vermittelst eines Fadens, den ich mit einem Groschenmesser entzwei schneiden kann.

Ich fand ihn in seiner Stube, die Hose bis an die Knie herunterhängend und mit einem Messer in der Rechten, jedermann, der ihn so gefunden haben würde, würde geglaubt haben er wolle sich kastrieren, er hatte eben die Hosen die ihm geplatzt waren mit einem langen Bindfaden zugebunden, den er beschäftigt war abzuschneiden.

Unter den heiligsten Zeilen des Shakespear wünschte ich daß diejenigen einmal mit Rot erscheinen mögten, die wir einem zur glücklichen Stunde getrunkenen Glas Wein zu danken haben.

Ein gewisser Freund den ich kannte pflegte seinen Leib in drei Etagen zu teilen, den Kopf, die Brust und den Unterleib, und er wünschte öfters, daß sich die Hausleute der obersten und der untersten Etage besser vertragen könnten.

Lieber Freund, du kleidest deine Gedanken so sonderbar, daß sie nicht mehr aussehen wie Gedanken.
Sage mir ob dieser nicht seltsam gekleidet ist und du sollst alle die meinigen nackend sehen ehe sie noch meine Sinnen mit ihrer Livree bedecken. Es ist eine Schande, die meisten unserer Wörter sind mißbrauchte Werkzeuge, die oft noch nach dem Schmutz riechen, in

dem sie die vorigen Besitzer entweihten. Ich will mit neuen arbeiten, oder ohne so viel Luft dazu zu brauchen, als ein Sommervogel aussumst, nur mit mir selbst in alle Ewigkeit sprechen.

Rede eines Menschen der sich aus Verzweiflung, weil ihn ein Mädchen nicht erhört, kastrieren will.

Noch bin ich diesseits, wo die Natur die Hoffnungen die sie mir seit meinem 14ten Jahre machte erfüllen kann. Kann? aber sie will nicht. Sprich! (aber ich zweifle fast, daß menschliche Nerven tüchtig sind eine gültige Entschuldigung für ein solches Vergehen einer Seele verständlich zu machen) sprich wenn du kannst, warum locktest du mich durch frohe Ahndungen eines bevorstehenden Glücks, mir selbst unbewußt, zu Betrachtungen die mir endlich in der Ferne den Gegenstand zeigten der den Durst löschen könnte der mich verzehrte, wenn du ihn mir auf ewig entziehst? Wenn du betrügst, unser aller Mutter, kannst du Tugend von deinen Kindern verlangen? Wessen Stimme war es die mir zurufte, dieses Mädchen wird [dein] zeitliches Glück ausmachen, eine Stimme die noch immer tief in mein ganzes Wesen hineinhallt. Ich glaubte es wäre die deinige, Natur, und es ist sie nicht? Mir graut in mir selbst, wie in einer von Geistern bewohnten Halle, wem soll ich denn folgen wenn mich mein eigner Trieb schändlich belügt? (Er zieht das Messer) Hier schmeichelhafter Lügner, zittere! Ein einziger Schnitt könnte dich ewig verstummen und deine tückische Zunge so stille machen wie eine Nacht auf einem Kirchhof.

Rede zum Andenken Sr. Exzellenz des Herrn von M... als ihres Stifters in einer Versammlung der Sprützen-Gesellschaft gehalten von G. M. L. Rohrführer bei der Königlichen Universitäts-Sprütze.
O Sprützt, Tränen, Sprützt! Legt den Anbringer an Eure Herzen, Brüder, und sprützet blutige Tränen über unser Ungemach dessen Flamme bereits in dem Innersten unserer zeitlichen Wohlfahrt zu wüten scheint. Herr von Münchhausen ist tod, sein Blut stockt in den Schläuchen seiner Adern, die Haupt-Sprütze ist verstopft und hat ihre Würkung verloren.

Der liebe Gott muß uns doch recht lieb haben, daß er immer in so schlechtem Wetter zu uns kommt.

Was hilft das Lesen der Alten, sobald ein Mensch den Stand der Unschuld einmal verloren hat, und wo er hinsieht überall sein System wieder erblickt, daher urteilt der mittelmäßige Kopf es sei leicht wie Horaz zu schreiben, weil [er] es für leicht hält besser zu schreiben, und weil dieses besser zum Unglück *schlechter* ist. Je älter man wird (vorausgesetzt, daß man mit dem Alter weiser werde), desto mehr verliert man die Hoffnung besser zu schreiben als die Alten, am Ende sieht man, daß das Eichmaß alles Schönen und Richtigen die Natur ist, daß wir dieses Maß alle in uns tragen, aber so überrostet von Vorurteilen, von Wörtern wozu die Begriffe fehlen, von falschen Begriffen, daß sich nichts mehr damit messen läßt.

Ist es denn so unrecht daß der Mensch wieder durch die nämliche Pforte zur Welt hinausgeht durch die er hineingekommen ist?

Daß das Genie eine Art von Krankheit ist hat Herr Unzer so vortrefflich in seinem Arzt bewiesen, daß es jemanden grauen sollte sich diese gefährlichste der Nerven-Krankheiten zu wünschen, und die beneidenswürdigste Nation unter dem Monde, ich meine die englische hat dieses auch erkannt, denn einer ihrer berühmtesten Naturforscher, der große Hill hat einen Tee erfunden, der das Nachdenken vertreibt, ein sicherer Beweis daß dieser große Geist das Nachdenken für eine Schwachheit gehalten hat. Allein dafür sind wir Deutsche auch die Verachtung des leicht dahinrieselnden Galliers, und des harmonischen Italiäners, dieses Übel reißt immer mehr und mehr in Deutschland ein, alles will heute zu tage denken, sogar auf die Kanzel und Handwerker breitet sich dieses Übel aus, Ich sehe es schon wie im Traum, daß dereinst, o der Schande! mein sich hinwegdenkendes Vaterland anfangen wird zu glauben, in der Rang-Leiter der Nationen könnte ein Liedgen die seinige nicht um eine Staffel höher bringen.

Neuer Vorschlag alle neugeborne Mägdchen zu ersäufen.

Ich warf allerlei Gedanken im Kopf herum bis endlich folgender obenhin zu liegen kam.

Fein war er eigentlich nicht, allein er verstund doch die Kunst, wenn er es bedurfte, zuweilen auf seinen Nebenmenschen zu reiten.

Alles was sich Herr B. im Himmel wünscht, ist nicht sowohl das Glück in Abrahams als vielmehr in Davids Schoß getragen zu werden, um ihm Ramlers und Klopstocks Oden rezitieren zu können.

Ich sehe nicht ein warum nur derjenige Mann bekannt werden soll dessen Fähigkeiten durch viel Lärmen und Schimmer hörbar und sichtbar werden, der nicht ihr eigen ist. Alexanders Genie war ein Funke, der in ein Pulver-Magazin fiel, das aufflog und Asien beben machte, unser Funke fiel neben vorbei ins Feuchte, ich sage nur was hätte das für eine Erschütterung geben können, wenn er auf das Pulver gefallen wäre.

Er sah zuweilen nach der Grenze hin, die das Hannöverische von dem Lande scheidet *from whose borne no traveller returns*.

Lady Hill, die Äbtissin des englischen Klosters in Lissabon, reiste in ihrem 23ten Jahre nach Ireland, nahm eine Erbschaft in Besitz und kehrte so wieder zurück in ihr Kloster. Baretti glaubt eine solche Tugend in einer weiblichen Brust verdiene der Vergessenheit entrissen zu werden. Ich glaube solche Taten sollten so heiß gebrandmarkt werden, als nur immer Witz von Verachtung, Spott und Abscheu geleitet brennen könne.

Es ist vielleicht kein Volk auf dem Erdboden, sagt Barrere l.c.p. 151, das mehr säuft als diese Wilden. Sie sind sehr gesund.

Bei mir liegt das Herz dem Kopf wenigstens um einen ganzen Schuh näher als bei den übrigen Menschen, daher meine große Billigkeit. Die Entschlüsse können noch ganz warm ratifiziert werden.

Mit größerer Majestät hat noch nie ein Verstand still gestanden.

Vergangener Schmerz ist in der Erinnerung angenehm, vergangenes Vergnügen auch, künftiges Vergnügen wieder, auch gegenwärtiges, also ist nur der zukünftige und gegenwärtige Schmerz, was uns quälet; ein merkliches Übergewicht von Seiten des Vergnügens in der Welt, das noch dadurch vermehrt wird, daß wir uns beständig Vergnügen zu verschaffen suchen dessen Erhaltung wir in vielen Fällen mit ziemlicher Gewißheit voraussehen können; hingegen der noch künftige Schmerz weit seltner vorausgesagt werden kann.

Er reiste über Northeim nach Einbeck und von da über die Mamsell P.... nach Hannover.

Die Osnabrücker sind ganz gute Leute, aber sie brauchen doch auch 3 Tage Zeit um einen Windofen zu setzen.

Ich will dir keinen Schatten machen kleines Tierchen (es war eine Spinne), die Sonne gehört dir so gut als mir.

Das Sprechen im Traum könnte gebraucht werden in einem Roman etwas zur Entwicklung beizutragen.

Ein paar Köpfe nach Rembrandt.

Was einem das Liegen auf dem rechten Ellenbogen ist, nachdem man eine Stunde auf dem linken gelegen.

Man könnte auch leblose Dinge unter sich korrespondieren lassen. Schreiben des Göttingischen Quadranten an seinen Bruder in Greenwich. 2) eines Fußschemels an einen Armsessel. Geheime Unterredung eines Dintenfasses mit einer Sandbüchse, ihre Philosophie über die benachbarten Gegenstände.

Seitdem jedermann kritische Chartequen liest, so sind die Produkte des Witzes der Leute gewissermaßen der Maßstab geworden, nach welchem man ihren Wert als Mensch überhaupt bestimmt.

Es gibt 100 Witzige gegen einen der Verstand hat, ist ein wahrer Satz, womit sich mancher witzlose Dummkopf beruhigt, der bedenken sollte, wenn das nicht zuviel von einem Dummkopf gefordert heißt, daß es wieder 100 Leute, die weder Witz noch Verstand haben, gegen einen gebe, der Witz hat.

Beschreibung eines sonderbaren Bettvorhanges. Im Jahr 1769 geriet ich auf den Gedanken, allerlei Gesichter auf einen Bogen Papier neben einander zu zeichnen, die meistens etwas Lächerliches an sich hatten. Wenige Personen, denen ich das Papier vorlegte, konnten sich des Lachens enthalten, durch kein Buch hätte sich dieses so bald erreichen lassen. Ich hatte aber noch nicht 40 Köpfe gezeichnet, als ich mich schon erschöpft fühlte. Die Zusätze kamen nur selten. Im folgenden Jahr legte mich ein kleines Flußfieber in ein Bette, das einen schrägen Himmel hatte, durch dessen nicht gar dichtes Gewebe, das noch dazu aus ziemlich ungleichen Fäden bestund, die weiße Wand durchschien. Hier zeigte sich eine unzählbare Menge der seltsamsten und drolligsten Gesichter. Ich konnte in einer Fläche, die kaum so groß als ein Quartblatt war, über 100 hervorbringen, und jedes hatte mehr Ausdruck und Eignes als sonst in den gezeichneten Gesichtern anzutreffen ist, die unverbesserlichen Köpfe des Hogarth ausgenommen mit denen sie viel Ähnliches hatten. Wenn ich einen Kopf hatte, so nahm ich seinen Mund zum Auge und den Augenblick stund ein neuer da, der mich bald anlächelte bald anfletschte, ein dritter lachte mich aus und ein vierter blickte ihn höhnisch an. Es ist unmöglich alle die hustenden, niesenden und gähnenden Stellungen zu beschreiben, die sich mir vorstellten. Hätte ich sie mit eben der Kraft zeichnen können, mit welcher sie sich meinem Auge und [meiner] Einbildungskraft darstellten, ich würde gewiß diesen Vorhang verewigen. Leonardo da Vinci soll diese Beschäftigung jungen Malern empfehlen.

Es gibt eine Art Vögelchen, die in die dicksten hohlen Bäume Löcher hacken, sie trauen ihren Schnäbeln so viel Kraft zu, daß sie allemal nach jedem Hieb auf die entgegengesetzte Seite des Baumes gehen sollen um zu sehen, ob der Streich nicht durch und durch gegangen sei.

Wer hört Entschuldigungen, wenn er Handlungen hören kann?

Es ist allerdings keine geringe Schwierigkeit Philosophie *zweckmäßig* zu lehren, das Kind, der Knabe, der Jüngling und der Mann hat seine eigne. Wie glücklich, wenn ein Alter dem andern, ein Jahr dem andern in die Hand arbeitete, wenn das eine Räder, ein anderes Federn, noch ein anderes Zifferblätter verfertigte, so brächte noch wohl einmal ein $4^{\underline{\text{tes}}}$ eine Uhr zu Stande. Wenn jeder Mensch seinen besondern Planeten bewohnte, was wäre wohl da Philosophie? Was sie jetzt auch ist, ein Inbegriff der Meinungen eines Menschen ist seine Philosophie. Wer wäre wohl des Menschen Schuhmacher? und wer sein Baumeister? Versetzt man ihn in eine Gesellschaft, so ließe er sich wohl die Schuhe von einem andern machen, aber seine Meinungen? Das ist eine üble Sache, ich kann den Hals brechen, wenn ich mir sie selbst zusammenstümpere, oder ein Paar gut gemachte erhandele, die mir nicht passen. Die Frage: soll man selbst philosophieren? muß dünkt mich so beantwortet werden als eine ähnliche: soll man sich selbst rasieren? Wenn mich jemand fragte, so würde ich antworten, wenn man es recht kann, es ist eine vortreffliche Sache. Ich denke immer daß man das letztere selbst zu lernen

suche, aber ja nicht die ersten Versuche an der Kehle mache. Handle wie die Weisesten vor dir gehandelt haben, und mache den Anfang deiner philosophischen Übungen nicht an solchen Stellen, wo dich ein Irrtum dem Scharfrichter in die Hände liefern kann.
Was für Gegenstände eröffnet nicht hier die Mathematik zur Übung! Wer kann uns in andern Teilen der Weltweisheit unser Exercitium korrigieren? Wenn der Schüler ich will nicht sagen Stolz, sondern nur etwas Geschichte der Philosophie besitzt, so wird es ihm in unsern Tagen schwer werden den Mann zu finden – – Wenn hingegen das Perpetuum Mobile, das auf dem Papier Wunder tat, in Holz oder Messing stille steht, und sich durch den Schall der lautesten Demonstration nicht will erwecken lassen, so verschwinden die schönen Hoffnungen allmählig, die im Geiste ausgestellten Wechsel verlieren ihre Gültigkeit, und [die] Sache wird nach einigem Kampf für beschlossen angenommen. Schade daß der Philosoph von seinen Republiken und der Reformator von seinen Reformationen keine Modelle machen kann, denn es gehört schon eine große Stärke im philosophischen Kalkül dazu vorherzusagen, daß sie nicht gehen werden. Hingegen nur Zudringlichkeit mit Enthusiasmus verbunden, um den unwürdigen Teil des Publikums, durch Aktien auf Reichtümer der Südsee, um ihren väterlichen Acker zu bringen. Helvetius und Law wünschte ich wohl verglichen zu sehen.

Zu Neuß, einem Ort am Rhein, feiern die Katholiken die Expectationem partus Mariae; die Canonici sitzen auf einer Seite des Chors und kühmen (winseln als in Kindesnöten), auf der andern sitzen die Nonnen und essen warmes Bier. Herr Rat Möser, als der Herr Domherr von Weichs dieses erzählte, merkte an, daß dieses eine Ähnlichkeit habe mit [dem] Gebrauch der Indianer, da sich wenn die Frau niederkommt der Mann ins Bette legt.

Wir Protestanten glauben nunmehr in sehr aufgeklärten Zeiten in Absicht auf unsere Religion zu leben. Wie wenn nun ein neuer Luther aufstünde? Vielleicht heißen unsre Zeiten noch einmal die finstern. Man wird eher den Wind drehen oder aufhalten können, als die Gesinnungen des Menschen heften.

Dieses ist dem Menschen so natürlich als das Denken, oder das Werfen mit Schneebällen.

Osnabrugum Vale, vale Osiannah.

Dedikation zur Pinik. Allen Durchlauchtigen, Hochgebornen, Hochwohlgebornen, Hochwürdigen, Wohlehrwürdigen, Hochedelgebornen, Ehrwürdigen, Hochedeln, Hochzuehrenden Roten Nasen.

In Hannover logierte ich einmal so, daß mein Fenster auf eine enge Straße ging, wodurch die Kommunikation zwischen zwo großen erhalten wurde. Es war sehr angenehm zu sehen, wie die Leute ihre Gesichter veränderten, wenn sie in die kleine Straße kamen, wo sie weniger gesehen zu sein glaubten, so wie einer hier pißte, der andere dort sich die Strümpfe band, so lachte der eine heimlich, und schüttelte der andere den Kopf. Mädchen dachten mit einem Lächeln an die vorige Nacht und legten ihre Bänder zu Eroberungen auf der nächsten großen Straße zurecht.

Eine Milbe oder ein anderes kleines Insekt könnte eine Theorie eines Globi auf einer Bibliothek schreiben.

Die Mönche zu Lodève in Gascogne erklärten eine Maus für heilig, die eine geweihte Hostie gefressen hatte.

Der bekannte Barelette gedenket eines Bischofs, der dem Fluchen sehr ergeben gewesen. Barelette nahm sich einesmals die Freiheit es ihm vorzuhalten, worauf der Bischof antwortete, wer ins Teufels Namen hat Euch gesagt, daß ich fluche?

Ein Vater schloß einen Brief an seinen Sohn: *Wenn du nicht gleich nach Hause kommst, so soll dich der Henker holen: Gott befohlen.*

Es wird schwerlich Ein Mensch können gefunden werden, dessen Urteil über das Gute und Schöne als die Stimme der menschlichen Natur wird angesehen werden können. Man sollte anfänglich glauben, daß ein Mann von der größten Erfahrung und Einsicht allemal am besten schreiben würde. Allein ist der Witzige nicht eben so gut ein Mensch? Da ein menschliches Geschlecht von lauter Weisen so wenig das glücklichste wäre als eines von lauter Narren oder Witzigen, sondern das Glück desselben vielmehr in einer Mischung derselben besteht, so kann kein Glied desselben sein Gedanken- und Gesinnungen-System als das Maß des Besten angeben. Seneca und Plinius haben so gut recht als Cicero. Am besten wird derjenige schreiben, der so schreibt wie es die Vernünftigsten derjenigen Klasse gut finden würden die er durch seine Schriften zu belehren gedenkt. Allgemeine Regeln werden sich nie in diesem Stück angeben lassen.

Alles zwecklose Gucken, Fingern, Füßeln, überhaupt alles Zwecklose.

Die kleinsten Unteroffizier sind die stolzesten.

Bei der Abhandlung von Gespenstern könnte vorzüglich die Neigung der Menschen zum Wunderbaren, das daher entstehende Selbstbelügen, und das Bemühen die Sache wenigstens so vorteilhaft vorzustellen als sie es leidet [behandelt werden]. Es hat z. B. jemand etwas gesehen. So bald er es für würdig hält zu erzählen, so kann man sicher sein, er wird nichts fehlen lassen den Leuten wenigstens begreiflich zu machen, daß die Sache bemerkenswert gewesen sei. Jedem Kenner des Menschen ist es bekannt wie schwer es ist Erfahrungen so zu erzählen, daß sich in die Erzählung kein Urteil einmischt.

Ich habe sehr oft schon darüber nachgedacht, worin sich eigentlich das große Genie von dem gemeinen Haufen unterscheidet. Hier sind einige Bemerkungen, die ich gemacht habe. Der gewöhnliche Kopf ist immer der herrschenden Meinung und der herrschenden Mode konform, er hält den Zustand in dem sich alles jetzt befindet für den einzig möglichen und verhält sich leidend bei allem. Ihm fällt nicht ein, daß alles von der Form der Meublen bis zur feinsten Hypothese hinauf in dem großen Rat der Menschen beschlossen werde, dessen Mitglied er ist. Er trägt dünne Sohlen an seinen Schuhen, wenn ihm gleich die spitzen Steine die Füße wund drükken, er läßt die Schuh-Schnallen sich durch die Mode bis an die Zehen rücken, wenn ihm gleich der Schuh öfters stecken bleibt. Er denkt nicht daran, daß die Form des Schuhs so gut von ihm abhängt, als von dem Narren, der sie auf elendem Pflaster zuerst dünne trug. Dem großen Genie fällt überall ein: *könnte auch dieses nicht falsch sein?* Er gibt seine Stimme nie ohne Überlegung. Ich habe einen Mann von großen Talenten gekannt, dessen ganzes Meinungs-System, so wie sein Meubeln-Vorrat, sich durch eine besondere Ordnung und Brauchbarkeit unterschied, er nahm nichts in sein Haus auf, wovon er nicht den Nutzen deutlich sah, etwas anzuschaffen, bloß weil es andere Leute hatten, war ihm unmöglich. Er dachte, so hat man ohne mich beschlossen, daß es sein soll, vielleicht hätte man anders beschlossen, wenn ich mit dabei gewesen wäre. Dank sei es diesen Männern, daß sie zuweilen wenigstens wieder einmal schütteln, wenn es sich setzen will, wozu unsere Welt noch zu jung ist. Chineser dürfen wir noch nicht werden. Wären die Nationen ganz von einander getrennt, so würden vielleicht alle obgleich auf verschiedenen Stufen der Vollkommenheit zu dem sinesischen Stillstand gelangt [sein].

So wie wir eine Messiade und Verlornes Paradies, wo alles Göttliche menschlich zugeht, haben, so könnte ein Bauer eine Henriade schreiben, wo alles wie in seinem Dorfe, nur idealisiert vorginge.

Das Bekehren der Missetäter vor ihrer Hinrichtung läßt sich mit einer Art von Mästung vergleichen, man macht sie geistlich fett, und schneidet ihnen hernach die Kehle ab, damit sie nicht wieder abfallen.

Vorher war er sehr unordentlich. Es kostete ihn viele Mühe und er tat sich etwas Rechts zugute darauf, daß er drei Wochen hinter einander seine Schere, ein altes Messer, das er oft brauchte, und ein Federmesser an einem gewissen bestimmten Ort beisammen behalten konnte.

Jacobi, du mußt nicht glauben, daß deine Kunst wichtiger sei als des Mannes der Kaffeetische zu Birmingham lackiert.

Die Katholiken bedenken nicht, daß der Glauben der Menschen sich auch ändert, wie überhaupt die Zeiten und Kenntnisse der Menschen. Hier zunehmen und dort stille stehn ist den Menschen unmöglich. Selbst die Wahrheit bedarf zu andern Zeiten wieder einer andern Einkleidung um gefällig zu sein.

Zwei auf einem Pferd bei einer Prügelei ein schönes Sinnbild für eine Staatsverfassung.

Dieses haben unsere Vorfahren aus gutem Grunde so geordnet, und wir stellen es aus gutem Grunde nun wieder ab.

Ob nicht eine stehende Macht von Rezensenten gut wäre, die die Streitigkeiten der übrigen Gelehrten führten und die Gerechtsamen und Vorzüge der Nationen dartäten? Diese Leute müßten ebensoviel Gelehrsamkeit und Beredsamkeit besitzen als die Soldaten Tapferkeit.

Zeit urbar machen.

Du fragst mich Freund welches besser ist, von einem bösen Gewissen genagt zu werden oder ganz ruhig am Galgen zu hängen?

Als der brave Mann tod war, so trug dieser den Hut, der den Degen so wie er, der ließ sich so frisieren, jener ging wie er, aber der redliche Mann wie er wollte keiner mehr sein.

Daß die wichtigsten Dinge durch Röhren in der Welt ausgerichtet werden.

So wie Julius Caesar einen Brief schreiben und zugleich etliche diktieren konnte, so hatte er die Gabe einen Takt zu tretten und in einem andern Magentropfen in einen Löffel zu zählen.

Die Bauern (Deutsche) saßen da und waren ungestört frei, eine schöne Gelegenheit, wenn es von einem reisenden Deutschen in England wäre gesehen worden, uns von neuem die Freiheit, Großmut und Gott weiß was der Engländer mit einem Beispiel zu belegen.

Die Vergnügen der Einbildung sind gleichsam nur Zeichnungen und Modelle, womit die armen Leute spielen, die sich die andern nicht anschaffen können.

Er redete oft an Orten sehr frei wo jedermann eine heilige Miene annahm, dafür predigte er aber die Tugend wiederum an Orten, wo sie sonst kein Mensch predigte.

Gäbe es nur lauter Rüben und Kartuffeln in der Welt, so würde einer vielleicht einmal sagen, es ist schade daß die Pflanzen verkehrt stehen.

Die Indianer nennen das höchste Wesen *Pananad* oder den Unbeweglichen weil sie selbst gerne faulenzen.

Ein Gericht von 4blätterigten Kleeblättern.

Er spricht mit dem Maule wie der Franzose, mit Handlungen wie der Engländer, mit den Achseln wie der Italiäner oder mit allen dreien, wie der Deutsche.

Ich kann es wohl begreifen aber nicht *anfassen* und umgekehrt.

Wenn jemand auf die Ärzte, auf Advokaten oder die elenden Philosophen loszieht, so lachen die Vernünftigen unter denselben mit. Allein wenn man auf einen schlechten Geistlichen [loszieht], deren es doch gewiß mehrere gibt als schlechte Leute in irgend einer Fakultät, deswegen weil es schwerer ist ein guter zu sein, so werfen selbst gute Männer unter ihnen mit Eifer und Verfolgung um sich.

Als ich in meinem Schimpfwörter-Buch nachsah, so fand ich kein passenderes als das arabische Dreck auf deinen Bart.

Pouviés vous me faire quarante enfants en quinze jours?

Es gibt vielleicht mehr Gattungen von Insekten, die das bloße Auge nicht entdecken kann, als Pflanzen über den ganzen Erdboden, sagt Buffon. Aber Pflanzen die das Auge nicht entdecken kann, wie viel mögen deren sein?

Herr Buffon hat berechnet, daß man vermittelst Pflanzung von Ulmbäumen in 150 Jahren die ganze Erdkugel in organische Materie verwandeln könnte.

Man könnte ihn den Zaunkönig der Schriftsteller nennen.

Ich habe einmal in Stade eine Ruhe mit einem heimlichen Lächeln in dem Gesicht eines Kerls erblickt, der seine Schweine glücklich in eine Schwemme gebracht hatte worein sie sonst ungern gingen, desgleichen ich nachher nie wieder gesehen habe.

Die Griechen sagten schon Ζευ σοζων wenn einer niesete. Wenn der Kaiser von Monomotapa nieset, so wünschen ihm die Umstehenden so laut Glück, daß man es auf der Straße hört, da denn die Leute zunächst am Schloß auch Glück wünschen welches sich bald über die ganze Stadt verbreitet, so wie wenn man bei uns *Feuer* ruft.

Ich kann es keinem Mädchen verdenken, wenn sie sich in ihrer Wahl eines Gemahls nicht nach dem Willen der Eltern richtet. Soll sie etwas, das sie so oft im Spiegel beschaut, woran sie so oft poliert und geputzt hat, dessen Auszierung, Pflegung und Erhaltung so lange ihre einzige Sorge gewesen ist, soll sie das jemanden hingeben, den sie nicht leiden kann?

Bei einem kleinen Werkchen denke ich immer, das ist nur ein Späh-Büchelchen, wodurch er Ankergrund für ein größeres suchen läßt.

Den Bärtigen kommt dieses freilich anders vor.

Eine Hauptregel für Schriftsteller, zumal solche, die ihre eigne Empfindungen beschreiben wollen, ist: Ja nicht zu glauben, daß, weil sie solches tun, dieses bei ihnen eine besondere Anlage der Natur dazu anzeige. Andere können dieses vielleicht ebenso gut als du. Sie machen nur kein Geschäfte daraus, weil es ihnen einfältig vorkommt solche Dinge bekannt zu machen.

Weil der Mann schon seit geraumer Zeit tod, so kann ich ihn wohl nennen, es ist Cicero.

Es gibt Menschen die nicht so wohl schön schreiben, als vielmehr jedem decennio und saeculo das Modegesicht ablernen können, daß der Teufel selbst glauben sollte sie schrieben von Natur so. Es mag stürmen wie es will, so schwimmen verzwickte Bälge immer oben. Ich mag immer den Mann lieber, der so schreibt daß es Mode werden kann, als den der so schreibt wie es Mode ist.

Sie tun die Taten und wir übersetzen die Erzählungen davon ins Deutsche.

Man ist in die Erde kaum nur den 8000$^{\underline{\text{ten}}}$ Teil ihrer Dicke eingedrungen.

Ein Kerl schreibt dem andern von einem Lied: schicke mir doch den Text zu dem Lied, das die Schüler in G. singen, die Melodie weiß ich. Es fängt sich [an], dra ri li-li-li dara.

Das müßte ein Tropf von einem Naturkündiger sein, der wenn man ihn bei 5000 Taler Besoldung ein paar Jahre einsperrte nicht wollte einen Folianten über einen Kirschenstiel schreiben. Jede Wissenschaft, jedes Kapitel einer Wissenschaft, jede Paragraphe hat ihre Kirschenstiele.

Das Vorlesen der Alten bei Tische wieder einzuführen, was bei der Suppe, was bei dem Braten, was [bei] dem Obst zu lesen sei, wir haben die vortrefflichsten Sachen für jede Schüssel.

An einem Ort, der Schwätzlar heißt, stritten sie wie die Pole sollten verrückt werden.

In dem erdichteten Land könnten Kinder abgerichtet werden anstatt Quadranten zu dienen, anstatt Uhren.

In den Worten *Vox populi vox Dei* steckt mehr Weisheit, als man heut zu Tage in vier Worte zu stecken pflegt.

Ich habe jemanden gekannt, der sich die Tage der Woche unter besondern Figuren dachte, worunter er sogar einmal den Mittwochen auf den Tisch zeichnete. Es war eine Figur, die so aussah

Kalmucken, Kosaken, Heidamacken, Karakalpaken, Mainotten und Mungalen.

Wenn jemand Lavatern vor die Stirne schlägt und sagt, so wache doch auf Träumer, da schimpfen die Kandidaten der Empfindsamkeit, die Bürger brummen und murren und die politischen Weisen zischeln sich auf der Straße in die Ohren, so geschäftig, so gesprächig, mit einer so geheimnisvollen Geschwätzigkeit, daß man glauben sollte die Äbtissin wäre mit Zwillingen niedergekommen oder der Erzbischof hätte den Dripper. Aber wenn jemand der gesunden Vernunft vor den Kopf schlägt, das achtet man so viel als ein Bohnenfleckgen.

Das Gespenster-Gespräch oder die Gespenster-Idylle, wovon der Schauplatz auf dem Göttingischen Kirchhof sein könnte, wäre keine üble Sache, wenn die Situation recht genutzt, die Wahrheit rein und neu wäre.
Selim. Schon auf dem Verdeck so früh Mintor? Ich dächte ich wäre der erste der heute aufgestanden wäre.
Mintor. Warum früh? Die Sonne ist schon über eine Stunde untergegangen, zudem ich heute kein Auge zu-

getan. Setze doch deinen Kopf auf Selim, wofür die Komplimente?
Selim. Ich dachte gleich nach dem alten Fleischscharrn hinzugehen und da habe ich ihn in die Hand genommen. Aber es ist noch früh (er bedeckt sich). Du sagtest du hättest den ganzen Tag kein Auge zugetan. Warum? was störte dich?
Mintor. O allerlei. Da haben sie diesen Morgen einen Menschen neben mich begraben, das weiß der Teufelsbanner wer das sein mag. Er hat sich entsetzlich herumgeworfen. Bald schimpfte er auf die Welt und bald wünschte er, daß es Nacht wäre, dann fing er wieder an die Zitrone herumzuwerfen und in den Hobelspänen zu kramen, und zuweilen trommelte er den Dessauer mit den Knöcheln am Deckel.
Selim. Weißt du wohl wer das gewesen ist.
Mintor. Nein, ich wollte nicht aufstehen.

Manches an unserm Körper würde uns nicht so säuisch und unzüchtig vorkommen wenn uns nicht der Adel im Kopf steckte.

Allzeit: *Wie kann dieses besser gemacht werden?*

Wenn ich dieses Buch nicht geschrieben hätte, so würde heute über 1000 Jahre abends zwischen 6 und 7 z. E. in mancher Stadt in Deutschland von ganzen andern Dingen gesprochen worden sein, als würklich gesprochen werden wird. Hätte ich zu Vardöhus einen Kirschkern in die See geworfen, so hätte der Tropfen Seewasser den Myn Heer am Kap von der Nase wischt nicht gnau an dem Ort gesessen.

Der Amerikaner, der den Kolumbus zuerst entdeckte, machte eine böse Entdeckung.

Eine Uhr, die ihrem Besitzer immer um Viertel zuruft *Du* ... um halb *Du bist* – – um ¾ *Du bist ein* ... und wenn es voll schlägt: *Du bist ein Mensch.*

Eine Fleder-Maus könnte als eine nach Ovids Art verwandelte Maus angesehen werden, die, von einer unzüchtigen Maus verfolgt, die Götter um Flügel bittet, die ihr auch gewährt werden.

Wenn er eine Rezension verfertigt, habe ich mir sagen lassen, soll er allemal die heftigsten Erektionen haben.

Aber hätte der Mann nicht etwas anderes Nützlicheres schreiben können? Ja wenn ich dem Könige von England oder der Kaiserin von Rußland diente, die den Leib unterdessen reichlich speisen und kleiden, während als die Seele draußen auf der Jagd liegt; da wollte ich mir aus meinen eignen Erfahrungen sprechen, als Mensch, als Individuum in dem großen Rat über Wahrheit und Irrtum votieren, und der Mode nicht einen Fingerbreit nachtreten, sie mögte zu mir kommen. Aber wir, die wir von Hand zu Mund schreiben, wir müssen der Mode die Schleppe tragen, wenn wir eingelassen sein wollen, sie mag so schwer oder so unrein sein als sie will. Haben wir ja einen Gedanken, so darf er nicht so wie er ist ausgegeben werden, um ihn nicht überall ausgeschossen zu sehen, muß er das Gepräge der Zeit haben. Und ist das Unrecht? Wenn man nur nicht so gegen den Witz libellierte, an Witz Vergnügen zu finden ist dem Menschen angeboren und ceteris paribus ist eine schön aufgetragene Wahrheit doch immer besser als eine auf freier

Faust. Den Satz: es gibt 100 Witzige gegen einen der Verstand hat, rechne ich mit unter diejenigen häufigen Sätze, die das Geschick weislich zum Trost gepreßter Dummköpfe courant hat werden lassen, dagegen den andern zurückbehalten hat, nämlich daß es hundert Menschen gibt die weder Witz noch Verstand haben gegen einen der Witz hat. Was tadelt man gleich den Witz in einer Schrift? Mich dünkt, daß [es] erstlich überhaupt nicht menschenfreundlich und für einen Deutschen am wenigsten schön ist, ja wenn wir Mangel litten, so wollte ich es gelten lassen. Aber wem eine witzige Abhandlung nicht gefällt, der kann dieselbe Materie in einem andern Vortrage lesen. Wir haben nun fast über jedes Kapitel und jeden Paragraphen unsrer Erkenntnis ein Buch ohne Witz, wo man sich Rats erholen kann. Bekommen wir nun auch witzige, so hat man die Wahl.

Die Komödie bessert nicht unmittelbar, vielleicht auch die Satyre nicht, ich meine man legt die Laster nicht ab, die sie lächerlich macht. Aber das können sie tun, sie vergrößern unsern Gesichtskreis, vermehren die Anzahl der festen Punkte aus denen wir uns in allen Vorfällen des Lebens geschwinder orientieren können.

***Z**u der zezuanischen Geschichte.* Satyren sind im ganzen Lande erlaubt, und unter der letzten Regierung hat man sie noch bekräftigt, und ist ein sehr gnädig abgefaßtes Plakat deswegen ergangen, welches in die Zezuanischen Intelligenzblätter eingerückt worden. (Das Manifest selbst) Die Satyre darf sich aber ausdrücklich auf niemanden erstrecken wer nach dem großen Deichbruch, so nennen sie die Sündflut, gelebt hat, und nimmt das Manifest noch 6 oder 7 Männer die vor dem Deichbruch gelebt haben aus, auf die sich die Satyre auch nicht erstrecken darf. Wer dagegen handelt, der soll den dritten Grad der Kritik aushalten, welcher darin besteht, daß einem an einem Ort den man selbst wählen darf ein vesicatorium von der Größe eines zinnernen Tellers aufgelegt und hernach die rohe Stelle mit Pfeffer und Salz gerieben wird.

Das Erheben in den Bürgerstand.

Eine Vergleichung zwischen dem was man denkt und dem was man sagt anzustellen. Man kann es sagen ohne deswegen den Staupbesen zu fürchten, daß die Hälfte der Einwohner den Staupbesen bekommen würden, wenn sie öffentlich sagten was sie denken, und doch ist der Mensch das was denkt und nicht das was sagt. Zwo Personen, die sich einander komplimentieren, würden einander an den Köpfen kriegen, wenn sie wüßten was sie von einander denken.

Ein Mensch wählet sich ein Thema, beleuchtet es mit seinem Lichtchen so gut ers hat und schreibt alsdann in einem gewissen erträglichen Modestil seine Alltags-Bemerkungen, was jeder Sekundaner auch sehen aber nicht so festlich hätte sagen können. Für diese Art zu schreiben, welches die Lieblings-Art der mittelmäßigen und untermittelmäßigen Köpfe ist, wovon es in allen Ländern wimmelt, in welchen die *Magazin*-Satyren gemeiniglich geschrieben sind, habe ich kein besseres

Wort als Kandidaten-Prose finden können. Er führt höchstens das aus, was die Vernünftigen schon bei dem bloßen Wort gedacht haben.

M*en would be angels, angels would be Gods.* Man hält immer das für verdienstlicher was einem sauer wird, dieses fließt aus einer Verachtung seines gegenwärtigen Zustandes, daher kommen die vielen Stümper, der Schnallengießer will die Meeres-Länge erfinden. Tue das was dir leicht wird, wovon du gern immer sprächest, wozu du gern jedermann brächtest wenn du könntest, wovon du dir deine eignen Vorstellungen machst, die andern Leuten zuweilen nicht in den Kopf wollen und die sie fremd und seltsam finden. Weiter muß man gehen, allerdings, allein es muß sich gleichsam von selbst geben, man muß glauben immer dasselbe zu tun und zur Verwunderung anderer Leute sehr viel mehr tun. Es ist ein Unglück wenn ein Mann von Fähigkeiten durch Empfehlungen von Männern, deren Begriffe von ihm etwas zu groß sind, in ein Amt kommt, wo man etwas Außerordentliches von ihm erwartet, das er noch nicht leisten kann. Es ist immer besser, daß das Amt geringer ist als die Fähigkeiten. Wer oft dasselbe tut, kommt darin weiter, aber nicht der der sich vornimmt Dinge zu tun die von seinen gegenwärtigen Verrichtungen verschieden sind. Dieses könnte mit der Einleitung gesagt werden, daß man aus Erfahrungen reden müsse, wenn man lehren wolle, sein eignes Leben auf diese Art beschreiben fruchtet mehr für andere, als hundert Kaiserhistorien. – Wenn man sagt: man müsse Geschichtbücher lesen um die Menschen kennen zu lernen, so muß man nicht glauben man verstehe jene feinen, ins Verschlagene fallenden Künste darunter, die lernt man wohl allein in der Gesellschaft, und gewiß sicherer und schneller.

Ich muß ihn irgendwo einmal ans Kümmel-Eckgen gestoßen haben.

Der Gedanke hat in dem Ausdruck noch zu viel Spielraum, ich habe mit dem Stockknopf hingewiesen, wo ich mit der Nadelspitze hätte hinweisen sollen.

Ein König läßt befehlen, daß man bei Lebensstrafe einen Stein für einen Demant halten soll.

Er hielt sich ein Zettulchen, auf welches er gewöhnlich schrieb was er für eine besondere ihm von Gott erwiesene Gnade ansahe, und was sich gar nicht anders erklären ließ. Bei seinem inbrünstigsten Gebet sagte er zuweilen, *o lieber Gott etwas aufs Zettulchen.* Solche Ausdrücke, Ausbrüche der empfindlichsten Seelen, sind gleichsam Vertrauens-Geheimnisse zwischen Gott und der Seele.

Immer eine Spanne weiter. gut, noch besser. neu, noch neuer. Immer etwas dazu??

Man könnte Kaffee-Grütze-Mühlen und dergleichen an die Wagen anbringen, so hätten sie etwas zu tun, wenn sie leer nach Hause fahren.

Es scheint als wenn Herr S.., der durch das Tor der Geschichte in den Tempel des Ruhms gekommen, sich nun wieder durch das Türchen der Dichtkunst hinausschleichen wollte.

Die Zeitungsschreiber haben sich ein hölzernes Kapellchen erbaut, das sie auch den Tempel des Ruhms nennen, worin sie den ganzen Tag Porträte anschlagen und abnehmen und ein Gehämmer machen, daß man sein eignes Wort nicht hört.

Wenn du in einer gewissen Art von Schriften groß werden willst, so lese mehr, als die Schriften dieser Art. Wenn du auch schon nicht deine Äste über ein großes Stück Feld ausbreiten willst, so ist es deiner Fruchtbarkeit immer zuträglich deine Wurzeln weit ausgebreitet zu haben. Ein bloßer Leser des Wieland wird nie ein Wieland werden. Ich glaube Wieland nähme es wohl selbst über sich für die Wahrheit dieses Satzes Bürge zu werden.

Ich habe dieses nicht selbst aus dem Persius genommen, sondern einmal die Stelle an einem andern Ort angeführt gefunden, sollte Persius so etwas nie gesagt haben, so bitte ich sowohl den Persius als meine Leser um Vergebung.

In Zezu oder sonst wo gibt es eine Art Puppen, die von ihren Vorfahren verfertigt worden sind, wogegen Vaucansons Ente und Flötenspieler bloße Nürnberger Ware ist. Die Kunst selbst sie zu verfertigen verstehen die Einwohner nicht mehr seitdem sie sich sehr stark bemühen historisch gnau zu wissen was die Alten gewußt haben, ohne sich um die Erwerbung eben des Geistes der Alten sonderlich zu bekümmern. Ich habe sie öfters auf der Straßen gehn sehen, und allemal, ehe ich es noch wußte, und noch oft nachher für wahre Menschen gehalten. Die Verehrung gegen diese Puppen geht so weit daß man einigen sogar Ehren-Titul gegeben hat. Eine davon die sehr leserlich schreiben konnte: es lebe der Fürst, hatte den Titul eines geheimen Kabinetts-Sekretärs bekommen. Bei Leichenbegängnissen, Nachtwächter. Eine andere die ein Hygrometer, Barometer und Thermometer, und eine kleine Elektrisier-Maschine beständig leierte hatte den Titul Professor Physices und Mitglied der Akademie der Wissenschaften.

Er kann ehe man ein Vaterunser betet 10 Umstände aufzählen, seine Gedanken kommen ihm als wenn sie ihm der Kobolt brächte.

Laß dich nicht anstecken, gib keines andern Meinung, ehe du sie dir anpassend gefunden, für deine aus; meine lieber selbst.

Man kann sicher bei verschlossenen Augen in das erste beste Buch den Finger auf eine Zeile legen, und sagen, hierüber ließe sich ein Buch schreiben. Wenn man die Augen auftut, so wird man sich selten betrogen finden.

So närrisch als es dem Krebse vorkommen muß wenn er den Menschen vorwärts gehen sieht.

Trostgründe wider eine bittere Rezension.

In eben diesem Werk, wiewohl von einem andern Manne wird gesagt: im Götz von Berlichingen S. 57 die Stelle von der Beschreibung der Adelheid für ein Muster vom erzählenden Dialog angegeben, auch die S. 192 wird als ein Muster angepriesen wahre Empfindungen nicht durch eine Flut von Deklamation zu überschwemmen.

Die Einwohner von Otaheite essen jeder allein, und können nicht begreifen wie es möglich sei in Gesellschaft zu essen, zumal mit den Weibern. Banks wunderte sich und fragte warum sie allein äßen, sie sagten, sie täten es weil es recht wäre, warum es aber recht wäre, wollten und konnten sie nicht sagen.

Eben diese Einwohner schwimmen in den stärksten Brandungen, sie wissen unten durch zu tauchen und kommen hinten wieder hervor ehe die Welle sie an das Ufer werfen kann. Der beste europäische Schwimmer würde hier unvermeidlich verloren sein, sagt Banks. Wie weit es Übung bei dem Menschen nicht bringen kann. Banks nennt es supernatural. Der Mensch ist mit Fähigkeiten begabt, die sich nur bei zufälligen Gelegenheiten äußern.

Alles bis auf das äußerste hinaus zu verfolgen, so daß nicht die geringste dunkle Idee zurückbleibt, mit Versuchen die Mängel daran zu entdecken, sie zu verbessern, oder überhaupt zu dieser Absicht etwas Vollkommneres anzugeben, ist das einzige Mittel uns den so genannten gesunden Menschen-Verstand zu geben, der der Haupt-Endzweck unsrer Bemühungen sein sollte. Ohne ihn ist keine wahre Tugend. Er macht allein den großen Schriftsteller, scribendi recte sapere est et principium et fons. Man muß nur wollen, war der Grundsatz des Helvetius.

Das ist ein hoffnungsvoller junger Mensch, ein aufblühendes Genie, hört man jetzt überall, mir sind in einem Vierteljahr einmal 10 zu Gesicht gekommen, fünfe wurden mir präsentiert, und ich fünfen. Es wird sicherlich aus keinem etwas, der Frost der Nachschwätzerei hatte sie schon alle gedrückt so viel ich merken konnte. Der Einfall, daß unsere Hofmeister uns noch zuweilen spazieren führen, ist nicht mit Geld zu bezahlen, denn sonst müßten wir unter andern zu memorierenden Dingen auch memorieren, daß das nächste Dorf nicht mit zu uns gehört, und daß der Mond nicht unter dem Stadtrat steht.

Einen Gedanken zu finden, wobei sich allemal jeder Mensch der ihn hört todlacht.

Heutzutage machen drei Pointen und eine Lüge einen Schriftsteller.

Die erste Satyre wurde gewiß aus Rache gemacht. Sie zu Besserung seines Neben-Menschen gegen die Laster und nicht gegen den Lasterhaften zu gebrauchen, ist schon ein geleckter abgekühlter zahm gemachter Gedanke.

Ein Grab ist doch immer die beste Befestigung wider die Stürme des Schicksals.

Arsenik, Bindfaden, Schießpulver, Wasser und ein Dachfenster, ein Messer oder wie die Mittel alle heißen mögen.

Wenn eine gewisse Mode-Schreib-Art aufkommt, so muß man nicht so verächtlich von denen sprechen die dieselbe mitmachen, gegenteils verdienen sie Lob, es ist das beste Mittel dem Publiko eine Wahrheit beizubringen. Meint ihr denn sie würde leichter hinuntergehen wenn auch das Vehiculum nicht nach der Mode ist? Nur nützliche Dinge gesagt. Wenn die gewöhnlichen Geldpressungen kein Geld mehr geben, so muß man Lottos errichten.

Daß Jacob Böhm ein enthusiastischer Pinsel gewesen, will ich jedem, der es behauptet, gerne zugeben, wenn er mir erlaubt ihn dafür für einen noch größern zu halten.

Er hat mich einiger Fäden des frömmsten Geifers gewürdigt und sein geweihtes Pfui über mein Werkgen ausgespuckt.

Ein Philosoph auf der Insel Zezu hatte die Frage aufgeworfen: Wenn sich ein Mensch in einen Ochsen verwandeln könnte, ob der Ochse straffällig wäre. (Selbstmord)

Sich in einen Ochsen verwandeln ist noch kein Selbst-Mord.

Ich bin nun nicht mehr Geselle, als Mensch betrachtet, ich verarbeite selbst Meinungen so gut ich kann, wenn sie nicht abgehen, so ist es mein Schaden. Aber meine Schuld? das ist eine andere Frage.

Die geheimen Würkungen der Natur beurteilt man aus solchen ähnlichen, wo man sie auf der Tat ertappt hat.

Acht Bände hat er geschrieben. Er hätte gewiß besser getan er hätte 8 Bäume gepflanzt oder 8 Kinder gezeugt.

Zur Verteidigung des Witzes. In bequemeren Zeitaltern, als unser gegenwärtiges ließ man den Himmel durch die Philosophie befragen warum er das Böse geschaffen hätte, da es etwas höchst Unangenehmes wäre. Unser gegenwärtiges ernsthaftes Dezennium wird ihn hoffentlich bald befragen warum er die bunten Schmetterlinge und den Regenbogen hat werden lassen, der offenbar zu weiter nichts da ist, als daß sich die Gassenjungen und Mädchen darüber freuen, oder [ein] physikalischer Müßiggänger in Betrachtungen darüber gerät.

Gesetzbuch. Es muß vor allen Dingen jede Sache aus dem besten Gesichtspunkt betrachtet werden. Wahrer Zweck erst bestimmt (allgemeine beste), dann die Mittel. Mehrere Gesichtspunkte.

Wenn jemand in der Welt sich eine Sittenlehre mit Hülfe von Nadelstichen und Schießpulver auf die Hand wollte einätzen lassen, so wollte ich wohl die dazu vorschlagen, die ich in irgend einem Stücke des Zuschauers einmal gelesen habe: *the whole man must move together*. Die Vergehungen dagegen sind unzählbar, und der Schaden der daraus entsteht groß und öfters unersetzlich. Zum Menschen rechne ich Kopf Herz Mund und Hände, es ist eine Meister-Kunst diese durch Wind und Wetter unzertrennt bis an das Ende zu treiben, wo alle Bewegung aufhört.

Michaelis unter seinen Rezensenten kommt mir vor wie Captain Cook in dem Königlichen Schiff Endeavour unter den Canoes der Wilden von Neu-Guinea. Wenn diese um ihn herum rudern, hölzerne Lanzen schwenken und Herausforderungs-Gesichter schneiden, so sieht er ihnen lächelnd zu, unterfängt sich aber irgend einer oder der andere und schmeißt Steine und hölzerne Spieße nach ihm, so feuert er, weil er ihnen nicht allein an Macht, sondern auch an Weisheit unendlich überlegen ist, einen Schuß mit unschädlichem № 6 geladen über den Köpfen weg. Ein einziger von seinen 6 Pfundern würde ihrer zwanzige in den Abgrund senden.

Daß die Seele nach dem Tode übrig bleibt, ist gewiß erst geglaubt und hernach bewiesen worden. Dieses zu glauben ist nicht seltsamer, als Häuser für einen einzigen Mann bauen, darin ihrer hundert Platz haben, ein Mädchen eine Göttin und einen gekrönten Wackermaul unsterblich zu nennen. Der Mensch ist kein künstlicheres Geschöpf, als die andern, er weiß es nur daß er ist und daraus läßt sich alles erklären, und wir tun wohl diese Eigenschaft unseres Geistes allen übrigen Eigenschaften eines Geistes vorzuziehen, da wir in der Welt die einzigen sind, die uns dieses streitig machen könnten.

Gott schuf den Menschen nach seinem Bilde, das heißt vermutlich der Mensch schuf Gott nach dem seinigen.

Wenn die Frankfurter Rezensenten wüßten, wie sie bei vernünftigen Leuten stünden, so würden sie gewiß jeden loben, den sie verworfen wissen wollen.

Herkules malt man mit einer Löwenhaut, seine Taten anzudeuten; unsere Jäger müßte man mit einem Hasenfell über dem Kopf malen, unsere kritischen Herkulesse mit dem Felle eines armen Dichters, um ihn kenntlich zu machen könnte man dem Fell noch einige Lorbeer-Blätter um den Kopf und eine Feder hinter dem Ohre lassen.

Dann gnade Gott denen von Gottes Gnaden. (von Dalberg)

Was die Spannung der Triebfedern in uns am meisten hemmt, ist andere Leute im Besitz des Ruhms zu sehen, von deren Unwürdigkeit man überzeugt ist.

Der gute Schriftsteller ist der der viel und lange gelesen und nach 100 Jahren noch in allerlei Format aufgelegt und eben dadurch das Vergnügen des Menschen im allgemeinen wird. Das ganze menschliche Geschlecht lobt nur das Gute, das Individuum oft das Schlechte.

Jedermann wird sich wundern, daß ich in den letzten Tagen der alt gewordenen Welt noch so was schreiben mag.

Es ist eine Bemerkung die ich durch vielfältige Erfahrung bestätigt gefunden habe, daß unter Gelehrten diejenigen fast allezeit die verständigsten sind, die nebenher sich mit einer Kunst beschäftigen oder wie man im Plattdeutschen sagt klütern.

Erstlich glaube ich nicht, daß ich auf die Nachwelt komme, und dann sind wir ja die Väter der Nachwelt und die wird uns gewiß ihren kindlichen Respekt nicht versagen. Ich kann nicht begreifen warum man sich mehr vor ihr als vor dieser Welt schämen soll.

Von der Verwandlung des Wassers in Wein vermittelst Zirkel und Lineal.

Was auf Shakespearisch in der Welt zu tun war hat Shakespear größtenteils getan.

Unsere Erde ist vielleicht ein Weibchen.

Das ist eine Arbeit wobei sich glaube ich die Gedult selbst die Haare ausrisse.

Weil doch nun einmal Geld in der Welt dasjenige ist was macht, daß ich das Kinn höher trage, freier aufsehe, sicherer auftrete, härter an andere anlaufe.

Die Professoren auf Universitäten sollten Schilde aushängen wie die Wirte.

Sind wir nicht schon einmal auferstanden? Gewiß aus einem Zustand in welchem wir weniger von dem gegenwärtigen wußten, als wir in dem gegenwärtigen von dem künftigen wissen. Wie sich verhält unser voriger Zustand zu unserm jetzigen, so der jetzige zum künftigen.

Wenn unsere jetzt im Schwang gehende registerartige Gelehrsamkeit nicht bald zu ihrem Winterstillstand kommt, so ist allerdings viel zu befürchten. Der Mensch lebt allein um sein und seines Mitmenschen Wohl so sehr zu befördern als es seine Kräfte und seine Lage erlauben. Hierin kürzer zu seinem Endzweck zu gelangen nützt er die Versuche seiner Vorfahren. Er studiert. Ohne jene Absicht studieren, bloß um sagen zu können was andere getan haben, das heißt die letzte der Wissenschaften, solche Leute sind so wenig eigentliche Gelehrte, als Register Bücher sind. Nicht bloß wissen, sondern auch für die Nachwelt tun was die Vorwelt für uns getan hat, heißt ein Mensch sein. Soll ich um nichts noch einmal zu erfinden, was schon erfunden ist, mein Leben über der Gelehrten-Geschichte zubringen? Sagt man ja Dinge vorsätzlich 2 mal, und man nimmt es einem nicht übel, wenn nur die Einkleidung neu ist. Hast du selbst gedacht, so wird deine Erfindung einer schon erfundenen Sache gewiß allemal das Zeichen des Eigentümlichen an sich tragen.

Eigentlich nicht der menschliche Verstand, oder das menschliche Herz, sondern das menschliche Maul ist es für was wir sorgen, das wir bilden, für dessen Erziehung bedacht wir Bibliotheken und Abtritte mit Journalen anfüllen. Polen wird geteilt, der Orden der Jesuiten aufgehoben, Holstein an Dänemark abgetretten. Davon reden 10 bis 15 politische Zeitungen wie es sich gehört mit untertänigst devotester Trockenheit. Aber nun hört einmal. Bahrdt travestiert das neue Testament. Da wird in allen gelehrten und ungelehrten Zeitungen gedonnert, gezischt, geklatscht, gepfiffen und getreten, Gläser entzwei geschlagen, Bleistifte stumpf notiert, Zähne verfroren, Dintenfässer für Sandbüchsen und Sandbüchsen für Schnupftabaksdosen angesehen, Perüquen aufgehoben und darunter gekratzt, in Journalen und Annalen darüber gesprochen gedacht und nicht gedacht. Mit allem Respekt vom Publikum gesprochen, wenn mein Bedienter so etwas täte, ich dankte ihn ab oder schickte ihn ins Zuchthaus. Endlich werden sich die großen Herrn noch der bedrückten Schriftsteller annehmen. Der Grund hiervon ist eine gewisse Weichlichkeit, die ihren Grund endlich im vielen Kaffeetrinken hat. Was höhere Wesen davon denken dahin will ich gar nicht einmal denken. Aber die Handwerks-Pursche.

Wenn ich sage, halte deine Zähne rein und spüle den Mund alle Morgen aus, das wird nicht so leicht gehalten, als wenn ich sage, nehme die beiden Mittelfinger dazu und zwar über das Kreuz. Des Menschen Hang zum Mystischen. Man nütze ihn.

Ist es denn einerlei ob ich meinen Verstand in Theologie oder in Historie oder in Naturlehre oder in Gesellschaften bilde? behüte der Himmel. Woher erhalten denn jene Wissenschaften ihren Beifall? Sie müssen vor einem Richter erscheinen, der sonstwo gelernt hat, was richtig sei. Als Weltbürger ist jedermann verbunden zu erscheinen, wenn ich ihn vor den Richterstuhl der gesunden Vernunft fordere. Wie wird Menschen-Verstand exkoliert? Ich fordere dazu ein beständiges Bemühen deutliche Begriffe und zwar da wo es angeht nicht bloß aus Beschreibungen, sondern durch die Sinne zu erhalten, wobei man denn gleichsam immer mit der Absicht sehen muß als wollte man eine Beschreibung davon drucken lassen, und ein glückliches Gedächtnis das mir das Beobachtete sogleich wieder darstellt, wenn es nun bei Beurteilung einer andern Sache genützt werden soll. (Von jedem Wort also sich wenigstens einmal eine Erklärung gemacht, keines gebraucht das man nicht ver-

steht, und oft Sachen angesehen in der Absicht etwas daran zu finden was andere noch nicht gesehen haben.)
Sie sehen die Menschen ganzer Weltteile als Feuerung für den Teufel an und glauben ewige Strafen so wie viertelstündige Zahn-Schmerzen.

Man schimpft auf die armen Rezensenten, ich denke nicht so: die Männer unter ihnen verdienen Dank, daß sie statt unserer Nebels Merzens und Besserers Predigten lesen, hingegen die jungen Knaben, die ein Vergnügen darinnen finden über andere zu urteilen ehe sie urteilen können, werden mehr gestraft als sie verdienen, es wird nie etwas aus ihnen, wenn sie zu männlichen Jahren kommen und wollen nun als Männer urteilen, so können sie nicht. Für ihre Leckerhaftigkeit ohne Jugend erwartet sie nun im Alter der Lohn der Impotenz.

Ob ein Mann, der schreibt, gut oder schlecht schreibt, ist gleich ausgemacht, ob aber einer, der nichts schreibt und stille sitzt, aus Vernunft oder aus Unwissenheit stille sitzt, kann kein Sterblicher ausmachen.

Während als die übrigen von der Fakultät sehr einträchtig miteinander lebten, einander invitierten, Gevattern stunden, Wurstsuppe schickten, wenn sie geschlachtet hatten, hatten diese beiden immer etwas mit einander zu kramen, rezensierten einander und suchten sich Fehler in ihren Büchern auf.

Wegen Gespenster wird dir dein Haus nicht ledig stehen bleiben, ziehen ein paar Hasen vor Furcht aus, so ziehen andere noch größere aus Heldenmut wieder hinein.

Wenn die Menschen nicht in Etagen wohnten, so wäre die halbe Erde schon mit Häusern angefüllt, so bauen wir schon in die Luft wo wir nicht hingehören.

Man muß keinem Werk, hauptsächlich keiner Schrift die Mühe ansehen, die sie gekostet hat. Ein Schriftsteller der noch von der Nachwelt gelesen sein will muß es sich nicht verdrüßen lassen, Winke zu ganzen Büchern, Gedanken zu Disputationen in irgend einen Winkel eines Kapitels hinzuwerfen, daß man glauben muß, er habe sie zu Tausenden wegzuschmeißen.

Über den Neger-Embryo in Spiritus.

Da liegt er noch in der Stellung, worin er Leben und Tag erwartete, Leben und Tag, die dem Armen nie erschienen. Kind wie glücklich bist du, schon so früh an dem Ziel, das Tausende deiner Brüder unter blutigen Striemen, unter Leiden ohne Zahl erst erreichen.
Armer Kleiner, wie glücklich bist du, die Ruhe die du genießest müssen sich Tausende deiner unglückseligen Brüder mit Blut unter der Geißel nichtswürdiger Krämer erkaufen. Nichts, nichts hast du an dieser Welt verloren, wo deine Rechte verkauft sind, und wo dein Herr ein Krämer gewesen wäre. Auch für ihn wäre es besser gewesen, der deine Kette schon bereit hielt, er hätte wie du den Tag nicht gesehen.

Unsere Welt wird noch so fein werden, daß es so lächerlich sein wird einen Gott zu glauben als heutzutage Gespenster.

Daß der Mensch das edelste Geschöpf sei läßt sich auch schon daraus abnehmen, daß es ihm noch kein anderes Geschöpf widersprochen hat.

Es läßt sich ohne sonderlich viel Witz so schreiben, daß ein anderer sehr vielen haben muß es zu verstehen.

Alle Tiere, die etwas mit den Pfoten fassen können, können es auch mit dem Kopf, Affen, Papageien, Biber.

Das Gastmahl der Journalisten.

Gleich nach Jubilate voriges Jahrs wurde mir von einem Freund gemeldet, daß zu Flarchheim, einem kleinen Dorfe auf der Seite von Langensalz[a], eine merkwürdige Zusammenkunft sein würde, die wohl verdiente von jemanden der so viel Neugierde hätte, und, wie er sich ausdrückte, den Seelen so gerne in die Gesichter guckte als ich gesehn zu werden. Es wären einige der wichtigsten Gelehrten Zeitungsschreiber und Journalisten von Deutschland, wie er selbst von einem unter ihnen wisse, entschlossen, an diesem Ort zusammenzukommen, sich persönlich kennen zu lernen und ein paar Tage zu schmausen. Er glaubte daß vielleicht wichtige Sachen vorgenommen werden würden, wenigstens hätte ihm dieses derselbe Mann zu verstehen gegeben, vermutlich eine kleine Veränderung mit der Literatur mögte wohl der Gegenstand sein.

Ich war über diese Nachricht fast außer mir. Denn was muß das nicht für ein Anblick sein, dachte ich, die Zirkel von καλοις κ' ἀγαθοις beisammen zu sehen, die ehrwürdigen Glieder des Gerichts, das keinen zeitlichen Richter erkennt, diese Bewahrer jenes großen Siegels womit die Patente des Ruhms und die Entrée-Billets zur Ewigkeit gestempelt werden, und die endlich allein das Jus praesentandi bei der Nachwelt aus den Händen der Welt empfangen haben. Man hat längst bemerkt, je undeutlicher die Begriffe sind die man von der Größe eines Mannes hat, desto mehr würken sie auf das Blut, und desto enthusiastischer wird die Bewunderung: Himmel, sagte ich, mache mich so glücklich dieses Anblicks zu genießen, die Leute zu sehn gegen die alle Weisen der Erden das sind was die Weisen gegen dich, und in dem Augenblick kam mir es bei der sichersten Überzeugung daß mir meine Bitte gewährt werden würde vor, als wenn ich die Gesellschaft sähe, jeden mit einem heiligen Schein um den Kopf. Ob ich gleich nicht deutlich weiß daß ich je einen Journalisten mit einem Apostel verglichen, so schien es doch fast als wenn ich es einmal dunkel getan haben müsse, denn sie schienen mir in dem augenblicklichen Gesichte dazusitzen wie die eilfe auf einem Kupferstiche den ich in meiner Kindheit öfters angesehen hatte.

Vielleicht gehören die eigentlichen Dichter nur in die rohen Zeiten, jetzt da diese nicht mehr sind müssen wir auch andere Dichter haben.

Es muß untersucht werden, ob es überhaupt möglich etwas zu tun ohne sein eignes Bestes immer dabei vor Augen zu haben.

Er hat das *nihil scire* (den akademischen Zweifel) gut begriffen.

Es gibt eine Art von Ironie, die wohl einmal eines Versuchs wert wäre. Man müßte nämlich die Zweifel die man gegen eine Sache hat mit einem gewissen starken Anschein von Güte des Herzens und Überzeugung von der Richtigkeit der Meinung, die man bestreitet, vortragen. Z. E. Ich will die Anmerkung von der Genugtuung nehmen. So könnte einer an Herrn Leß oder sonst jemanden so schreiben: Ich habe unmaßgeblich gedacht, daß weil der liebe Gott nichts an den Pflanzen und den Tieren zu ändern gefunden sondern sie so gelassen hat, wie sie anfänglich waren, so wäre es meiner einfältigen Einsicht nach doch ganz sonderbar warum er am Menschen, den er doch nach seinem Bilde gemacht, schon nach Verlauf von 2000 Jahren eine Reparation nötig gefunden, und noch dazu eine solche, daß er etwas tun mußte, was die Nachwelt kaum glauben kann, daß er nämllich seinen Sohn hat herabschicken müssen. Wollen Ew. Wohlgeboren gütigst bemerken, daß die große Abweichung des Menschen von seiner ersten vollkommenen Art eine Folge der in ihn gelegten Freiheit war, daß ihn aber sein Hang zur Veränderlichkeit endlich von selbst wieder zurückgebracht haben würde.

Unsere besten Ausdrücke werden veralten, schon manches Wort ist jetzo niedrig, was ehmals eine kühne Metapher war. Es ist also gewissermaßen der Dauer eines Werks zuträglich wenn man etwas neu im Stil tut, doch so, daß die Nachahmung schwer ist, es kann nicht so leicht veraltern.

Der oft unüberlegten Hochachtung gegen alte Gesetze, alte Gebräuche und alte Religion hat man alles Übel in der Welt zu danken.

Die Bewegungs-Gründe, woraus man etwas tut, könnten so wie die 32 Winde geordnet werden, und die Namen auf ähnliche Art formiert werden. Brod Brod Ruhm oder Ruhm Ruhm Brod, Furcht, Luft.

Er erschrak als wenn er ein *licet* mit dem indicativo gesehen hätte.

Musik war in der ersten Zeit Lärm, Satyre war Pasquille. Alles verfeinert sich. Hier und da sieht man nur noch die Geister der abgeschiedenen Wissenschaft.

Wenn man dieses Buch in die Hand nimmt, so empfindet man ein gewisses Ichweißnichtwas, eine Ruhe, so etwas von einer wollüstigen Abspannung der Fibern, die mit derjenigen etwas Ähnliches hat, die man empfindet wenn [man] nach einer Partie Schach anfängt Gänsespiel zu spielen. Ihr könnt freilich nichts dazu, daß ihr es noch nicht wißt.

Er wurde toll, eine ewige Warnung für die Klugen.

Der Mensch fängt an mit dem Satz, jede Größe ist sich selbst gleich, und wiegt endlich die Sonne und alle Planeten; er sei, sagt er, nach Gottes Bild gemacht und trinkt dort gierig den Urin des unsterblichen Lama, baut ewige Pyramiden, Louvres, Versailles und Sanssouci und betrachtet mit Entzücken eine Bienen-Zelle, und ein Schneckenhaus, umschifft durch Hülfe einer Nadel die Erde, und sitzt dort jahrelang auf einer Stelle, nennt hier Gott das tätigste Wesen, und dort den Unbeweglichen, verehrt [hier] Würmer und Mäuse göttlich und glaubt dort keinen Gott, hier ist Sonnenlicht das Gewand des Engels, und in Kamtschatka Vielfraß-Pelz. Vide p. 46
Mir hat es immer am Menschen gefallen, daß er, der Louvres, ewige Pyramiden, und Peterskirchen selbst verfertigt, mit Entzücken eine Bienen-Zelle oder ein Schneckenhaus betrachten kann.

Wenn ein Buch und ein Kopf zusammenstoßen und es hohl klingt, ist das allemal im Buch?

Wer weiß ob nicht Sokrates, wenn er jetzt in Frankfurt wäre, mit an der gelehrten Zeitung arbeitete.

Die sonderbaren Revolutionen im Reiche der Autoren schreibe [ich] zum Teil unserer verkehrten Erziehung und zum Teil den häufig wehenden Nordwestwinden zu.

Die Welt muß noch nicht sehr alt sein, weil die Menschen noch nicht fliegen können.

Ich glaube kaum, daß es möglich sein wird zu erweisen, daß wir das Werk eines höchsten Wesens, und nicht vielmehr zum Zeitvertreib von einem sehr unvollkommenen sind zusammengesetzt worden.

Buchstaben-Männchen und -Weibchen.

Es gibt Leute die nicht sowohl Genie als ein gewisses Talent besitzen dem Jahrhundert oder wohl gar dem Dezennium seine Wünsche abzumerken, noch ehe es sie tut.

Ich weiß gar nicht was ihr Leute wollt. Ich bin gar nicht einmal willens ein großer Mann zu werden, und das hättet ihr mich wenigstens erst einmal vor der Hand fragen müssen. Meint ihr denn um einem Sünder einmal mit der Geißel über den Wirbel zu hauen müsse man eine Löwen-Force besitzen? Man braucht kein großer Mann zu sein um jemand die Wahrheit zu sagen und ein Glück für uns, daß auch der arme Teufel Wahrheiten sagen kann.

Wenn heutzutage jemand einen beißenden Gedanken anbringen will, so macht er seinen Versuch an einem armen Schriftsteller, so wie die Physiologen an Hunden.

So wird uns der Vetter Engel und der Vetter Affe auslachen.

Meint ihr, das sei so leicht weggeschrieben als Kandidaten-Prose, Magazinsatyren, oder eine sogenannte wichtige Remarque, oder eine Frankfurter Rezension?

Es gibt heuer eine gewisse Art Leute, meistens junge Dichter die das Wort *Deutsch* fast immer mit offnen Naslöchern aussprechen. Ein sicheres Zeichen daß der Patriotismus bei diesen Leuten sogar auch Nachahmung ist. Wer wird immer mit dem Deutschen so dicke tun? Ich bin ein deutsches Mädchen, ist das etwa mehr als ein englisches, russisches oder otaheitisches? Wollt ihr damit sagen daß die Deutschen auch Geist und Talent besitzen? O das leugnet nur ein Unwissender oder ein Tor. Ich stelle mich zum Beweis, wenn er sich zur Behauptung stellt. Er sei Prinz, Duc, Bischof, Lord, Aldermann, Don oder was er will. Gut das ist ein Narre oder Unwissender wer das leugnet, das nehme ich schlechtweg an. Ich bitte euch Landesleute, laßt diese gänzlich unnütze Prahlerei, die Nation die uns verlacht und die die uns beneidet müssen sich darüber kützeln, zumal wenn sie inne werden, daß es ihnen gesagt sein soll.

Ich wollte lieber das Wort superklug gemacht haben als irgend eines, es macht seinem Zusammensetzer zuverlässig Ehre. Es gibt Leute, die sich angewöhnt haben über alles Reflexionen anzustellen, nicht weil ihnen die Sachen *natürlich* einfallen, sondern es ist viel mehr ein künstliches Einfallen, das der Philosophie nicht den Henker nützt. Es sind so zu reden Wunder in der Welt der Ideen, auf die man nicht rechnen kann. Da dergleichen Leute immer Ursachen angeben, weil sie es für ihre

Pflicht ansehen oder für schön halten, so verfehlen sie fast allemal das Natürliche, denn das Schwere, weit Hergeholte schmeichelt dem Stolze aus welchem sie es tun mehr, als das Natürliche. Auch hierin liegt der Grund davon, daß uns die großen Entdeckungen so leicht zu machen scheinen, wenn sie gemacht sind. Der eigentliche Verständige hingegen, der nicht so viel lebhaften Witz hat, oder ihm wenigstens alsdann nicht gleich traut, schließt so weil er hohe Ursache hat so zu schließen, durch Ähnlichkeit sind mir Tausende verwandt, durch nahe Blutsfreundschaft nur wenige. Versteht ihr mich? Daher urteilt das Frauenzimmer so vernünftig,* das haben unsere Vorfahren eingesehen und sie bei großen Sachen zu Rate gezogen. Die Gallier glaubten sogar, es sei etwas Göttliches in ihnen. Ihr Gefühl für das wahre Schöne hängt mit jenem zusammen, so wie das Superkluge mit einem Vergnügen am Sonderbaren verbunden ist. Herr Magister Thiele ist superklug, Professor Meister klug. Der Kluge wird nie superklug, hingegen kann der Superkluge, wenn er aufhört aus dem Erfinden ein Geschäfte zu machen und viel vernünftige Sachen liest, wenn er sich nicht gar zu sehr verstiegen hat, am Ende klug werden.

Einige Leute wollen das Studieren der Künste lächerlich machen indem sie sagen man schriebe Bücher über Bildchen. Was sind aber unsre Gespräche und unsre Schriften anders als Beschreibungen von Bildchen auf unserer Retina oder falschen Bildchen in unserem Kopf?

* Wenn sie erst einmal besser erzogen werden, so werden sie schon schlechter werden.

Es sollte einmal unter den Philosophen ein Störk aufstehen, der den Nutzen der schlechten Kritiker zeigte, wie die Wahrheit öfters durch sie an den Tag gebracht wird als durch die guten, öfters durch die indirekte Bemühung des Dummkopfes als die direkte des großen Geistes.

Der Mann hatte so viel Verstand, daß er fast zu nichts mehr in der Welt zu gebrauchen war.

Die beiden Frauenzimmer umarmten sich aus Grimasse, und hingen zusammen wie 2 Vipern in coitu.

Bemühe dich, nicht unter deiner Zeit zu sein.

Er war ein solcher aufmerksamer Grübler, ein Sandkorn sah er immer eher als ein Haus.

Wenn der Pabst heiraten wollte, so wüßte ich ihm keine tugendhaftere Frau vorzuschlagen.

In der Republik der Gelehrten will jeder herrschen, es gibt da keine Aldermänner, das ist übel, jeder General muß so zu reden den Plan entwerfen, Schildwache stehen und die Wachtstube fegen, und Wasser holen, es will keiner dem andern in die Hände arbeiten.

Neue Mutmaßungen über Dinge sollten die Gelehrten immer mit Dank annehmen, wenn sie nur einige Vernunft bei sich haben, ein anderer Kopf hat zuweilen nichts nötig um eine wichtige Entdeckung zu machen als eines solchen Reizes. Die allgemein angenommene Art, ein Ding zu erklären, hat keine Würkung mehr auf sein Gehirn, und kann ihm keine neue Bewegung mehr mitteilen.

Er hatte sich ein gewisses System gemacht, das nunmehr einen solchen Einfluß auf seine Denkungsform hatte, daß die Zuschauer sein Urteil immer ein paar Schritte vor der Empfindung vorangehen sahen, ob er selbst gleich glaubte es hielte sich hinten.

Alles verfeinert sich, Musik war ehmals Lärm, Satyre war Pasquill, und da wo man heutzutag sagt, erlauben Sie gütigst, schlug man einem vor alters hinter die Ohren.

Ich hoffe die meisten meiner Leser männlichen Geschlechts werden ehmals Primaner gewesen sein und aus der Erfahrung wissen wie heftig um jene Zeit der Trieb ist Bücher zu rezensieren, und wie schmeichelhaft der sündigen Seele Entreebillets zum Tempel des Nachruhms für Leute zu stempeln, die älter sind als wir.

Ich kann nicht leugnen, daß mir als ich zum erstenmal sah, daß man nun in meinem Vaterland anfange zu wissen was Wurzelzeichen sind, mir die klaren Freuden-Tränen in die Augen gedrungen sind.

Wie werden einmal unsere Namen hinter den Erfindern des Fliegens und dergleichen vergessen werden.

Da saß nun der große Mann, und sah seinen jungen Katzen zu.

Shakespear hat eine besondere Gabe das Närrische auszudrücken, Empfindungen und Gedanken zu malen und auszudrücken, die man kurz vor dem Einschlafen oder in leichtem Fieber hat. Mir ist alsdann schon oft ein Mann wie eine Einmaleins-Tafel vorgekommen, und die Ewigkeit wie ein Bücherschrank. Er müßte vortrefflich kühlen, sagte ich, und meinte den Satz des Widerspruchs, ich hatte ihn ganz eßbar vor mir gesehen.

Leute, die dieses nicht verstehen, nicht verstehen wollen und nicht könnten wenn sie wollten, höchst subtile Dummköpfe, die mit einem großen Aufwand von Gelehrsamkeit und gelehrten Maschinen keine Haselnuß zerbrechen können.
Wenn sie Rechtsgelehrte sind, so haben sie sehr subtile Einfälle in den Winkelgen des Ganzen das darüber verloren geht, und sprechen viel von der schönen Jurisprudenz weil sie zur häßlichen zu faul sind.
Der Theologe spricht viel von arabischer Literatur, die ihm zu nichts nützt. Verstand und Menschenkenntnis sollte er haben.
Als Mediziner erklärt er anstatt daß er beobachten sollte.
Als Mathematiker spricht er von Ausdehnung der Metalle und des Papiers wo man mit den Füßen noch nicht

in Richtigkeit ist. Kurz das Mücken-Seigen und Kamele-Verschlucken, Ausdrücke statt Gedanken geben, Witz statt Vernunft, ist das Kriterium eines schwachen Kopfs in allen Ständen.

Es gibt eine gewisse Art von gekünsteltem Unsinn den der Halbköpfige leicht für tiefe Weisheit, ja wohl gar für ein Weben des Genies hält, erstimulierte Ausbrüche eines fundamentlosen Enthusiasmus, ein fieberhaftes Haschen nach Originalismus ohne Richtigkeit der Empfindung, in welchem der Frankfurter Rezensent oder der Primaner aller Orten shakespearische Inspiration zu wittern glaubt, das Rauschen von Libanons ewiger Zeder, die donnernden Tritte des Würg-Engels, und den Klang der Posaune des letzten Tages hört. Es ist nichts. Fünf gegen eins, der Mann der es geschrieben hat ist ein Tropf, der mehr scheinen will als er ist, und damit ist seine arme Seele für den Ruhm der Nachwelt hin als hätte sie das Licht nie gesehen oder den Satz des Widerspruchs nie gedacht.

Es ist kein einziger unter ihnen, der nicht ein Original-Werk schon geschrieben hätte oder zu schreiben gedächte, oder doch wenn er stimulantia nimmt, seinen Zeitungs-Artikel so anfangen kann, daß die Primaner von Gießen bis Darmstadt bekennen müssen: das hat Shakespear oder der Teufel getan.

Glaubt nur sicherlich Freunde, das ist *alles, alles* verlorne Mühe. Arbeitet an eurer eignen Besserung und bedenket was für ein armseliges Verdienst! einen

Schriftsteller bei Primanern und Peruckenmachern lächerlich gemacht zu haben, und habt ihrs weiter gebracht? bedenkt dieses und dabei daß das Stundenglas, das euch zu Gefallen nie wieder umgewendet werden wird, indessen immer fortgelaufen ist. Ist mein Werk gut, so unterdrückt ihr es mit Tausenden eurer Blätter ebenso wenig als ihr den Sturm mit einem Kartenblatt zurückfächelt, und ist es schlecht, O, so wird der Fels der Vergessenheit, der schon hängt um sich über euch und euer Lob und Tadel zu wälzen, es zugleich mit ihm auf ewig begraben.

Auch ich habe seine Oden schnaubende Muse mit Unwillen gehört.

Ein Fähndrich, der nach einer Schlacht, während welcher er sich verkrochen hatte, hinter einer Hecke seinen Hut aufgehängt und ein Loch hineinschießen will, wäre ein Süjet für Hogarth.

Entsprechen, entsagen.
versprechen, versagen.

Der Herbst, der der Erde die Blätter wieder zuzählt, die sie dem Sommer geliehen hat.

Wo und wann habe ich denn gesagt, daß ich unter orientalischen Sprachen das Arabische, Hebräische, Syrische oder Chaldäische verstehe? Ich lebe und schreibe in Westfalen, wie das alle meine Freunde wissen, und da verstehe [ich] unter den orientalischen Sprachen das eigentlich Hochdeutsche, das Brandenburgische, das Wendische und da ich der Meinung zugetan bin, daß das eigentliche Kauderwelschland Westfalen gegen Morgen liegt, auch das Kauderwelsche.

Ein paar Dutzend Millionen Minuten machen ein Leben von 45 Jahren und etwas darüber.

Ich bin aus vielfältiger Erfahrung überzeugt, daß die wichtigsten und schwersten Geschäfte in der Welt, die der Gesellschaft den meisten Vorteil bringen, durch die sie lebt und sich erhält, von Leuten getan werden die zwischen dreihundert und 800 oder 1000 Taler Besoldung genießen, zu den meisten Stellen, mit denen 20, 30, 50, 100 Taler oder 2000, 3000, 4000, 5000 Taler verbunden sind, könnte man nach einem halbjährigen Unterricht jeden Gassenjungen tüchtig machen, und sollte der Versuch nicht gelingen, so suche man die Schuld nicht im Mangel an Kenntnissen, sondern in der Ungeschicklichkeit, diesen Mangel mit dem gehörigen Gesicht zu verbergen.

Verzeichnis der Druckfehler in dem Druckfehler-Verzeichnis.

Da sie sahen, daß sie ihm keinen katholischen Kopf aufsetzen konnten, so schlugen sie ihm wenigstens seinen protestantischen ab.

Er war sonst ein Mensch wie wir, nur mußte er stärker gedrückt werden um zu schreien. Er mußte zweimal sehen was er bemerken, zweimal hören was er behalten sollte, und was andere nach einer einzigen Ohrfeige unterlassen, unterließ er erst nach der zwoten.

Mit einer Hand von Menschenliebe geleitet und einer Feder in die sanfteste Milch der Züchtigung getaucht ist nachstehendes Werkchen von Anfang zu Ende von mir geschrieben worden. Unschuld leiden zu sehen, ich meine nicht die dem Henker übergebene, wenn sie unter dem Galgen schmachtet, oder in einer Marterkammer winselt, sondern schon die tückisch bewitzelte, die so genannte aufgezogene Unschuld ist für mich seit jeher eine Art von Schmerz gewesen, gegen den ich keine Mittel kenne als ein laut ausgesprochenes unerschrocknes *erst mich dann sie*.

Grade das Gegenteil tun heißt auch nachahmen, es heißt nämlich das Gegenteil nachahmen.

Wenn sie noch unter ihre Oden setzten: Die Fortsetzung folgt, so ließe ich es noch gelten.

Ich kann in der Welt nicht begreifen, was wir davon haben, den Alten so bei jeder Gelegenheit gleich den Bart zu streicheln, danken können sie es uns nicht, und aus den breiten und niedrigen Stirnen und den trotzigen Gesichtern zu schließen, worüber sich jeder deutsche Pitschierstecher aufhält, würden sie nicht einmal, wenn sie könnten. Es ist fürwahr eine mächtige Ehre für uns alte Studenten, daß es vor zweitausend Jahren Leute gegeben hat, die gescheuter waren als wir. Meint ihr vielleicht wir lebten noch in den Zeiten, wo die größte Weisheit in dem Bewußtsein bestund, daß man nichts weiß? Auf das Kapital borgt man euch keinen Magistertitul, so wenig als auf den Reichtum der in der Armut besteht einen Groschen. Nein Freunde, die Zeiten haben wir verschlafen. Diese Sätze sind heutzutage nichts weiter als schöne Nester von ausgeflogenen Wahrheiten. In den philosophischen Kunstkammern gehen sie mit, in die Haushaltungen taugen sie nicht einen Schuß Pulver. Eine herrliche Ehre heutzutage überzeugt zu sein, daß man nichts weiß. Ihr könnt schon daraus sehen, daß der Satz unmöglich mehr gelten kann, oder eure Klagen über die gegenwärtigen Zeiten sind noch in einem andern Betracht widersinnig. Das könnt ihr nicht leugnen, daß wir heutzutage mehr Leute haben, die nichts wissen, und die einfältige Überzeugung davon ließe sich ihnen bald beibringen.

Ich übergebe euch dieses Büchelgen als einen Spiegel um hinein nach euch und nicht als eine Lorgnette um dadurch und nach andern zu sehen.

4 Deputierte pissen gegen eine Kutsche, die Kutsche geht weg, und sie pissen gegen einander.

Man solle nicht bloß Satyren gegen die Gelehrten schreiben, ist eine Klage, die man in diesen Zeiten oft hört, ja es ist ein rechtes Feiertags-Principium der allgemeinen Bibliothek geworden. *Oder besser so:* Warum schreibt man bloß Satyren gegen die Gelehrten und nicht auch gegen andere Leute? Antwort: aus derselben Ursache warum die Ärzte wenn sie die Bewegung des Herzen und der Gedärme zeigen wollen keine Studenten aufschneiden sondern Hunde. Ich wollte daß der der so fragt den ersten Versuch machen müßte. Geht hin und schreibt einmal eine Satyre auf den regierenden Kammerdiener oder den Favorit-Bastard oder eine Mätresse oder einen Oberförster, doch von Satyren will ich gar nicht einmal reden, sagt selbst die Wahrheit.

Sie stund neben ihm da, wie ein Etrurisches Tränenfläschgen, Meißensches Milchkännchen neben einem Lauensteiner Bierkrug.

Es ist nicht zu leugnen, daß das Wort *Nonsense*, wenn es mit gehöriger Nase und Stimme ausgesprochen wird, etwas hat, das selbst den Wörtern Chaos und Ewigkeit wenig oder nichts nachgibt. Man fühlt eine Erschütterung die wo mich meine Empfindung nicht betrügt von einer fuga vacui des menschlichen Verstandes herrührt.

Nun wüßte ich doch auch fürwahr außer dem Teufel niemanden, der etwas hiergegen aufbringen könnte.

Hiermit hätte man einen weit standhafteren Mann bewegen können etwas weit Schlimmeres zu tun.

Es gibt in Deutschland Länder, wo die christliche Religion noch nicht Wurzel gefaßt, oder wo sie wenigstens nicht die gehörige Wartung hat und aussieht als wenn sie ausgehen wollte.

Es hätte etwas aus seinen Ideen gemacht werden können, wenn sie ihm ein Engel zusammengesucht hätte.

Arschwische mit Motto's.

Die Ägyptier haben die Furze angebetet wie Monsieur Baudelot gezeigt hat. Vid. Scaligeriana unter dem Wort Beelzebub und Menagiana. T. 2. p. 198.

Daß die wichtigsten Dinge durch Röhren getan werden. Beweise erstlich die Zeugungsglieder, die Schreibfeder und unser Schießgewehr, ja was ist der Mensch anders als ein verworrnes Bündel Röhren?

Man wird bei allen Menschen von Geist eine Neigung finden sich kurz auszudrücken, geschwind zu sagen was gesagt werden soll. Die Sprachen geben daher keine schwache Kennzeichen von dem Charakter einer Nation ab. Wie schwer ist es nicht einem Deutschen den Tacitus zu übersetzen. Die Engländer sind schon konziser als wir, ich meine ihre guten Schriftsteller. Sie haben einen großen Vorzug darin für uns, daß sie besondere Wörter für die Species haben, wo wir oft das Genus mit einer Limitation gebrauchen, welches Weitläuftigkeit verursacht. Es könnte nicht schaden, wenn man in jeder Periode die Worte zählte und sie jedesmal mit den wenigsten auszudrücken suchte.

Der Mann hatte so eine gesetzte Umständlichkeit in allem was er sagte und eine solche frachtbriefmäßige Art sich auszudrücken, daß es gar kein lebendiger Mensch bei ihm ausdauren konnte.

Die Kaufleute haben ihr Waste book (Sudelbuch, Klitterbuch glaube ich im Deutschen), darin tragen sie von Tag zu Tag alles ein was sie verkaufen und kaufen, alles durch einander ohne Ordnung, aus diesem wird es in das Journal getragen, wo alles mehr systematisch steht, und endlich kommt es in den Leidger at double entrance nach der italiänischen Art buchzuhalten. In diesem wird mit jedem Mann besonders abgerechnet und zwar erst als Debitor und dann als Creditor gegenüber. Dieses verdient von den Gelehrten nachgeahmt zu werden. Erst ein Buch worin ich alles einschreibe, so wie ich es sehe oder wie es mir meine Gedanken eingeben, alsdann kann dieses wieder in ein anderes getragen werden, wo die Materien mehr abgesondert und geordnet sind, und der Leidger könnte dann die Verbindung und die daraus fließende Erläuterung der Sache in einem ordentlichen Ausdruck enthalten. vid. p. XXVI.

Eher kannst du einen Tropfen Wasser wiederfinden, der sich im Luftmeer verloren hat.

Einer will sich ersäufen,
allein sein großer Hund,
der ihm nachgelaufen,
apportiert ihn allemal wieder

Es ist ein großer Unterschied zwischen etwas *noch* glauben und es *wieder* glauben. *Noch* glauben, daß der Mond auf die Pflanzen würke, verrät Dummheit und Aberglaube, aber es *wieder* glauben zeigt von Philosophie und Nachdenken.

Um witzig zu schreiben muß man sich mit den eigentlichen Kunstausdrücken aller Stände gut bekannt machen, ein Hauptwerk in jedem nur flüchtig gelesen ist hinlänglich. Denn was ernsthaft seicht ist, kann witzig tief sein.

Wenn ein toller Kopf des Teufels Zeug anfängt, ist es deswegen eine Folge, daß ein Kollegium von Zwölfen eben solches Zeug anfangen würde? Keinesweges, ich bin vielmehr überzeugt, daß zwölf Tollköpfe etwas beschließen könnten, das aussehen müßte als käme es von 12 Klugen. Und sagt: Was ist der Mensch anders als ein kleiner Staat der von Tollköpfen beherrscht wird pp?

Das Tier, das in einer Träne ertrinkt.

Kitty in der Alley in Pall Mall. Eines der schönsten Mädchen in England.

Wer zwei Paar Hosen hat, mache eins zu Geld und schaffe sich dieses Buch an.

Seine eigene Figur lacht ihn aus.

Oden, wenn man sie liest, so gehen einem mit Respekt zu sagen Nasenlöcher und Zehen auseinander.

Wir ziehen unsere Köpfe in Treibhäusern.

Menschen-Verstand ist eine herrliche Sache, allein das unbeholfenste unbrauchbarste Ding von der Welt bei solchen Gelegenheiten wo man ihn nicht nötig hat. Wer sagt euch denn, daß ihr ihn brauchen sollt wenn ihr eine Ode lesen wollt? Sie sind bei schlummerndem Menschen-Verstand geschrieben, und ihr beurteilt sie bei wachendem. Mit einem Wort das rechte Werk ist da, aber ihr bringt den rechten Kopf nicht. Wenn ein Buch und ein Kopf an einander stoßen und es klingt hohl, ist das allemal im Buch? Horaz hätte ganz andere Oden geschrieben, sagen sie. Es wären Zeilen darin, die bewundere man immer mehr je älter man würde und je öfter man sie läse, dahingegen die meisten deutschen Oden immer einfältiger klängen je öfter man sie läse. Kann man sich eine maliziösere Liscowischere Art sich zu erklären aussinnen? Ich glaube einem steinernen Apostel müßte die Gedult ablaufen. Ihr Haubenstöcke, wer sagt euch denn, daß ihr unsere Odensänger mit dem Horaz vergleichen sollt? Was? Horaz lebte an einem der ersten Höfe der Welt und in einer Stadt die das Herz des menschlichen Geschlechts genannt werden konnte. Da konnten die Gassen-Buben das Quicquid agunt homines auf jedem Kirchhof oder hinter jeder Mauer sehen, wenn sie nur die Augen auftun wollten. Da war es freilich eine gewaltige Kunst den Menschen zu kennen, Wahrheiten, bei deren Erforschung wir jetzt alle unsere Physiognomik aufbieten und bei deren Bewunderung uns die Augen über und die Zehen auseinander gehen, wißt ihr was die in Rom waren? Kaffeediscourse, nichts weiter, Dinge über die jeder Betrüger noch 50 Staffeln hinausgehen mußte wenn er seine Künste spielen wollte. Ich hätte fast Neigung die feinen Herrn die unsre Lauenburger Sänger mit dem Horaz messen können und gewiß mit mehrerem Recht mit gewissen Original-Köpfen zu vergleichen, die in Celle in einem gewissen Haus eingeschlossen sitzen. Einfältige Streiche. Unsere Oden-Dichter sind meistens junge unschuldige Tröpfe, die in kleinen Städten leben und singen, wo alle Einwohner einerlei hoffen, einerlei fürchten, einerlei hören und einerlei denken, wo 20 Köpfe in einer Gesellschaft immer für einen gelten, Leute, die aus Dichterlesen Dichter werden, so wie man aus Büchern schwimmen oder aus Rugendas Bataillen die Kriegskunst lernt. Unerfahrene Menschen, davon jeder etwa ein Dutzend eigne und 2 Dutzend geborgte Ideen bar liegen hat, da läßt sich mit über die Welt handeln. Außerdem gibt es ja zweierlei Oden, die gelehrte für Geist und Ohr und die ungelehrte für das Ohr allein, und zu der letzteren braucht man kaum einmal vom Weibe geboren zu sein. Wenn man etwas Silbenmaß in den Ohren hat und dabei 20 bis dreißig Oden als stimulantia liest, so mögte [ich] gern das Gesicht von dem Sterblichen sehen, der nicht eine Ode wiederhallen könnte bei der jedem poetischen Primaner die Nasenlöcher auf und Finger und Zehen auseinandergehen sollten. Mit einem Worte solche Kompositionen muß man gar nicht mit dem Maßstabe messen mit dem [man] Hagedorns Uzens und Ramlers Oden mißt, sie gehören zu einer ganz andern Klasse von Kompositionen und sind das in der Poesie was Jacob Böhms unsterbliche Werke in Prose sind, eine Art von Pickenick, wobei der Verfasser die Worte (den Schall) und der Leser den Sinn stellt. Will er nicht, oder kann er nicht, gut so läßt ers bleiben. Zu einem solchen Kränzgen finden sich immer Leute.

Dem Dr Faust unter andern haben wir ein ganz herrliches Denkmal gestiftet, daß ihn der Teufel noch auf die Stunde in jedem Marionettenstall auf jeder Frankfurter Messe die Woche 6mal holt.

Witzige Schriften wollten sie. Da regnete blitzte und hagelt es Epigramme. Wißt ihr was die Antwort war? die alte ausgepeitschte Sentenz es gäbe hundert Witzige gegen einen der Verstand hätte. Wer konnte es alsdann den Spottvögeln verdenken, von denen es in Deutschland wimmelt, wenn sie die Welt mit verständigen Schriften anfüllten, ich meine mit solchen in welchen kein Gran von Witz anzutreffen ist, daher nahm die verständige Komödie ihren Ursprung, die verständige Farce, unsre verständige Satyre, ja man machte sogar verständige Wortspiele.

Öffnen Hunde statt Studenten, oder üben, wie manche rechtschaffene Männer, wenn sie sich an ihren Gegnern nicht rächen können, mit Recht ihren Zorn an ihren Hunden oder an ihren Bedienten aus. Was ist denn ein deutscher Gelehrter? Nichts, gelbe winddürre Seelen-Gehäuse, deren Westen mehr Falten schlagen als andrer Leute ihre Mäntel. Gliedermänner, nach denen man zeichnen und die man herumzerren kann, wie man will. Was man nach fünf sechshundert Jahren von manchem sagen mag, das geht uns jetzt nichts an.

Im September als die Gefangenen von verschiednen Gefängnissen nach Newgate abgeführt wurden, begegneten sich 2 solcher Kolonnen (nämlich eine von New prison und die andere von Bridewell), so fingen sie an um eine Wette zu rennen, welche Partie zuerst in Newgate sein würde, und die Wette wurde von der letzteren Partei gewonnen.

Wir fahren nicht mit Bouquets und weißen Coquarden nach dem Galgen, schneiden uns nicht aus Neugierde in die Finger um unser Blut zu sehen, braten nicht Rippenstücke von unsern Weibern oder Geliebten, wie der Kerl tat mit dessen Gerippe der Wind auf Hounslow Heath noch jetzt spielt. Und wir wollen original sein?

Und gesetzt ein junger Mensch, der einen Trieb in sich verspürt ein Originalkopf zu werden, schreibt uns eine Romanze oder eine Ballade oder so etwas, wobei jedem vernünftigen Mann die Augen aus Mitleiden über das unglückliche junge Genie übergehen, hat man deswegen gleich Ursache, ein Langes und Breites davon zu machen und sich anzustoßen, zuzuwispern und zuzugicklen und so laut heimlich zu tun, als wenn der Pabst mit Zwillingen niedergekommen wäre? Wenn jemand schlecht schreibt, gut, so laßt ihn schreiben. Sich in einen Ochsen verwandeln ist noch lange kein Selbstmord.

Es hatte die Würkung, die gemeiniglich gute Bücher haben. Es machte die Einfältigen einfältiger, die Klugen klüger und die übrigen Tausende blieben ungeändert.

Macht aus Materien, die eigentlich ein Stück in einem Wochenblatt füllen könnten, kein Buch, und aus zwei Worten keine Periode. Was der große Dummkopf in einem Buch sagt, würde erträglich sein, wenn er es in 3 Worte bringen könnte.

Sachte, sachte, damit euch die Engel nicht auslachen. Der Gegenstand ist schlecht, aber ihr kennt ihn noch nicht ganz, und deswegen verfahrt behutsam. Wißt ihr wohl daß der Magnet von Anfang bloß den Taschenspielern diente?

Ein sonderbares Geräusch, als wenn ein ganzes Regiment auf einmal niesete.

Mich dünkt die großen Herren sollten nicht leiden, daß man Rezensenten-Streiche und gelehrte Zeitungen so herunter nimmt, denn gesetzt einmal unsere Dichter hingen ihre Harfen an die Weidenbäume, was wollten sie da für ein Instrument spielen? Sie würden die Zeitung lesen, sich über den Postreuter die Köpfe blutig schlagen und die Regierung tadeln. Denn das erfordert eben so wenig Mühe als Oden machen.

Sie schreiben aus Vaterlands-Liebe Zeug, worüber man unser liebes Vaterland auslacht.

Ich bin eigentlich nach England gegangen um deutsch schreiben zu lernen.

Eins der fruchtbarsten Erfindungs-Mittel, wogegen das *Quis*, *quid*, *ubi* pp gar nicht aufkommt, ist, daß man, so bald man etwas hört, zu sich selbst sagt: *das ist nicht wahr?* und alsdann die Gründe sucht, warum man so sagt. Die Regel, daß man nicht eher reden oder schreiben sollte bis man gedacht habe, zeigt von vielem guten Willen des Verfassers, aber von wenigem Nachdenken, und der gute Mann dachte wohl nicht daran, daß man, um mich schöppenstädtisch, aber kräftig, auszudrükken, sein Gesetz nicht halten kann ohne es zu übertreten. Denn nicht zu gedenken, daß viele Leute gar nicht würden sprechen können, so glaube ich überhaupt das Gegenteil. Wie mancher hat endlich aus Desperation etwas Gescheites gesagt, weil er etwas Unüberlegtes verteidigen mußte, und Behaupten ist Philosophieren. Ich nehme die paar identischen Sätze aus die uns Euklides aufgezeichnet hat, mit allen denen [die] in grader Linie und durch erlaubte Verbindungen davon abstammen.

In dem Sudel-Buch können die Einfälle die man hat, mit aller der Umständlichkeit ausgeführt werden, in die man gewöhnlich verfällt so lang einem die Sache noch neu ist. Nachdem man bekannter mit der Sache wird, so sieht man das Unnötige ein und faßt es kürzer. Es ist mir so gegangen als ich meinen Timorus schrieb. Ich [habe] oft mit dem, was ein Aufsatz im Sudelbuch war, einen Ausdruck schattiert.

D*eutsche Charaktere.* Das ist die schon hundertmal hergeleierte Klage der allgemeinen Bibliothek, über der einem fast alle Gedult ausgehen mögte. Ich frage gleich: Was ist ein deutscher Charakter? Was? Nicht wahr, Tabakrauchen und Ehrlichkeit? O Ihr einfältigen Tröpfe. Hört seid so gut und sagt mir, was ist es für Wetter in Amerika? Soll ichs statt eurer sagen? Gut. Es blitzt, es hagelt, es ist dreckig, es ist schwül, es ist nicht auszustehn, es schneit, friert, wehet und die Sonne scheint.

Es hat Leute gegeben, die haben dem Tacitus wollen auf die Sprünge kommen, und Kapitel mit drei Worten aussprechen, der Stubenhistoriker ihre Schweiß und Blut kostende Berichtigung der Nachwelt in ein harmonisches Kolon hinwerfen, und unaffektierte Perioden drechseln, die sich in Magister-Disputationen auflösen ließen, und den Dank für jahrlange Mühe nicht einmal mit einem Partikelgen auch nur fliehend suchen, sondern die Zeile hinschreiben, gleichgültig, ob die Perle die sie enthält morgen oder in tausend Jahren oder gar nicht gefunden wird. Der Vorsatz ist gut, aber unter uns gesprochen, Landsleute, das geht wahrhaftig nicht. Wir sind nicht darnach eingerichtet, und dem Himmel sei Dank daß wir es nicht sind. Nein, so lange ich wenigstens lebe, so soll die majestätische deutsche Allongen-Periode nichts von ihrer Würde verlieren. In ihr liegt der Charakter der Nation, da ist alles Zusammenhang, unser häufiges *gewesen* und das *denenjenigen*, desselbigengleichen, das beliebte S^{e} Hochwohlgeborne Exzellenz der Herr von usw., ferner unser Bettuch, Halstuch, Schnupftuch, Handtuch, Tischtuch und zehntausend solcher Wörter, worin man den National-Geist recht auf der Tat ertappt, zeigt daß die lange eckigte, dahin knarrende Periode eigentlich für uns ist. Ja was sagte ich, merkt ihr nicht deutlich daß vielen unserer Landsleute die Sprache schon zu kurz geworden ist, daher sie in ihren Aufsätzen nicht allein die längst erlaubten Füll- Flick- und Streckwörter, sondern sogar die sogenannten Flick-Bemerkungen nötig haben, während welcher dann der Geist die Zunge wieder einholt.

Es ist die Pflicht jedes rechtschaffenen modernen Mannes, die wir hoffentlich alle sind, gegen die alten Bildhauer nichts einzuwenden. Ich bin zuweilen nicht ungeneigt zu glauben, daß Winckelmann entweder Eingebungen von irgend einem guten Geist gehabt, oder daß ihm der Drache seine Bemerkungen gebracht oder der Kobolt diktiert hat. Es ist zwar wahr, wenn man feine Nerven hat und bis zur Wollust gesund und ruhig im Gewissen ist, so fängt man leicht Feuer, und ein eigner Gedanke den man unvermutet bestätigt findet breitet sich aus, berauscht und erhitzt uns, so könnte in Sh[aftes]bury, in dem Manne der in dem Nachmittag seines Lebens noch katholisch werden konnte eine Hochachtung für alten Marmor entstehen, die von Anbetung nicht unterschieden ist. Man kann sich Rom und klassisches Land nicht ohne wollüstige Beklemmung denken, und wenn man dann selbst der heiligen Stelle nahe kommt, wo die Denkmäler stehen, auf die ehmals unser Lob und unsere Schläge hinausliefen, da scheint die Erde zu zittern, keiner unsrer Kollegen hat das je gesehen. Da zittert, schaudert und ahndet der Geist und betet an, wo er urteilen sollte. In des Vatikanischen Apolls langen Beinen sieht er Göttlichkeit, und in der gut gezeichneten allgemeinen Miene, deren Stillstehen die Vermutungen hemmt, die wir bei der Bewegung machen werden, wird göttliche Ruhe. – Ich habe in England, wenn ich ein Kabinett besah, die Regel gnau beobachtet, ich erinnere mich unter andern auf einem Landhaus des ehmaligen Lord Hollands, das jetzt seinem Bruder dem berüchtigten Charles Fox gehört, einen Demokrit gesehen zu haben, der mir eigentlich besser gefiel als alle die kostbaren teuren Antiken, die da waren, allein den Henker habe ich das gesagt, ich stund minutenlang vor einem Caligula und Trajanus und schlug die Hände über dem Kopf zusammen, wer wird sich von den Bedienten auslachen lassen? Vid. p. LXXI.

Daß man seine Gegner mit gedruckten Gründen überzeugen kann, habe ich schon seit dem Jahr 1764 nicht mehr geglaubt. Ich habe auch deswegen die Feder gar nicht angesetzt, sondern bloß um sie zu ärgern, und denen von unserer Seite Mut und Stärke zu geben und den andern zu erkennen zu geben, daß sie uns nicht überzeugt haben.

Es gibt Leute, die so fette Gesichter haben, daß sie unter dem Speck lachen können, daß der größte physiognomische Zaubrer nichts davon gewahr wird, da wir arme winddürre Geschöpfe denen die Seele unmittelbar unter der Epidermis sitzt immer die Sprache sprechen, worin man nicht lügen kann.

Er hatte außer Leib und Seele eine fast zolldicke Maske von Speck über sich gezogen, die die Bewegung seiner Gesichts-Muskeln so verhüllte, als der Körper bei an-

dern Leuten die Gedanken. Er konnte unter dieser Hülle lachen und Gesichter schneiden, ohne daß die Umstehenden das mindeste davon merkten.
Oder so: Es soll in einem Buch weiter nichts stehen als was grade hinein gehört. Kein Gedanke und kein Wort? Nonsense. Besteht denn der Mensch auch bloß aus Leib und Seele? Oder hat er nicht auch Speck, der weder zum einen noch zum andern gehört?

Um eine fremde Sprache recht gut sprechen zu lernen, und würklich in Gesellschaft zu sprechen mit dem eigentlichen Akzent des Volks, muß man nicht allein Gedächtnis und Ohr haben, sondern auch in gewissem Grad ein kleiner Geck sein.

Wißt Ihr wohl, das weitläuftig zu sein erlaubt ist, wenn man nach den Bogen bezahlt wird, und ich hasse die Beschreibungen von einer Schlacht, die zu lesen weniger Zeit wegnehmen, als die Schlacht selbst. Nichts muß man behutsamer aussprechen als das Urteil: *Dunkel.* Etwas dunkel zu finden ist keine Kunst: die Elefanten und die Pudelhunde könnten dann, wer weiß was dunkel finden.

Geht hin und schreibt einmal eine Satyre auf den regierenden Kammerdiener, auf den natürlichen Sohn, oder des natürlichen Sohns Bastard oder des Bastards Bankert. Ihr werdet des Henkers werden. Überhaupt wenn ihr in Deutschland auf vornehme Herrn Satyren machen wollt, so rate ich euch zwei Stücke, entweder wählt euch welche aus dem alten Testament, oder bewerbt euch zuvor um ein Dienstgen zwischen den Tropicis, und wenn euch das nicht ansteht, so halts Maul.

Keine Leute sind eingebildeter, als die Beschreiber ihrer Empfindungen, zumal wenn sie dabei etwas Prose zu kommandieren haben.

Die Leute können nicht begreifen, wie es Menschen geben könne, die das sogenannte Weben des Genies in den Wolken, wo ein glühender Kopf halb gare Ideen auswirft, für Possen halten können, ja wie man so grausam sein könne [und] ganze Kapitel voll schöner Ausdrücke nicht so hoch achtet als ein Senfkorn von Sache.

Die Beweiser, da nichts zu beweisen ist. Es gibt eine Art von leerem Geschwätz, dem man durch Neuigkeit des Ausdrucks, unerwartete Metaphern das Ansehen von Fülle gibt. Klopstock und Lavater sind Meister darin. Im Scherz geht es an. Im Ernst ist es unverzeihlich.

Die Wahrheit hat tausend Hindernisse zu überwinden, um unbeschädigt zu Papier zu kommen, und von Papier wieder zu Kopf. Die Lügner sind ihre schwächsten Feinde. Der enthusiastische Schriftsteller, der von allen Dingen spricht und alle Dinge ansieht, wie andere ehrliche Leute, wenn sie einen Hieb haben, ferner der superfeine erkünstelte Menschenkenner, der in jeder Handlung eines Mannes, wie Engel in einer Monade, sein ganzes Leben sich abspiegeln sieht, und sehen will, der gute fromme Mann, der überall aus Respekt glaubt, nichts untersucht, was er vor dem 15. Jahr gelernt hat, und sein bißgen Untersuchtes auf [un]untersuchten Grund baut, dieses sind Feinde der Wahrheit.

Margate. Es geht da so wie an allen Orten, wo Bäder sind, man holt ein bißgen verlorne Gesundheit und verliert sein Herz.

Wenn alle Menschen des Nachmittags um 3 Uhr versteinert würden.

Hierbei kommt noch ein Umstand in Betrachtung der auch alle freundschaftliche Mischung der Gesellschaft in den Wirtshäusern unmöglich macht. Nämlich weil die Postwagen-Reisen mit so vielen Trübsalen verbunden sind, so hat man dafür gesorgt, daß die Wirtshäuser noch um so viel schlechter sind, als nötig ist um den Postwagen wieder angenehm zu machen. Ja man kann sich nicht vorstellen, was das für eine Würkung tut. Ich habe Leute die zerstoßen und zerschlagen waren und nach Ruhe seufzten, als sie das Wirtshaus sahen, wo [sie] sich erquicken sollten, sich mit einem Edelmut entschließen sehen weiter zu reisen, der würklich etwas Ähnliches mit jenem Mut des Regulus hatte, der ihn nach Karthago zurückzugehen stärkte, ob er gleich wußte, daß man ihn dort in eine Art von deutschem Postwagen setzen und so den Berg herunter rollen lassen würde. Ferner haben wir in Deutschland allgemeine Gebete, aber keinen allgemeinen Fluch, und kein Schimpfwort, das überall gilt, und keinen Galgen, den man überall kennt. In dem letztern Umstand geht man recht bis zum Einfältigen weit, da man zu Tyburn alles aufknüpft, was sich in dem millionenvollen Middlesex hängensfähig macht, so hat in Deutschland nicht allein fast jedes Dorf seinen Galgen, sondern in großen Städten hat die Bürgerschaft einen eignen Galgen, und die andern einen eignen, und ich fürchte daß man endlich um unsern Ausdrücken alle Kraft von daher zu verwässern Familien-Flüche erfinden und Familien-Galgen errichten wird.

Unser Leben kann man mit einem Wintertag vergleichen, wir werden zwischen 12 und 1 des Nachts geboren, es wird 8 Uhr ehe es Tag wird, und vor 4 des Nachmittages wird es wieder dunkel, und um 12 sterben.

Wenn die Menschen plötzlich tugendhaft würden, so müßten viele Tausende verhungern.

Ein Buch ist ein Spiegel, wenn ein Affe hineinguckt, so kann freilich kein Apostel heraus sehen. Wir haben keine Worte mit dem Dummen von Weisheit zu sprechen. Der ist schon weise der den Weisen versteht.

Ich habe auf Schulen junge Geschöpfe, die aussahen als könnten sie gar nicht oder doch wenigstens gar nichts sprechen, sogar Hebräisch sprechen hören, so daß den Zuhörern die Haare zu Berge und die Augen-Axen parallell stunden, ich erinnere mich nie ein Exempel bei andern Nationen gelesen zu haben ein einziges ausgenommen, das wo ich nicht irre in Bileams Jahrhundert sich ereignet hat.

Ich hasse nichts so sehr als die Pürschgen die Saxenhäuser Grobheit für Satyre halten, wenn sie sie durch ein paar verzierte Lippgen seigen oder mit dem lispelnden Züngelgen womit sie sie vorbringen wieder halb zurückzunehmen glauben.

Es ist keine Kunst etwas kurz sagen, wenn man etwas zu sagen hat, wie Tacitus, allein wenn man nichts zu sagen hat und schreibt dennoch ein Buch und macht die Wahrheit mit ihrem ex nihilo nihil fit zur Lügnerin, das heiß ich Verdienst.

Indem ich jetzt die Feder ansetze fühle ich mich so voll, meinem Gegenstand so gewachsen, sehe mein Buch in dem Keim so deutlich vor mir, daß ich es fast versuchen mögte mit einem einzigen Wort auszusprechen.

Einen Primaner, der den Goethe anbetet und den Wieland anspeit.

Unsere empfindsamen Enthusiasten, die jeden der sie auslacht für einen leichtsinnigen Spötter segnen, und nicht bedenken, daß man stark empfinden könne ohne davon zu schwatzen. Empfindet euch bis in den dritten Himmel hinauf, laßt Eure Empfindungen Kraft zu guten oder zu großen Taten [geben], nicht das Sprechen aus

Empfindung ist, worüber ich lache, der Allmächtige bewahre mich für mich vor so etwas, sondern das Schwätzen von Empfindung. Glaubt Ihr etwa, Ihr fühltet allein, was ihr allein Torheit gnug besitzt malen zu wollen? Gesetzt es gelänge euch, sprecht Lavatersche oder Engelraffaelische Prose. Wißt ihr eure ganze Belohnung? Die Primaner von der Weichsel bis an Rhein werden euch mit wonnetrunknem Auge anschmachten, und der weise Mann, der Weltkenner was wird der tun? Er wird, endlich müde immer eine Windblase von einem Ausdruck statt einer Sache zu finden, euer Buch wegwerfen ohne vielleicht etwas anderes zu sagen als: *du armer Tropf.*

Die große Regel: Wenn dein Bißgen an sich nichts Sonderbares ist, so sage es wenigstens ein bißgen sonderbar.

Auf einer meiner Reisen wurde ich in [ein] Kabinett von Büsten und Statuen geführt. Mir gefiel trotz der vielen alten teuren Köpfe die Büste eines Demokrit, der etwa 50 bis 60 Jahre alt sein mogte, mehr als alles. Allein um mich nicht von der Frau die das Kabinett zeigte auslachen [zu] lassen fiel mein Lob auf einen alten Caligula, dem die Zeichen der Auferstehung, römische Garten-Erde noch hinter den Ohren saß, und die Frau sagte ich müßte ein Herr von Geschmack sein.

Ordnung müßt ihr im Büchelgen nicht suchen. Ordnung ist eine Tochter der Überlegung, und meine Feinde haben so wenig Überlegung gegen mich gebraucht, daß ich gar nicht absehe warum ich welche gegen sie gebrauchen sollte.

Briefe über die neuste Literatur: und ich dank es dem lieben Gott tausendmal, daß er mich zum Atheisten hat werden lassen.

Wir sollten deutsche Charaktere auf die Bühne bringen, vortrefflich, und die deutschen Charaktere uns dafür ans Halseisen. Nicht wahr?

In der Duenna wird sehr witzig von einem getauften Juden gesagt er stehe da wie das weiße Blatt zwischen dem alten und neuen Testament. Ein Pfaffe, der sehr rotgetrunken aussieht, wird von einem andern gefragt, woher das komme, da sie doch immer fasteten und für die Sünden der Welt büßen müßten. O, sagt er, ich schäme mich der Sünden der Welt wegen, und meine Schamröte ist nun so fest geworden wie ihre Laster.

Da sitzen sie, legen die Hände zusammen ohne die Augen aufzutun und wollen warten bis ihnen der Himmel einen Shakespear-Geist gibt. Verlaßt euch nicht darauf, daß Shakespear geboren worden ist. So tröstet der Teufel die Ochsen. Shakespear hat keine Offenbarungen gehabt. Alles was er euch sagt, hat er gelernt oder erfahren, also um wie Shakespear zu schreiben muß man lernen und erfahren, sonst wird nichts daraus. Wenn Ihr auch gleich eure Werke den seinigen so ähnlich haltet als ein Ei dem andern. Der, der über euch ist, sieht den Unterschied augenblicklich, so bald er an seiner Sonne genießen will was Ihr bei eurer Lampe angerichtet habt. Shakespear wartete vor der Tür des Komödien-Hauses auf und machte sich Geld damit, das wissen wir. Was tat er für das Geld, nicht wahr, ging hin und studierte die Alten, blätterte sich die Lippen trocken hinter den Wörterbüchern und machte Auszüge? Nicht wahr? und wurde Hofmeister, sah gelb aus, wurde Professor, empfahl die Alten wieder, spitzte Stuben-Maximen zu, usw.? Nein er verzehrte sein Geld auf englischen Kaffeehäusern, speiste in einem *chop*haus, [an] öffentlichen Plätzen und das in einer Nation, die stolz darauf ist ihre Neigungen nicht zu verbergen, dort lernte er die Sprache der Alten verstehen und alsdann las er sie in einer Übersetzung, die er leicht verbessern konnte. Der Grund von allem ist die Beobachtung und Kenntnis der Welt, und man muß viel selbst beobachtet haben, um die Beobachtungen anderer so gebrauchen zu können als wenn es eigne wären, sonst liest man sie nur und sie gehen ins Gedächtnis ohne sich mit dem Blut zu vermischen, alles Lesen der Alten ist vergeblich, wenn es nicht so getrieben wird. Wir sehen das an unsern jungen Leuten, bei denen Studium der Alten das rechte Losungswort ist, sie empfehlen sie ewig und wenn sie schreiben, so ist es wieder Kandidaten-Prose vor wie nach.

Der noch nicht einmal passives und aktives Lesen unterscheiden kann.

Den gemeinen Charakter, der zwischen Windbeutel und Trimalchio liegt, bei denen alles Ohngefähr in der Haushaltung mit Fleiß und alles Vorsätzliche recht kuriös von ohngefähr entsteht, die die Suppe aus einem eignen Gout anbrennen lassen, und die Löcher in den Strümpfen der Transpiration wegen offen halten, die alles wohlfeiler kaufen als andere Menschen und recht kuriös glücklich sind zu finden, was sie vorher hingelegt haben. Den Kopisten, der einen Schnupfen in der Hofluft gefangen hat und sich für den Minister hält, oder den Deutschen in London, der den Engländer spielt. Den Bürger der sich einen monströsen schwer bordierten Sonntagshut zulegt und sich so weh tut, daß seine Frau und Kinder sagen, unser Hut. Unsere langsamen durchgeschmauchten und -gerauchten Kartuffel-Menschen, Stäbe jede Staatsverfassung damit abzustecken.

In einem Artikel sind wir allerdings unendlich weit unter den Engländern und das ist in der Kunst avertissements zu machen. Es ist fast unmöglich sich des Kaufens zu enthalten, auch wenn man weiß daß es nicht wahr ist. Man meint man glaubte es nicht und glaubts doch. Ich habe oft der Sache nachgedacht und gefunden, daß es daher rührt: Ich will die Quacksalber nehmen. Sie geben eine Beschreibung von der Krankheit, gegen die ihre Arznei gerichtet [ist], nicht etwa in gemeinen Worten kurz weg, sondern sie wissen daß der Mensch lieber Detail hat. Sie beschreiben daher die Symptomen gnau und was sie sagen *geht oft heim*, die große Kunst aller großen Schriftsteller. Z. E. Ich erinnere mich eines Avertissements eines Mittels wider das Zahnweh das ohngefähr so lautete: Überall, wo man jetzt hinkommt, hört man Personen über Schmerzen klagen, die sie Zahnschmerzen nennen, sie sind aber ganz verschieden, denn viel Personen die sich die Zähne haben ausziehen lassen haben sich eher schlimmer darnach befunden, junge gesunde Personen sind ihnen am meisten ausgesetzt, sie schlafen wenig, getrauen nichts Festes zu essen aus Furcht den Schmerz zu erwecken und fallen daher ganz vom Fleisch und werden elend. Ich muß bekennen, daß meiner großen und langen Erfahrung ungeachtet mich dieses Übel lange getäuscht hat indem ich weder durch Ausziehn noch Schröpfen noch durch meinen bekannten vortrefflichen Zahnbalsam, der sonst gar nicht trügt, etwas ausgerichtet habe. Bis ich endlich meine in dem großen Schnupfen-Jahr 1740 mit dem größten Segen gebrauchte himmlische Tropfen (den Namen gaben ihnen fast wider meinen Willen einige meiner Patienten wegen der wohltätigen und schnellen Würkung) die bisher nicht viel helfen wollen hervorgesucht habe. Sie heilen fast augenblicklich, und ich habe wahre Wunder damit getan.

Eine schädliche Folge des allzu vielen Lesens ist, daß sich die Bedeutung der Wörter abnutzt, die Gedanken werden nur so ohngefähr ausgedrückt. Der Ausdruck sitzt dem Gedanken nur los an. Ist das wahr?

Ich erinnere mich deutlich, daß ich in meiner ersten Jugend einmal ein Kalb wollte apportieren lernen, allein ob ich gleich merkte, daß ich merklich in den nötigen Fertigkeiten zunahm, so verstunden wir uns einander alle Tage weniger, und ich ließ es endlich ganz und habe es nachher nie wieder versucht.

Sie können einen solchen Gedanken ansehn, als wären sie nie fähig ihn selbst zu haben, sie staunen ihn an wie ein Affe den Himmel.

In einem Städtgen wo sich immer ein Gesicht aufs andere reimt.

Der Mensch denkt Wunder, wer er wäre, wenn er die Milbe einen Elefanten und die Sonne einen Funken nennt.

Ich mögte nur einen einzigen Tag König von Preußen sein, ich wollte die Berliner zausen.

Vorschlag in einem kalten Winter Bücher zu brennen.

Er schreibt, daß selbst den Engeln der Verstand stille steht.

Schreibt man denn Bücher bloß zum Lesen? oder nicht auch zum Unterlegen in die Haushaltung? Gegen eins, das durchgelesen wird, werden Tausende durchgeblättert, andere Tausend liegen stille, andere werden auf Mauslöcher gepreßt, nach Ratzen geworfen, auf andern wird gestanden, gesessen, getrommelt, Pfefferkuchen gebacken, mit andern werden Pfeifen angesteckt, hinter dem Fenster damit gestanden.

Sagt, ist noch ein Land außer Deutschland, wo man die Nase eher rümpfen lernt als putzen?

Ist denn Besinnen etwas anders als Nachschlagen und Erfinden mehr als Umformen?

Über einen Kirschen-Kern voll Materie läßt sich ein Himten voll Bücher schreiben, oder über eine Kubik-Linie lose Materie läßt sich eine gepreßte Kubik-Rute Dissertation schreiben. Ich glaube daß die Dinte die man verschrieben hat um zu beweisen daß – – – hinreichend gewesen wäre, dem einfältigen Kometen von anno 74 einen bessern Schwanz zu machen als er würklich hatte. Wie viel Millionen von Monaden, woraus vielleicht die Natur einmal ein Mädgen gebaut hätte, müssen sich in einen dummen Bogen von Papier zusammen tun um eine Lüge oder eine Wahrheit, die nicht viel besser ist, einer denkenden Monade begreiflich zu machen, die besser in einem Lumpen oder Bogen Papier … Wenn man seine beiden Augen zuschließt und den Arm und Zeige-Finger ausstreckt und so grad fort geht bis man anstößt, so wird man selten auf etwas stoßen worüber man nicht ein 8" Bändgen schreiben könnte.

In dem Brief der Dienstmädgen: *vornehme* Gedanken und gravitätische Redens-Arten. Reputatische Wörter, ausgerechnete Gedanken, am Ende:

Der ich bin
gantz gehorsamste Katerine
deine HochEdelgebohrne Dinerin.

Ein guter Ausdruck ist so viel wert als ein guter Gedanke, weil es fast unmöglich ist sich gut auszudrücken ohne das Ausgedrückte von einer guten Seite zu zeigen.

Statt Goethisch lies Gothisch.

Die Leiden des Herrn Baron von Werthers.

Daß die plagiarii so verächtlich sind kommt daher, weil sie es im kleinen und heimlich tun. Sie sollten es machen wie die Eroberer, die man nunmehr unter die honetten Leute rechnet, sie sollten platterdings ganze Werke fremder Leute unter ihrem Namen drucken lassen und wenn sich jemand dagegen in loco selbst regt, ihm hinter die Ohren schlagen, daß ihm das Blut zu Maul und Nase heraussprützt, Auswärtige in Zeitungen Spitzbuben, Kabalenschmiede, und Bengel schelten, sie zum Teufel weisen oder sagen, daß [sie] das Wetter erschlagen solle. Auf diese Art wollte ich meinem Vaterland weismachen, daß ich den Nothanker geschrieben hätte.

Sie sind unterschieden wie promesse und Versprechung, die letztere wird gehalten und die erstere nicht. Vom Nutzen der französischen Wörter im Deutschen. Ich wundere mich, daß man das nicht gemerkt hat. Das französische Wort gibt die deutsche Idee mit einem Zusatz von Wind, oder in der Hofbedeutung. Ist denn promesse so viel als Versprechen? Eine Erfindung ist etwas Neues und eine Decouverte etwas Altes mit einem neuen Namen. Kolumbus hat Amerika entdeckt und Americus Vesputius hat es decouvriert (ja gout und Geschmack stehn einander fast entgegen und Leute von gout haben selten viel Geschmack). Ehmals erfanden die Deutschen noch, jetzt da man mit Recht Schreiben zum Maßstab von Verdienst gemacht und man die kritischen Bibliotheken, Kalender und Lotterielisten und Muster-Charten mit unter die Bücher rechnet, so legen sich die Deutschen mehr auf das Decouvrieren. Ehmals hat man in Frankreich öffentlich über die Frage disputiert: si un allemand peut avoir de l'esprit. Non Messieurs, würde ich gesagt haben, denn versteht ihr unter Esprit was wir darunter verstehen, so habt ihr recht, versteht ihr aber unter Esprit, was wir und die Engländer unter Witz und Wit verstehen, so sollen euch die schwarzen Husaren holen, Ihr Schelmen. Welches ist witziger, sagt, wie ihr einer Dame wegen weniger in ein Buch zu bringen als hinein gehört, oder wie wir der Mannspersonen wegen mehr hinein zu bringen, als wir selbst wissen? Den Damen zu Gefallen nicht mehr Blut sagen sondern Lebens-Burgunder, die Mathematik aus mathematischen Büchern verbannen. Griechisch mit lateinischen Lettern drucken, der Schwangern wegen. Algebra durch A... ausdrucken der Schwangern wegen.

Ich scherze fürwahr nicht, liebe Landesleute, wenn ich eingestehe die Deutschen hätten keinen Esprit, denn das bißgen Atheisterei unter uns kann man noch nicht Esprit nennen. Zu einem französischen Atheisten der Esprit hat wird [verlangt] daß er sich nur bloß bei schmerzlichen Krankheiten und auf dem Todbette bekehrt, unsere hingegen bekehren sich gemeiniglich bei jedem Donnerwetter. Ferner die Liedgen unserer Jugend sind ebenfalls noch kein Beweis daß die Jugend Esprit hat. Es ist zwar wahr, Esprit ist Nonsense, aber nicht jeder Nonsense ist Esprit.

Und das ist allenfalls noch das einzige was sich gegen die Abschaffung der zehen Gebote und des Vaterunsers sagen läßt.

Dem schleichenden Hektiker der des Nachts in sein Schnupftuch spuckt und vor dem Tag zittert, der ihm die Blutflecke zeigt, sich in seinen Knochen auf den Mai und die jungen Kräuter freut, und nur noch bis in den Hornung zu leben hat. Dem der jedermann apportiert, jedermann aufwartet, über jedermanns Stock springt, dem alles so vorkommt, wie es der Mann haben will, der ihm die Peitsche oder die Ketten der Finsternis oder den Geldbeutel vor den Kopf schüttelt.

Die Beschreibung der Belagerung von Bergen op Zoom in den historisch genealogischen Nachrichten gefällt mir immer besser als Homer.

Als er eine Mücke ins Licht fliegen sah, und sie nun mit dem Tode rang, so sagte er: hinunter mit dem bitteren Kelch, du armes Tier, ein Professor sieht es und bedauert dich.

Mit dem einen Auge in Perikles Jahrhundert, und mit dem andern in Kaiser Franzens und mit den Gedanken der Himmel weiß wo haben uns unsere Kunstrichter endlich eine Definition vom Natürlichen herausgekünstelt, woraus folgt, daß es zehenmal leichter ist etwas Künstliches zu machen als etwas Natürliches, man sollte sich vor den Engeln schämen solche Sachen zu sagen, wenn man dem gemeinen Volk so etwas auf Essen und Trinken reduziert oder was sie sonst verstehen, ich glaub wir müßten unser Sein wieder von vornen anfangen um des Lebens sicher zu sein. Die Natur hat nur eine Regel für die Schriftsteller, und die läßt sich in zwei Worten fassen: *Laßts laufen.*

Alles wohlklingend und alles erlogen.

Nicht alle die Wohlgeboren sind Wohlgestorben oder im Reich der Toden Hochedelgestorbene.

Ich kann mich gar des Lachens nicht erwehren, wenn meine Frau meint sie exstire. Sie hat keinen Guh, Staatsjungfer. Absonderlich deine Ordokraffie ist gar elend. Ordografi.

Wie gehts, sagt ein Blinder zu einem Lahmen. Wie Sie sehen, antwortete der Lahme.

Das Fortgehen des Guten und des Zweckmäßigen in der Welt. Wenn es in der menschlichen Natur liegt, daß z. E. die christliche Religion endlich einmal wieder zu Grunde geht, so wird es geschehen man mag sich darwider setzen oder nicht, das Zurückgehn und Hemmen auf eine kurze Zeit ist nur ein unendlich kleiner Bogen in der Linie. Nur ist es schade, daß grade wir die Zuschauer sein müssen und nicht eine andere Generation, es kann es uns also niemand verdenken, wenn wir so viel als möglich arbeiten unsere Zeiten nach unsern Köpfen formen. Ich denke immer, wir auf dieser Kugel dienen zu einem Zweck, dessen Erreichung eine Zusammenverschwörung des ganzen menschlichen Geschlechts nicht verhindern kann. Eben so geht ein gutes Buch zur Nachwelt, wenn sich alle kritische Richterstühle vereinigten es verdächtig zu machen nicht durch Satyre, sondern mit der Miene des unschuldigen Lamms und mit [dem] Akzent der Wahrheitsliebe, ja wenn sie gar ganz davon schwiegen. Wenn es ein Dutzend neue Wahrheiten stark und gut gesagt enthält, wenn man den Menschenkenner im Übrigen des Werks erblickt, so wird eine Legion von witzigen Bibliothekenschreibern es in seinem Gang zur Ewigkeit so wenig aufhalten können, als ich den Sturm oder die kommende Flut mit einem Kartenblatt zurückfächeln. Ein Mensch kann ein gutes Buch aus Neid, Unverstand oder Narrheit als schlecht verdammen, allein der Mensch nicht. Den Verfasser kann er an Bettelstab bringen. Ein Mensch kann etwas Schlechtes loben und etwas Gutes verdammen, aber der Mensch nicht.

Die Menschen machen sich Bilder von allem, mein Mittewoche; die Zahlen der Raum von 1 bis 50 ist nicht so groß wie der von 50 bis hundert.

Die Kunst ein Werk zu rechter Zeit herauszugeben ist hauptsächlich unserm Vaterland eigen, sie wissen es so zwischen zu früh und zu spät hineinzukommen, daß kein Tag mehr dazwischen ginge. Denn früher können sie nicht kommen, weil sie so wie [sie] sind, noch nicht fertig sind, und später nicht weil man gemeiniglich schon ehe sie kommen weiß was drinnen steht.

Wenn ich die Genealogie der Dame Wissenschaft recht kenne, so ist die Unwissenheit ihre ältere Schwester, und [ist] denn das etwas so Himmelschreiendes die ältere Schwester zu nehmen wenn einem die jüngere auch zu Befehl steht? Von allen denen, die sie gekannt haben, habe ich gehört, daß die älteste ihre eigne Reize habe, daß sie ein fettes gutes Mädchen sei, die eben deswegen, weil sie mehr schläft als wacht, eine vortreffliche Gattin abgibt.

Mit der Feder in der Hand habe ich, mit gutem Erfolg, Schanzen erstiegen, von denen andere mit Schwert und Bannstrahl bewaffnet zurückgeschlagen worden sind.

Über Menschen-Kenntnis und Stil ließ sich etwas sehr Nützliches schreiben, es müßten die großen Regeln *Vorrat ohne Aufwand*, oder wo [möglich] *Aufwand bei großem Vorrat* ins Licht gesetzt werden. Des Tacitus Ausdruck müßte analysiert und rekommendiert werden. Ein guter Schriftsteller muß sich schlechterdings nichts daraus machen, wenn man ihn auch in 10 Jahren nicht versteht. Was dieses Jahrhundert nicht versteht, versteht das nächste.

Die Enthusiasten, die ich gekannt habe, haben alle den entsetzlichen Fehler gehabt, daß sie bei dem geringsten Funken der auf sie fällt allemal wie ein lange vorbereitetes Feuerwerk abbrennen. Immer in derselben Form und immer mit demselben Getöse, da bei dem vernünftigen Mann die Empfindung immer dem Eindruck proportioniert ist. Der Leichtsinnige räsoniert nach dem ersten Eindruck kaltsinnig fort, da der vernünftige Mann immer einmal umkehrt und sieht was der Instinkt dazu sagt.

Man könnte, da man doch einzelne Silben nicht liest, sondern ganze Wörter, manche Bücher sehr abkürzen. In vielen Wörtern sind die Vokalen entbehrlich: Mnsch liest gewiß jedermann Mensch, list gwß jdrmn Mnsch.

Daß alle scherzhafte Sachen Possen sind, wird überhaupt nur meistens von alten Theologen oder alten Professoribus Juris behauptet die glauben alles wäre ernsthaft was mit einem ernsthaften Gesichte oder ernsthaften stilo gesagt würde, da es doch ausgemacht ist, daß von 100 Possen gewiß 90 ernsthaft vorgetragen werden. Aus den munteren Schriften kluger Köpfe läßt sich sehr oft mehr lernen, als aus sehr vielen ernsthaften. Sie tragen manches mit einer lachenden Miene vor, was sie im Ernst meinen, was aber noch nicht untersucht genug ist um eine ernsthafte zu kleiden. Andere Leute können das im Ernste gar wohl nützen.

den 9ten März. Begriffe und Sachen zusammen zu bringen, die selten zusammenkommen, oder die gemeinen mit ungewöhnlicher Aufmerksamkeit und Beobachtungs-Geist anzusehen kann einen auf einen Gedanken leiten.

Der Mann geht zu weit, aber tue ich das nicht auch? Er hört sich gern in seinem Enthusiasmus. Höre ich mich nicht gerne mit meinem Witz? oder in meiner kaltblütigen Verachtung alles dessen was aus Empfindung getan wird?

Namentlich alle Buhl- und Betschwestern.

So schreiben wie Herder ist unchristlich gegen die Nachwelt, nämlich manche ihrer Erfindungen werden neidische Wortklauber in diesen Schriften schon finden wollen, obgleich die ehrlichen Leute mit keiner Silbe daran gedacht haben.

So sagen die Menschen gemeiniglich: Da lach ich dazu, wenn sie dazu weinen, oder dazu schäumen mögten.

Nichts gefällt dem Apoll besser, als [wenn] man ihm einen mutwilligen Rezensenten schlachtet.

Wenn Leute ihre Träume aufrichtig erzählen wollten, da ließe sich der Charakter eher daraus erraten, als aus dem Gesicht.

25. War Herr Professor Koppe bei mir; er sagte mir, daß Herr Goethe lieber mit einem originellen Narren umginge als mit einem vernünftigen Mann. Celle wäre also wohl der beste Ort für ihn.

Was muß es auf ein Volk für einen Einfluß haben wenn es keine fremde Sprachen lernt? Vermutlich etwas Ähnliches von dem, den eine gänzliche Entfernung von aller Gesellschaft auf einen einzelnen Menschen hat.

Wenn wir die Mütter bilden, das heißt die Kinder in Mutterleibe erziehen.

Es ist kein sicherer Weg sich einen Namen zu machen, als wenn man über Dinge schreibt, die einen Anschein von Wichtigkeit haben, die sich aber nicht leicht ein vernünftiger Mann die Zeit nimmt zu untersuchen.

Wer dieses nicht einsieht, muß entweder eine schlechte Erziehung genossen, oder irgend einmal einen Schlag an den Kopf bekommen [haben], wodurch die Brücke zwischen diesem Satz und dem Beifall eingestürzt ist.

Er fiel sich selbst ins Wort.

Eine vortreffliche Anmerkung von Herrn v. Haller, daß deswegen so wenig auf dem Lande sterben, weil sehr viele Leute unter die Soldaten gehen nach den Städten,

Dienstmädchen, Handwerker, sie sterben selten in ihren Dörfern. Physiologie Tom: VIII. Lib. XXX.

Nichts ist gut und nichts schlecht in einem Buch was *der Mensch* im großen Verstand nicht endlich ausfindet. Kommt es Ihnen nicht auch so vor, mein lieber B? Nichts nichts dünkt mich ist armseliger, als wenn ein Rezensenten-Club ein gutes Buch durch ihren Tadel zu unterdrucken, und ein schlechtes durch ihr Lob zu heben sucht. Dem Verfasser kann ein Zeitungsschreiber zuweilen schaden, aber den Richter für den der vernünftige Mann allein schreibt, den Menschen im ganzen besticht er sicherlich nicht. Eine gute Schrift kann ein vereintes Feuer aus allen Zeitungen so wenig zu Grunde richten als ich die kommende Flut mit einem Kartenblatt zurückfächle.

Grade das Gegenteil tun ist auch eine Nachahmung, und die Definitionen der Nachahmung müßten von Rechts wegen beides unter sich begreifen. Dieses sollten unsere großen nachahmenden Original-Köpfe in Deutschland beherzigen.

♂ 9. Darf man Schauspiele schreiben, die nicht zum Schauen sind, so will ich einmal sehen wer mir wehren will ein Buch zu schreiben, das kein Mensch lesen kann.

Wenn es eine Rezension
verfertigt,

habe ich mir sagen lassen,

soll es allemal die heftigsten
Erektionen haben.

Unsere Prose ginge so stolz und unsere Poesie so demütig einher. Ist denn das etwas so gar Abscheuliges? Die Prose ist lange genug zu Fuß gegangen (pedestris oratio) und mich dünkt es wäre nun einmal Zeit für die Poesie abzusteigen um die Prose reiten zu lassen.

⊙ 5. Ich bin überzeugt, daß, wenn Gott einmal einen solchen Menschen schaffen [würde], wie ihn sich die Magistri und Professoren der Philosophie vorstellen, er müßte den ersten Tag ins Tollhaus gebracht werden. Man könnte daraus eine artige Fabel machen: Ein Professor bittet sich von der Vorsicht aus ihm einen Menschen nach dem Bilde seiner Psychologie zu schaffen, sie tut es und er wird in das Tollhaus gebracht.

Es wäre der Mühe wert, zu untersuchen, ob es nicht schädlich ist zu sehr an der Kinderzucht zu polieren. Wir kennen den Menschen noch nicht genug um dem Zufall, wenn ich so reden darf, diese Verrichtung ganz abzunehmen. Ich glaube, wenn unsern Pädagogen ihre Absicht gelingt, ich meine, wenn sie es dahin bringen können, daß sich die Kinder ganz unter ihrem Einfluß bilden, so werden wir keinen einzigen recht großen Mann mehr bekommen. Das Brauchbarste in unserm Leben hat uns gemeiniglich niemand gelehrt. Auf öffentlichen Schulen, wo viel Kinder nicht allein zusammen lernen, sondern auch Mutwillen treiben, werden freilich nicht so viel fromme Schlafmützen gezogen, mancher geht ganz verloren, den meisten sieht man aber ihre Überlegenheit an. Bewahre Gott, daß der Mensch, dessen Lehrmeisterin die ganze Natur ist, ein Wachsklumpen werden soll, worin ein Professor sein erhabnes Bildnis abdruckt.

Wir, der Schwanz der Welt, wissen nicht, was der Kopf vorhat.

Ich lese die Tausend und eine Nacht und den Robinson Crusoe, den Gilblas, den Findling, tausendmal lieber als die Messiade, ich wollte 2 Messiaden für einen kleinen Teil des Robinson Crusoe hingeben. Unsere meisten Dichter haben, ich will nicht sagen [nicht] Genie genug, sondern nicht Verstand genug einen Robinson Crusoe zu schreiben.

Kein Barometermacher kann gut in Göttingen bestehen aber ich habe ein paar dumme Kerls gipserne Katzen und Papageien fast einen Sommer durch herumtragen sehen, die gewiß nicht geblieben wären, wenn ihnen nicht ihr Handel ihr reichliches Auskommen verschafft hätte.

♂ 4. Sie haben genieset, gezischt, gehustet und noch 2 Arten von Lärm gemacht wozu wir im Deutschen keine Wörter haben.

♀ 21. Die unterhaltendste Fläche auf der Erde für uns ist die vom menschlichen Gesicht.

♄ 6. Ich habe Leute gekannt, die haben heimlich getrunken und sind öffentlich besoffen gewesen.

♃ 18. Sie streichen die Postwagen rot an, als die Farbe des Schmerzens und der Marter. Sie bedecken sie mit Wachslinnen, nicht wie man glaubt um die Reisenden gegen Sonne und Regen zu schützen (denn was die Reisenden [sind] tragen ihren Feind unter sich, das sind die Wege und der Postwagen), sondern aus derselben Ursache warum man den zu Henkenden eine Mütze über das Gesicht zieht, damit nämlich die Umstehenden die gräßlichen Gesichter nicht sehen mögen, die jene schneiden.

♄ *den 20ten Julii schlug der Blitz hier auf der Barfüßer Straße ein.*

♂ 23. Es regnete so stark, daß alle Schweine rein und alle Menschen dreckig wurden.

Wenn sich unsere jungen Leute gewöhnten gegen 3 Gedichtchen für das Herz nur eins für den Kopf zu machen, so hätten wir Hoffnung einmal im Alter einen Mann zu sehen der Herz und Kopf hätte, die seltenste Erscheinung. Die meisten haben selten mehr Licht im Kopf als grade nötig ist zu sehen, daß sie nichts darin haben.

In Herrn Levers vortrefflicher Sammlung von Naturalien in Leicester Haus in London hat man der Schwachen und Schwangeren wegen nicht allein die monstra sondern auch die Affen und Esel apart gestellt. Es ist in der Tat eine Schande daß bei uns die Bullen und Esel noch so frei herum gehen dürfen, was Wunder wenn unter 10 Knaben 9 etwas von der Natur jener Tiere an sich haben.

Solche Leute sollten in wohleingerichteten Staaten eine Null auf den Knöpfen tragen.

Ein Buch ist ein Spiegel, wenn ein Affe hineinsieht, so kann kein Apostel heraus gucken.

♄ 17. Ich kenne ein Land, wo man die Kartuffeln Landesleute heißt.

☿ 21. Was mag wohl die Ursache sein, daß einen unangenehme Gedanken viel lebhafter schmerzen, des Morgends, wenn man erwacht, als einige Zeit nachher, wenn man weiß, daß alles wacht, oder auch wenn man aufgestanden ist, oder mitten am Tage, oder auch des Abends, wenn man zu Bette liegt? Ich habe davon vielfältige Erfahrung gehabt, ich bin des Abends ganz beruhigt über gewisse Dinge zu Bette gegangen, über die ich gegen 4 Uhr des Morgends wieder sehr bekümmert gewesen bin, so daß ich oft einige Stunden wachte und mich herumwarf, um 9 Uhr oder auch noch vorher war schon Gleichgültigkeit oder Hoffnung wieder da.

♂ 27. Wir bilden uns oft etwas auf Leute ein die sich unserer schämen würden.

♃ 29. So wie man den Heiligen eine Nulle über den Kopf malt.

Die letzte Hand an sein Werk legen, das heißt verbrennen.

♂ 3. Etwas Witziges läßt sich wider alles sagen, und für alles. Hiergegen könnte ein witziger Mann wieder etwas sagen, das mich vielleicht diese Behauptung bereuen machen könnte.

Im Parakletor vielleicht eine ironische Verspottung der Ironie. Satyre sollten wir schreiben? Wie? und wogegen? Mit Phlegma und gegen Phlegma, das wird schmerzen, wo der eine nicht schlagen kann und der andere keine Schläge fühlt! Überhaupt ist Satyre unter allen Mitteln den Menschen zu bessern gewiß das einfältigste und die Ironie die albernste. Ist das eine Kunst etwas Gutes zu sagen, wenn der Leser etwas Besseres verstehen muß als ich gesagt habe, so kann selbst M... etwas Gutes schreiben und K... hat auf diese Art gute Oden gemacht.

Der Mensch. – Jede Größe ist sich selbst gleich, sagt er, und wiegt endlich die Sonne mit allen Planeten ab. Er weiß die Zeit der Bedeckung entfernter Planeten und weiß den Untergang einer Welt nicht, die seinen Körper ausmacht. Ich bin nach Gottes Bild geschaffen, sagt er, und dort schlurft er den Urin des unsterblichen Lama. Staunt eine Bienen-Zelle mit Verwunderung an, und kann selbst Peterskirchen bauen. Wirft Hirsenkörner durch das Ohr einer Nadel oder bestreicht sie mit einem Stein und findet auf dem Meer seinen Weg. Nennt Gott bald das tätigste Wesen, bald den Unbeweglichen, gibt dem Engel bald Sonnenlicht zum Gewand und bald Vielfraß-Pelz (Kamtschatka), betet bald Mäuse und Würmer an, glaubt hier an einen Gott vor dem tausend Jahre sind, wie der Tag der gestern vergangen ist, und bald an gar keinen. Ermordet sich selbst und vergöttert sich selbst, kastriert sich selbst, brennt und hurt sich zu Tode, tut Gelübde der Keuschheit, und verbrennt einer … wegen Troja. Frißt seine Mitbrüder, seinen Mist. (*Mehr verdaut und besser geordnet*)

Man sollte Krokodile in den Stadtgräben ziehen um ihnen mehr Festigkeit zu geben.

☿ 18. Epistel Pauli an die Göttinger.

Wenn man sich an einem Tage nicht von seinem Zweck ableiten läßt, ist auch ein Mittel die Zeit zu verlängern, und ein sehr sicheres, aber schwer zu gebrauchen.

♂ 24. Die Wege werden immer breiter und schöner, je näher man dieser Hölle kommt (London).

☽ 30. Die Verse geraten nur wie die Krebse in den Monaten gut in deren Namen kein r ist.

☿ 2. Er hatte die Eigenschaften der größten Männer in sich vereint. Er trug den Kopf immer schief wie Alexander, und hatte immer etwas in den Haaren zu nisteln wie Cäsar. Er konnte Kaffee trinken wie Leibniz, und wenn er einmal recht in einem Lehnstuhl saß, so vergaß er Essen und Trinken drüber wie Newton, und man mußte ihn wie jenen wecken. Seine Perücke trug er wie Dr Johnson und ein Hosenknopf stund ihm immer offen wie dem Cervantes. (und nun auf einmal mit Magister Reinhold).

♀ 11. Die Wälder werden immer kleiner, das Holz nimmt ab, was wollen wir anfangen? O zu der Zeit, wenn die Wälder aufhören, können wir sicherlich so lange Bücher brennen, bis wieder neue aufgewachsen sind.

☽ 18. Vielleicht hat ein Hund kurz vor dem Einschlafen, oder ein betrunkener Elefant Ideen, die eines Magisters der Philosophie nicht unwürdig wären. Sie sind ihnen aber unbrauchbar, und werden durch ihre allzu reizbare sinnliche Werkzeuge auch wieder verwischt.

♂ 19. Ich sehe nicht ein, warum manche Teile des menschlichen Körpers mit Haaren bewachsen sind, als damit beim Baden sich das Wasser länger darin hält und durch seine Kühlung jene Teile stärkt und kühlt, weil sie es am meisten von Nöten haben.

☿ 20. Wenn ich nur wüßte, wer es dem ehrlichen Mann beibringen wollte, daß er nicht klug ist.

Diesen mit Kaffee geschriebenen Brief wird Ihnen der Johann übergeben. Ich hätte Blut genommen, wenn ich keinen Kaffee gehabt hätte.

Alles Unglück von A bis Z. O meine liegen alle zwischen A und G (Frau, Ehe).

Die erste Regel bei Romanen sowohl als Schauspielen ist, daß man die verschiedenen Charaktere gleichsam wie die Steine im Schachspiel betrachtet, und sein Spiel nicht durch Veränderung der Gesetze zu gewinnen sucht nach welchen sich diese Steine richten, nicht einen Springer wie einen Bauern zieht pp. 2) diese Charaktere gnau bestimmt, auch sie nicht außer Aktivität setzt um seinen Endzweck zu erhalten, sondern lieber mit der Würksamkeit derselben gewinnt. Das nicht tun heißt eigentlich Wunder tun wollen, die immer unnatürlich sind.

Wenn der Mensch seinen Körper ändern könnte wie seine Kleider, was würde da aus ihm werden, oder wenn aus den Kleidungsstücken der Frauenzimmer immer das würde, was sie sich statt derselben hätten kaufen sollen.

♀ 20. Heute die Engländer nach Gotha.
Was den Schriftsteller beliebt macht, ist nicht so wohl neue Empfindungen zu beschreiben, als vielmehr den gemeinsten einen Anstrich von Wichtigkeit zu geben und dem Leser dadurch glauben zu machen, er habe etwas Ungewöhnliches gedacht, oder noch besser, gemeine Dinge so schön zu sagen, daß der Leser, den Gedanken nach dem *Ausdruck schätzend*, zu glauben anfängt er habe würklich einen großen Einfall gehabt, indem er etwas ehmals gedacht was sich schön sagen läßt.

Wäre nicht das Partizipium gebräuchlich zu machen, wie es im vorhergehenden Satz unterstrichen vorkommt?

Die Weisesten dieser Erde sind meisten von jungen Leuten gezeugt, so wie unsere besten Gedichte meisten von raschen Köpfen. Parakletor.

Er pflegte seinen Witz so [zu] rechnen wie Wein, sein 70er sagte er wäre der beste.

Was würde es geben, wenn man einmal in London die 10 Gebote während als [es] 12 schlüge aufhübe.

Der dramatische Dichter so wohl als der Romanenschreiber müssen keine Wunder tun im kosmologischen Sinn. In der Welt geschehen sie ja nicht mehr.

♃ 26. Meine Gedanken von dem Dichterwerden der Erde verdienen durchgesetzt zu werden. Alles wird dichter, alles fällt zusammen, Häuser, Berge, Brücken, und was ist unser Boden anders als eine Brücke? Saturn ist vermutlich eingestürzt. Jupiter wird einmal einstürzen. Die Veränderungen werden jetzt seltner je dichter sie wird. Wenn ich Dach-Ziegel auf der Erde finde, so schließe ich daß sie in der Höhe waren. Alles bricht zusammen und ist im Zusammenbrechen begriffen.

Wenn man den Ländern Namen von den Worten gäbe die man zuerst hört, so müßte England *damn it* heißen.

♃ 9. Wenn man gar nicht einmal die Geschlechter an den Kleidungen erkennen könnte, sondern auch noch sogar das Geschlecht erraten müßte, so würde eine neue Welt von Liebe entstehen. Dieses verdiente in einem Roman mit Weisheit und Kenntnis der Welt behandelt zu werden.

Man lasse nur einströmen, ohne Vorurteil, in unsern sinnlichen Werkzeugen liegt der Fehler nicht, wenn wir superklug oder Gecken sind, sondern in unserm Lesen und Vorurteilen.

☽ 13. Ehe man noch die gemeinen Erscheinungen in der Körper-Welt erklären konnte, fing man weit früher an, Geister zur Erklärung zu gebrauchen. Jetzt da man ihren Zusammenhang besser kennt, erklärt man eines aus dem andern, und die Geister, bei denen wir stille stehen, sind endlich doch ein Gott und eine Seele. Die Seele ist also noch jetzt gleichsam das Gespenst das in der zerbrechlichen Hülle unsres Körpers spükt. Aber ist das selbst nur unserer eingeschränkten Vernunft gemäß: was unserer Meinung nach nicht durch Dinge geschehen kann, die wir kennen, muß durch andere Dinge geschehen als wir kennen? Es ist dieses nicht allein ein falsches sondern abgeschmacktes Räsonnement. Ich bin so sehr überzeugt, daß wir von dem uns Begreiflichen grade nichts wissen, und wie viel mag nicht noch zurücksein, das unsere Gehirn-Fibern nicht darbilden können. Bescheidenheit und Behutsamkeit in der Philosophie, zumal in der Psychologie geziemt uns vorzüglich. Was ist Materie so wie sie sich der Psycholog denkt? so etwas gibt es vielleicht in der Natur nicht, er tödet die Materie und sagt hernach daß sie tod sei.

Was für einen Effekt würde es nicht auf mich haben, wenn ich einmal in einer ganz schwarz behangenen großen Stube, wo auch die Decke mit schwarzem Tuch beschlagen wäre, und bei schwarzen Fußteppichen, schwarzen Stühlen und schwarzem Canapee, in einem schwarzen Kleide bei einigen wenigen Wachskerzen sitzen müßte und von schwarz gekleideten Leuten bedient würde?

Wahrhaftes unaffektiertes Mißtrauen gegen menschliche Kräfte in allen Stücken ist das sicherste Zeichen von Geistesstärke.

Es gibt Leute, deren Lippen mit gleicher Breite um den ganzen Mund herumgehen, der dadurch das Ansehen von einem Feuerstahl erhält. Mit denen ist selten viel anzufangen.

Was ist denn der Mensch anders als eine Kaffee-Tasse? Er sammelt im Köpfgen um ins Schüsselchen auszugießen, und das Schüsselchen taugt ohne Köpfgen nichts und das Köpfgen nichts ohne Schüsselchen.

Wenn eine andere Generation den Menschen aus unsern empfindsamen Schriften restituieren sollte, so werden sie glauben es sei ein Herz mit Testikeln gewesen. Ein Herz mit einem Hodensack.

♀ 24. Mir ist ein Kleintuer weit unausstehlicher als ein Großtuer, denn einmal verstehen es so wenig, weil es eine Kunst ist da Großtun aus der Natur entspringt, und dann läßt der Großtuer jedem seinen Wert, da der Kleintuer den, gegen welchen er es ist, offenbar verachtet. Ich habe einige gekannt, die von ihrem wenigen Verdienst, das sie hatten, mit soviel pietistischer Dünnigkeit zu sprechen wußten, als wenn sie fürchteten man möchte schmelzen, wenn sie sich in ihrem ganzen Licht zeigten. Ich habe mir aber angewöhnt über solche Leute zu lachen, und seit der Zeit sehe und höre ich sie gerne.

Wer seine Talente nicht zur Belehrung und Besserung anderer anwendet ist entweder ein schlechter Mann oder äußerst eingeschränkter Kopf. Eines von beiden muß der Verfasser des leidenden Werthers sein.

Zum Lärmenmachen wählt man die kleinsten Leute, die Tambours.

Die Metapher ist weit klüger als ihr Verfasser und so sind es viele Dinge. Alles hat seine Tiefen. Wer Augen hat der sieht [alles] in allem.

Februar.

☉ 2. Man hat griechische und lateinische Bücher eingeführt, so wie die arabischen Hengste in England, man könnte den Stammbaum manches Buchs so angeben, wie die Engländer die von ihren Pferden.

♂ 4. Die Menschen gehn zwar nicht auf allen Vieren aber sie gehen mit allen Vieren, niemand kann geschwind laufen ohne mit seinen Händen eine ähnliche Bewegung zu machen. Viele Leut, wenn sie gehen, schleudern mit den Händen nicht aus Nachahmung, sondern aus Natur, es scheint dieselbe Kraft die die Füße bewegt bewege zugleich die Hände; auch Leute die in die Höhe springen, machen eine hüpfende Bewegung mit den Händen.

Die Frauenzimmer sind in Persien von der Poesie ausgeschlossen. Sie sagen, wenn die Henne krähen will, so muß man ihr die Kehle abschneiden.

♂ 11. So wie die Otaheiten von Eis und Schnee und London reden würden, wenn sie es sähen, so könnte man sich zur Übung einen gewissen Kreis von Wörtern und Kenntnis setzen und ohne aus ihm herauszugehen Beschreibungen von allerlei Dingen geben. Der Mangel an gehörigen Wörtern würde einen auf manches führen. Gedichte ohne den Buchstaben r hat Brockes gemacht.

Da der vortreffliche Brockes Gedichte ohne r gemacht das dem Menschen so natürlich ist, so sehe ich nicht ein warum man keine Gedichte ohne Menschen-Verstand machen sollte, da es ohne Widerrede wahr ist daß man ohne r nicht einmal Wasser und Brod fordern kann, da man Exempel hat, daß Leute ohne Menschenverstand sich auf die ersten Stufen des bürgerlichen Lebens geschwungen haben.

♄ 15. Da dringe ich eben darauf, das ist der eigentliche Mensch nicht, der mit uns lebt, wir müssen ihn jetzt aus der Geschichte heraus suchen.

Warum sind junge Witwen in Trauer so schön? (Untersuchung).

Das heißt man soll mit dem Licht der Wahrheit leuchten, ohne einem den Bart zu sengen.

♂ 11. Ich habe noch niemanden gefunden, der nicht gesagt hätte: es wäre eine angenehme Empfindung Stanniol mit einer Schere zu schneiden.

Es sind zuverlässig in Deutschland mehr Schriftsteller, als alle vier Weltteile überhaupt zu ihrer Wohlfahrt nötig haben.

Noch ein verwegenerer Gedanke als eine Statue aus dem Berg Athos zu hauen wäre Europa z.E. zum doppelten Adler zu schneiden.

So sagt man jemand bekleide ein Amt, wenn er von dem Amt bekleidet wird.

Eine Art von Heimweh zum Himmel. Er begeht schändliche Streiche einen über den andern, als wenn er das Heimweh nach der Hölle hätte.

Mancher Mann quält sich seine Lebenszeit, studiert sich frigid und impotent über der Entwickelung der Meinung eines Schriftstellers. Ich gebe es zu, es war eine Lebenszeit nötig das System des Mannes zu entwickeln, es vom Schmutz schmieriger Ausbesserer zu reinigen, das ist alles wahr, aber es erforderte nur viertelstündiges helles Wachen gesunder Vernunft einzusehen daß die ganze Historie keine 3 Groschen wert war.

Man empfiehlt Selbst-Denken oft nur um die Irrtümer anderer beim Studieren von Wahrheit zu unterscheiden. Es ist ein Nutzen, aber ist das alles? wie viel unnötiges Lesen wird uns erspart. Ist denn Lesen Studieren? Es hat jemand mit großem Grunde der Wahrheit behauptet, daß die Buchdruckerei Gelehrsamkeit zwar mehr ausbreitet aber im Gehalt vermindert hätte. Das viele Lesen ist dem Denken schädlich. Die größten Denker, die mir vorgekommen sind, waren gerade unter allen den Gelehrten die ich habe kennen gelernt die, die am wenigsten gelesen hatten. Ist denn Vergnügen der Sinne gar nichts?

ad 1.49. Wenn man die Menschen lehrt *wie* sie denken sollen und nicht ewig hin, *was* sie denken sollen: so wird auch dem Mißverständnis vorgebeugt. Es ist eine Art von Einweihung in die Mysteria der Menschheit. Wer im eignen Denken auf einen sonderbaren Satz stößt, kommt wohl wieder davon ab, wenn er falsch ist. Ein sonderbarer Satz hingegen, der von einem Mann von Ansehen gelehrt wird, kann Tausende, die nicht untersuchen, irre führen. Man kann nicht vorsichtig genug sein in Bekanntmachung eigner Meinungen, die auf Leben und Glückseligkeit hinaus laufen, hingegen nicht emsig genug, Menschen-Verstand und Zweifel einzuschärfen. Hieher gehört die auf der gegenüberstehenden Seite angeführte Sentenz *every man's reason is every man's oracle.*

Die Gottes-Gelehrten können nicht behutsam genug sein bei Ausdehnung des Richteramts der Offenbarung über Dinge, wo die Vernunft auch *dereinst* entscheiden wird. Bei dem jetzigen Zustand unserer Kenntnisse spricht sie mit Recht die Sprache des Zweifels, allein wird sie immer so zu sprechen Ursache haben? Die Vernunft macht täglich Eroberungen aus dem Vergangnen und durch diese Eroberungen gestärkt nützt sie das Gegenwärtige. Es könnte sein, ich hoffe es nicht, daß die christliche Religion durch Begebenheiten künftiger Zeiten vieles verlöre.

Ich bin überzeugt, man liebt sich nicht bloß in andern, sondern haßt sich auch in andern.

Almanach der Parzen.

Die Naturkündiger der vorigen Zeit wußten weniger als wir, und glaubten sich sehr nahe am Ziel: wir haben sehr große Schritte darauf zu getan und finden nun, daß wir noch sehr weit ab sind. Bei den vernünftigsten Weltweisen nimmt die Überzeugung von ihrer Unwissenheit zugleich mit ihrem Wachstum an Erkenntnis zu.

Was man sucht, ist gewöhnlich in der letzten Tasche, ist ein vermeintlicher Erfahrungs-Satz, den man glaube ich in allen Ländern und in allen Familien angenommen hat, und doch glaubt ihn niemand im Ernst.

Wenn er sprach, so fielen in der ganzen Nachbarschaft die Mäusefallen von selbst zu.

In meinem Kopfe leben noch Eindrücke längst abgeschiedener Ursachen. (meine liebe Mutter!!!!!!!).

Mit den einfältigen Sprüchwörtern unserer Vorfahren, was helfen mich die Nester ausgeflogner Wahrheiten? (Da kommen die Kerle und weisen mir die Nester pp).

Ich glaube nicht, daß unter der sogenannten studierenden deutschen Jugend die Summe leerer Köpfe je größer gewesen ist als jetzt. Dieses ist die Ursache warum es so viel junge Werther gibt, nicht weil das Buch meistermäßig geschrieben ist, sondern weil man solche Schaf-Engel brauchen kann wozu man will. Sie gehn ihrem Wirt ohne zu bezahlen durch und weinen über Gellerts Grab, sie zeichnen Silhouetten, und wittern Golgatha's Tau, ein protestantischer metaphernmächtiger Gaßner könnte sie brauchen Teufel einzunehmen oder auszutreiben und Hancock zu Stäben eine Spitzbuben-Republik abzustecken. Es ist kein Charakter. Indolenz, Unverstand und Unerfahrenheit in allem was ernste Wissenschaft heißt hat sie stumpf gemacht zu allem außer der Spekulation über den Trieb, aus dem haben sie sich eine Naturhistorie geschaffen, eine Ästhetik, eine Philosophie, da suchen sie allen Adel der Seele und den Himmel auf der Welt.

Ein aufmerksamer Denker wird in den Spiel-Schriften großer Männer oft mehr Lehrreiches und Feines finden, als in ihren ernsthaften Werken. Das Formelle, Konventionelle, Etiquettenmäßige fällt da gemeiniglich weg, es ist zum Erstaunen wie viel elendes konventionelles Zeug noch in unserer Art im Druck zu erzählen ist. Die meisten Schriftsteller nehmen eine Miene an, so wie manche Leute wenn sie sich malen lassen. Touren des Ansehens und der Verabredung, Trepfe für Treppe.

Es ist allezeit betrübt für mich wenn ich bedenke, daß man in der Untersuchung mancher Dinge zu weit gehen kann, ich meine, daß sie unserer Glückseligkeit nachteilig werden können. Eine Probe habe ich darin an mir. Ich wünsche ich wäre in meinen Bemühungen das menschliche Herz kennen zu lernen minder glücklich gewesen. Ich verzeihe den Leuten ihre Bosheiten weit lieber als vorher, das ist wahr, wenn jemand in Gesellschaft übel von mir redet, zumal wenn es nur geschieht die Gesellschaft zu belustigen, so kann ich ihm deswegen nicht im mindesten aufsätzig werden, ich mache mir im strengsten Verstande nichts daraus, nur muß es nicht mit wallendem Blut und Hitze geschehen oder grobe Verleumdung sein, die glaube ich nicht zu verdienen. Hingegen ist mir zu wenig an dem Lob der Leute gelegen, ihr Neid wäre allenfalls das einzige was mich noch freuen würde. Das sollte in der Welt nicht sein. Also ist auch hier harmonischer Wachstum des ganzen Erkenntnis-Systems nötig. Wo ein Teil zu sehr kultiviert wird führt es immer auf kleines oder großes Unheil am Ende hinaus.

Die schönste Stelle im Werther ist die, wo er den Hasenfuß erschießt.

Wenn die Physiognomik das wird, was Lavater von ihr erwartet, so wird man die Kinder aufhängen ehe sie die Taten getan haben, die den Galgen verdienen, es wird also eine neue Art von Firmelung jedes Jahr vorgenommen werden. Ein physiognomisches Auto da Fe.

Es ist schwer das Affenmäßige in den menschlichen Füßen zu fühlen, aber zuweilen kann man es, man kommt leicht auf das Menschliche und Konventionelle.

Ein kluges Kind, das mit einem närrischen erzogen wird, kann närrisch werden. Der Mensch ist so perfektibel und korruptibel, daß er aus Vernunft ein Narr werden kann.

Grabsteine für Bücher.

Ich sehe gar nicht ein, warum Gedanken-Stehlen, auch wenn sie schon in Verse oder Wohlklang verarbeitet sind, eine so gar sonderbare Sache sein soll worüber man so großes Aufheben macht. Wir leben jetzt gleichsam in der güldnen Zeit unserer Literatur in Otaheitischer Unschuld, allein man lese einmal die Reise-Beschreibungen, wie jene unschuldsvolle Leute die Engländer und Franzosen plündern so bald sie sich nur auf ihrer Küste blicken lassen.

Ich habe es sehr deutlich bemerkt: Ich habe oft die Meinung wenn ich liege und eine andere wenn ich stehe. Zumal wenn ich wenig gegessen habe und matt bin.

So traurig stund er da wie das Trinkschälgen eines krepierten Vogels.

Die Nase eher rümpfen lernen als putzen.

Man sagt noch Seele wie man sagt Taler, nachdem die geprägten Taler lange aufgehört haben.

Damals als die Seele noch unsterblich war.

Alle Unparteilichkeit ist artifiziell. Der Mensch ist immer parteiisch und tut sehr recht daran. Selbst Unparteilichkeit ist parteiisch. Er war von der Partei der Unparteiischen.

Die Meinung des Menschen, der zwar die Erde für rund hielt, aber glaubte wir gingen auf der konkaven Seite wie die Ochsen im Trett-Rade, verdient angemerkt zu werden.

Ein Magnet, der sich in 6 Pfund verliebt.

Schlankheit gefällt wegen des bessern Anschlusses im Beischlaf und der Mannigfaltigkeit der Bewegung.

Daß einem (wenigstens mir) so oft träumt, man rede mit einem Verstorbenen von eben demselben als dem Verstorbenen, könnte von den ähnlichen Hemisphärien des Gehirns herrühren, so wie man doppelt sieht, wenn man Ein Auge drückt. Im Traum sind wir Narren, der Scepter fehlt, es hat mir oft geträumt, ich äße gekochtes Menschenfleisch. Von der Natur der Seele aus Träumen ist eine Materie, die des größten Psychologen würdig wäre. Der selige Faber zu Jena hat einmal hier etwas in der deutschen Gesellschaft vorgelesen.

Besonders ist, daß unsere Dichter von unsern vernünftigen Leuten von Stand nicht mit Vergnügen gelesen werden. Der Fehler kann unmöglich in unserm Publikum liegen, er liegt sicherlich in unsern Dichtern, es sind meist junge oder alte Knaben, die im Zirkel unerfahrner Bewunderer aufgewachsen sind, und daher nicht zunehmen können. Wer nicht zu gewissen Jahren oft in Gesellschaft war, wo er nicht die erste Rolle spielte, und seine Kräfte in einer Spannung sein mußten, um nicht eine üble Meinung von sich zu erwecken, wird gewiß ein Tropf werden und das sind gewiß allemal 9 unter 10 unserer gerühmten Dichter. Der Mann der Welt kann nichts von ihnen lernen, er übersieht sie, so wie das handlungsvollste Schauspiel auch noch Bemerkungen enthalten muß, die selbst den Denker bei der Lampe beschäftigen können müssen, so kann selbst die Ode indem sie die Einbildung mit Bildern hinreißt wie das Licht einen, dem der Star jetzt ausgezogen worden, tiefe Bemerkungen enthalten, die den Mann von Überlegung wenn der Rausch verfliegt beschäftigen können. Aber mein Gott wie kann der etwas sagen der nichts weiß?

Das Trojanische Pferd mit dem Heidelberger Faß verglichen.

Es ist, glaube ich, einem vernünftigen Menschen nichts abscheuliger, als einen Bereuter zu sehen der an jedem Finger einen Zügel hält und ein Pferd zu lenken wie eine Art von Haute-Lisse-Weberei ansieht.

Das Mädchen ist ganz gut, man muß nur einen andern Rahmen drum machen lassen.

Da werden die Engel einmal recht gelacht haben.

Der Mensch, die Penguinen und Sperlinge, wenn sie sich umsehen, stehen fast aufrecht. (Der Fisch Uranoscopus kann den Himmel noch besser sehn.)

Man muß nicht glauben, wenn wir hier und da ein paar Entdeckungen machen, daß dieses nur immer so fortgehen werde. Der Luftspringer springt höher als der Akkerknecht, und ein Luftspringer besser als der andere, allein die Höhe die kein menschlicher Springer überspringen kann ist sehr gering. So wie man Wasser findet, wenn man gräbt, so findet der Mensch überall das Unbegreifliche, bald früh bald später. Ein paar physiognomische Regeln sind geschwind festgesetzt, und man glaubt bald darüber weg zu sein, allein die Schwierigkeiten fließen ewig zu. Der Mensch kann eine Wurzel-Faser aller Wissenschaft anfassen, er weiß aber nicht ob sie zu einem Moos oder zu einer Zeder gehört. Der Astronom Kindermann glaubte ein Fern-Rohr erfunden zu haben, womit man um die Erde herum sehen könnte, und ließ es sogar in Kupfer stechen.

Eine Frau kann sagen *Paete non dolet.* Zur Verstellung.

Wenn Mahomet über ¼ des Menschen-Geschlechts verführt, was können wir da tun, wir müssen die Anhänger nicht zählen sondern wiegen.

Die Bürger von Rom wußten den rechten Namen ihrer Stadt nicht, sie hatte noch einen.

ad 4. p. 54. Wo Lotte beim Spiel herumlauft und allen Ohrfeigen gibt, das könnte die Germania sein wie sie allen neun Musen Ohrfeigen gibt.

Hieher gehört die seelenstärkenden Leben des Plutarch gegen den gutgeschriebenen aber entnervenden Werther und fade Klostergeschichten. Sie können keinen Robinson Crusoe schreiben.

Es ist schade, daß es keine Sünde ist Wasser zu trinken, rief ein Italiäner, wie gut würde es schmecken.

Selbst Aberglaube kann zuweilen Nutzen stiften. Der gemeine Mann drückt nicht leicht eine ungeladene Flinte auf jemanden los, weil er glaubt der Teufel könne auch mit einer ungeladenen sein Spiel machen.

So wie Assimilation Silben und Wörter hervorbringt, so können Silben in Nominibus propriis wiederum Farben zu Bildern der Einbildungskraft und Züge zu Charakteren hergeben. Es ist aller Untersuchung wert woher die Bilder stammen, die wir uns von Leuten formieren, die wir nie gesehen haben, die Formen von Straßen und Städten, die wir nie gesehen haben. An dem Gesicht, das ich mir vom General Lee gemacht habe, hat das doppelte *e* mehr Anteil als alle seine schlechten Taten, die mir zu Ohren gekommen sind.

Den Satz auszuführen: So wie zu den niederträchtigsten und lasterhaftesten Taten Geist und Talent erfordert wird, so ist selbst bei den größten eine gewisse Unempfindlichkeit nötig, die man bei andern Gelegenheiten Dummheit nennt.

Es regnet an Jahrmärkten, wenn man ein Messer will greift man eine Gabel.

Scharfsinn ist ein Vergrößerungs-Glas, Witz ein Verkleinerungs-Glas. Das letztere leitet doch auf das Allgemeine.

Aus der Mätresse eines Mannes läßt sich viel auf den Mann schließen, man sieht in ihr seine Schwachheiten und seine Träume. *Ex socio* wird man nicht halb so gut erkannt, als *ex socia*.

Eine Rede muß nicht gedruckt werden, man hat gute Redner gehabt in den Zeiten da man vermutlich schlecht schrieb, und etwas, das sich gut lesen läßt, muß [man] nicht hersagen hören, es sind ganz verschiedene Dinge. Ein Gemälde gehört nicht unter das Mikroskop. Das sollten sich unsere dramatische Dichter merken.

Die jungen Knaben muß man nicht anfallen, sondern die alten Knaben, einen der ersten niederzuschlagen raubt der Welt einen Mann, wer einen der letzten ausmerzt vertilgt ein Unkraut.

Ich verlange keine Schonung, werde auch jedem, der mich mit Unrecht angreift, ohne Schonung begegnen, er sei wer er wolle. Freiheit zu denken und für die Wahrheit zu schreiben und ungestraft, das ist ein Vorzug des Orts den Georg beherrscht und auf dem Münchhausens Segen ruht. Ein Tor ist ein Tor, darf man hier laut sagen, er liege an Ketten oder werde angebetet.

Von dem, was der Mensch sein sollte, wissen auch die besten nicht viel Zuverlässiges, von dem, was er ist, kann man aus jedem etwas lernen.

Auch Gelegenheit macht nicht Diebe allein, sie macht auch beliebte Leute, Menschenfreunde, Helden, von dem Einfall, den ein Witziger hat, gehört mehr als die Hälfte dem Dummkopf zu, den er traf. (umständlich ausgeführt).

Der Sturm am Berge, das Rauschen des Eichenwaldes und das Silber-Gewölke sind alles ganz gute Sachen, aber neue Bilder sind besser.

Es regnet allemal wenns Jahrmarkt ist, oder wenn wir Wäsche trocknen wollen, was wir suchen ist immer in der letzten Tasche in die wir die Hand stecken.

Das Studium des Homers und des Ossians, oder wie man jetzt wenn man ein Buch daraus übersetzen kann sich präskribierend ausdruckt, seinen Homer und seinen Ossian studieren, machts wahrlich nicht aus. Studiert euch selbst erst, mögt ich sagen, das ist, lernt euer Gefühl entwickeln und den augenblicklichen Wink desselben figieren und Buch darüber halten, laßt euch euer Ich nicht stehlen, das euch Gott gegeben hat, nichts vordenken und nichts vormeinen, aber untersucht euch auch erst selbst recht, und widersprecht nicht aus Neurungssucht. Hierzu ist Gelegenheit überall ohne Griechisch und ohne Latein und ohne Englisch. Die Natur steht euch allen offen mehr als irgend ein Buch wozu ihr die Sprache 25 Jahr getrieben habt. Ihr seids selbst. Dieses hat man so oft gesagt, daß es jetzt fast so gut ist, als wäre es niemals gesagt worden. Es ist ein wahrhaftes Unglück wenn Regeln von solcher Wichtigkeit unter einem Volk zu der traurigen Würde eines locus communis oder einer Gebets-Formel gedeihen. Man glaubt sie zu üben, wo man sie nicht übt, und sich selbst überlassen übt man sie oft zu der Zeit wo man sie zu übertretten glaubt, oder sich doch ihrer nicht bewußt ist. Das wird euch weiter bringen als Homer und Ossian, es wird euch Homer und Ossian verstehn lernen. Ihr könnt sie ohne diese Vorbereitung freilich lesen, aber ihr werdet nie einsehen lernen, warum sie so sehr über das seichte Flächengeschlecht unsrer Zeit erhaben sind.

Habe ich geirrt, gut, was ists dann? Es ist unser aller Los, zu irren, vom gnausten tiefschauendsten, analysierenden Weltweisen bis zum Drucker und darüberhinpolternden Chaos-Mischer, von Newton bis zu Lavater. Allein ich frage jeden Unparteiischen, welches ist besser, in Quartanten zu irren die, auf einander gesetzt, dem Altar des Delphischen Apolls, dem Sinnbild der Dauer [gleichen], oder in einem in Lackier-Bildgen gebundenen Almanach, dessen Dauer schon auf dem Titul zu groß angegeben wird: *für das Jahr 1778*. Gerechter Himmel wie bescheiden! Die Menschen können geblendet und bestochen werden, aber nicht *der Mensch*, für den schreibe ich allein, wenn wir endlich vor den Richterstuhl unserer Enkel kommen.

Ich empfehle Träume nochmals; wir leben und empfinden so gut im Traum als im Wachen und sind jenes so gut als dieses, es gehört mit unter die Vorzüge des Menschen, daß er träumt *und es weiß*. Man hat schwerlich noch den rechten Gebrauch davon gemacht. Der Traum ist ein Leben, das, mit unserm übrigen zusammengesetzt, das wird, was wir menschliches Leben nennen. Die Träume verlieren sich in unser Wachen allmählig herein, man kann nicht sagen, wo das Wachen eines Menschen anfängt.

Klopstocks Messias kann nur, dünkt mich, alsdann schwer scheinen, wenn man das darin finden will, was das Geschrei der Zeitungsschreiber und der Barden hinein gelegt hat. Mir kommt es vor, als wenn das Gedicht nicht zu schwer, sondern zu leicht, *oder deutlicher*, nicht zu tief sondern zu seicht wäre.

Ich glaube, daß es weit besser ist aus sich selbst heraus zu holen, als aus dem Plato, den können wir falsch verstehen; wir sind uns allzeit *nah genug* alles Schwere zu erleichtern und alles Dunkle aufzuklären.

Krankheit ist das größte Gebrechen des Menschen.

Daß ich etwas, ehe ich es glaube, erst durch meine Vernunft laufen lasse ist mir nicht ein Haar wunderbarer, als daß ich erst etwas im Vorhof meiner Kehle kaue, ehe ich es hinunter schlucke. Es ist sonderbar so etwas zu sagen und für unsere Zeiten zu hell, aber ich fürchte es ist für 200 Jahr, von hier ab gerechnet, zu dunkel.

Der Maler, der ein Gesicht mit wenigen Strichen in der Geschwindigkeit trifft, muß unstreitig in dem Gesicht mehr sehen als ich, ob er gleich wenn er es mir erklären will, weil er nur Worte gebrauchen kann, die alle schon gestempelt sind, weiter nichts sagt als ich auch.

Eine von den Haupt-Konvenienzen der Ehe ist die, einen Besuch, den man nicht ausstehen kann, zu seiner Frau zu weisen.

Daß Garve aufgehört hat zu schreiben ist ein so großer Verlust für unsere Literatur als daß Lavater angefangen hat.

Daß die Erde um die Sonne läuft und daß wenn man eine Schreibfeder kippt diese Spitze mir ins Auge fliegt, ist alles ein Gesetz.

Ich glaube grade das Gegenteil, daß nämlich das meiste Gute in der Welt durch Menschen getan wird, die ihrer schönen Bildung wegen nicht in Betrachtung kommen. Oder das meiste Unheil in der Welt hat die Schönheit gestiftet. Ob sie gleich das Glück oder vielmehr die Wollust einzelner mag befördert haben.

So lange jemand in die Ewigkeit hinaus schaut und mir Dinge im Himmel liest die ich nicht sehe, so schweige ich deswegen still, weil er mir auch glauben müßte, wenn ich ihm wiederum meine Weissagungen abläse. Allein wenn wir Blicke in diese Welt tun, da hat bei verschiedener Meinung nur einer recht oder beide unrecht. Wir haben alle auf die 4 Syllogismen geschworen, den Supremats-Eid der Logik abgelegt.

Wenn Lavaters Wahnwitz die Leiden eines einzigen rechtschaffenen Gebrechlichen nur um ein Gran vermehrt hat, so verdient er schon die Geißel der Satyre durch 6 Messen durch.

Man lernt kein Latein und kein Griechisch mehr, daher wird alles seicht. Dieses ist die Klage der meisten gelehrten Journale ob sie gleich vielleicht unvorsätzlich die geheimsten und wichtigsten Feinde wahrer Gelehrsamkeit und die Urheber des Übels selbst sind, das sie heilen wollen. Man hält einen Teil der Wirkung für die Ursache.

Es wäre ein Problem, das eines großen Künstlers würdig wäre, zu einer gewissen gegebenen Form fester Teile eines Gesichts Muskeln in solchen Brüchen zu setzen, daß allemal ein so genanntes gutes Gesicht herauskommt (med. probe NB.), und das, glaube ich, ist möglich, ist es dem Maler, so ist es auch dem Menschen. Gott schafft die Tiere, der Mensch schafft sich selber.

Frauenzimmer mit Pfauenschwänzen.

Ich habe schon lange an einer Geschichte meines Geistes so wohl als elenden Körpers geschrieben, und das mit einer Aufrichtigkeit die vielleicht manchem eine Art von Mitscham erwecken [wird], sie soll mit größerer Aufrichtigkeit erzählt [werden] als vielleicht irgend einer meiner Leser glauben wird. Es ist dieses ein noch ziemlich unbetrettner Weg zur Unsterblichkeit (nur von Kardinal de Retz). Nach meinem Tod wird es der bösen Welt wegen erst heraus kommen.

Betrachte einmal einen Nerven. Von der Spitze meines Fingers ergießen sich Tausende von Empfindungen wie kleine unmerkliche Bäche in einen größern Bach, mit dem wieder andere größere zusammenfließen, die ein anderes Wasser führen, bis [sie] sich endlich in einen Hauptstrom vereinigt in das Meer des Gehirns ergießen, dessen Zustand und Fähigkeiten du aus dem knöchernen Gewölbe beurteilst, unter dem [es] kochen, vertrocknen und versteinert werden könnte, ohne daß du es merktest.

Denn hundertmal gesetzt, daß wir unsern Körper bauen, so bauen wir ihn sicherlich nicht nach einem Riß den wir selbst gemacht haben, und alle Imputation fällt weg.

(Auf Gesichter angewendet.) Rauhigkeit bei uns ist nicht gleich gefährlich. NB. unser Wort Freund hat ein r, es wäre ihm besser es hätte es nie, amico. NB. NB. Freundin ist in meinen Darmstädtischen Ohren ein Wort, das durch das schönste Gesicht und den sanftesten Ausdruck nicht versüßt wird. Das böse r sollte und müßte entweder heraus, oder sollte zwischen 2 Vokalen stehen. Es erinnert mich trotz meiner Deutschheit immer an frieren und Frost, welches ein abscheuliges Wort in meinen Ohren ist. Den Begriff Freundin auszusprechen sollte die Zunge nicht mehr kosten, als den Mutter und das ist ma mie.

Der Mensch irrt freilich überall, allein die Propheten Physiognomen und Astrologen muß man nicht so gradeweg unter die irrenden Naturkündiger stellen, der Prophet und der Physiognom irren eminent. Weil künftige Dinge vorher und dem Menschen ins Herz zu sehen unsern ganzen Frieden stören würde.

Kleine Fehler zu entdecken ist seit jeher die Eigenschaft solcher Köpfe gewesen die wenig oder gar nicht über die mittelmäßigen erhaben waren, die merklich erhabenen schweigen still oder sagen nur etwas gegen das Ganze und die großen Geister schaffen nur ohne zu tadeln.

Die Menschen nehmen nicht gern das Los № 1. in einer Lotterie. Nimms, ruft die Vernunft laut, es kann so gut die 12000 Taler gewinnen als irgend ein anderes; nimms um aller Welt willen nicht, wispert ein Je ne sçai quoi, man hat kein Exempel daß solche kleine Zahlen vor großen Gewinnsten stehen, und es wird auch nicht genommen.

Ich kann mir vorstellen, daß ein Mensch der von einer Kanonen-Kugel tödlich getroffen wird in einem Sekunden langen Beben seines Gehirns sein ganzes Leben in einem Punkt sieht und fühlt.

Das Hutabnehmen ist eine Abkürzung unsres Körpers, ein Kleinermachen.

Wenn auch der Satz: die Seele baut sich ihren Körper, schon so weit wahr wäre als der courante Satz Jeder baut sein Glück, so ist er in der Physiognomik weiter nichts, als was der letztere in ihrer Zwillings-Schwester, der Prophetik macht. Den kleinen Gott, der diese kleine Welt erbaut hat, werden wir nie ohne Offenbarung erkennen.

Jena und Gomorrha.

Zu untersuchen und zu lehren, in wie weit Gott aus der Welt erkannt werden kann. Sehr wenig, es könnte ein Stümper sein.

Ein gesunder Appetit, und die damit gemeiniglich verbundene Hochachtung gegen das Frauenzimmer.

Ich habe oft auf dem Punkt gestanden, mit so viel Überzeugung zu glauben, daß man, um der Nachwelt zu gefallen, von der jetzigen gehaßt werden müßte, daß ich alles anzufallen Neigung fühlte.

Man spricht zuweilen des Morgens einen Satz aus, der einen hernach den ganzen Tag kaum verläßt, so sagte [ich] am 28ten Februar 1778 fast alle Viertel-Stunde einmal *law is a bottomless pit.*

Vom ersten Dichter der Welt bis zum Verse-Fabrikant.

Sie scheinen mich mit Rosinen und Mandeln zu füttern, und mich hernach als einen fetteren Bissen zu verschlingen.

Es ist die Frage, ob nicht selbst Tiere, wenn man sie in ihrem Bau stört, einen Weg erwählen, der vom vorigen verschieden zu demselben Endzweck führt.

Man kann einen Namen für den Verstand und dann bloß für das Ohr aussprechen, Haller zum Exempel einmal als ein 2silbiges Wort, und einmal als den Namen des großen Gelehrten.

Sich deutliche Begriffe von Berlin verschreiben.

Ein Amen-Gesicht.

Wenn die *feinen* Welt-Leute fragen: Gott weiß warum? so ist es immer ein sicheres Zeichen, daß sie außer dem lieben Gott noch einen großen Mann kennen, der es auch weiß.

Es ist eine traurige Liebe, wo man zum erstenmal im Grab mit einander zu Bette geht.

Janet Macleod ist der Name des Mädchens, die viele Jahre nach einander nichts gegessen. Vorschlag den Soldaten diese Krankheit zu geben. Leute die in 10 Jahren keine Geistes-Speise zu sich genommen, außer ein Paar Journal-Grümchen, gibt es selbst unter Professoren, und ist gar keine Seltenheit.

Dieses ist eine sehr fruchtbare Wahrheit, wenn man sie in einem gesunden Kopf bewahrt, so hat sie, wie die Glücks-Pfennige, alle Morgen eine neue bei sich liegen.

Ich kann nicht leugnen, mein Mißtrauen gegen den Geschmack unserer Zeit ist bei mir vielleicht zu einer tadelnswürdigen Höhe gestiegen. Täglich zu sehen wie Leute zum Namen Genie kommen, wie die Keller-Esel zum Namen Tausendfuß, nicht weil sie so viele Füße haben, sondern weil die meisten nicht bis auf 14 zählen wollen, hat gemacht, daß ich keinem mehr ohne Prüfung glaube.

Was das sonderbare wäre, wenn einmal eines Mund anfing seine geheimsten Geschichten zu erzählen ohne daß man ihn aufhalten könnte, und dabei müßte man seine völlige Vernunft behalten. Eine sehr lächerliche Situation.

Ein Lied desgleichen nie ein Kritiker gemessen,
In Einem Tag gemacht, gelesen und vergessen.

Seine eigene Figur lacht ihn aus.

Der Mann gehört bekanntlich mit unter die Klasse der sogenannten pompeusen Schriftsteller die nur alles schön finden, was mit Pracht falsch ist. In Deutschland kann man sich noch mit dieser Art hier und da einen Namen machen. In England ist die Art von Prose unehrlich. Es kann auch nicht geleugnet werden, daß kurz vor Anbruch des Tages im Kopf bei dämmernder Vernunft, welches bei manchen Leuten im 16. Jahr, bei andern im 25ten, bei andern im 40 oder gar im 50ten ist, diese Art zu schreiben die angenehmste ist. So sagt der oben erwähnte Verfasser des Briefs, Versailles mit Sanssouci verglichen wäre ihm vorgekommen wie die Wohnung eines Zwergen gegen die von einem Riesen. Davon ist nun kein Wort wahr, es ist ihm auch würklich nicht so vorgekommen, sondern es kam ihm zu Hause vor es wäre ihm so vorgekommen, oder es kam ihm vor, als wäre es schön, wenn es einem so vorkäme, oder es kam ihm endlich vor, es wäre schon schön bloß zu sagen es wäre ihm so vorgekommen. Es muß auch nichts wahr davon sein, denn wenn der Gedanke wahr wäre, so wäre er falsch. In einem Zimmer von Gemälden wurde der Verfasser vor Verwunderung ohnmächtig, gleich darauf wird er versteinert, das ist nun alles soviel wie nichts.

Er fällt mich an nicht mit dem edlen Unwillen eines Denkers, der die Wahrheit gekränkt glaubt und zu rächen sucht; nicht mit dem kränkenden Lächeln und der beißenden Laune des Satyrikers, sondern mit der ungezogenen Wärme eines betrunkenen Scharwächters will er mich niederschlagen und poltert und stolpert und setzt sich endlich zu nicht geringer Satisfaktion des Publikums grade da hinein, wo er mich hin haben wollte.

Es waren eigentlich nur 2 Personen in der Welt, die er mit Wärme liebte, die eine war jedesmal sein größter Schmeichler, und die andere war er selbst.

Er liebte Pfeffer und gezackte Linien.

Bei manchem Werk eines berühmten Mannes mögte ich lieber lesen was er weggestrichen hat, als was er hat stehen lassen.

Ein Bedienter steckt immer die Finger erst in das Wasser, und die Suppen, die er seinem Herrn bringt.

Er hat alle seine *Verbesserungen* von gewissen Tieren hergenommen, er glaubte nämlich, so wie man vom Nautilus das Segeln, und von der Figur des Hechtes die beste Form der Schiffe gelernt habe, so könnte man noch vieles andere aus dem Tierreich herholen, zu Minierern und Bergleuten brauchte er nämlich die fettesten Leute, deren Beine und Arme kaum vier Fuß lang waren, weil die Natur die Maulwürfe so geschaffen. (kann in Timorus den II^{ten} kommen).

Eine Nase die ein vortreffliches Schild abgegeben für eine Schenke wo man allerlei Liqueurs und Weine schenkt. Ganz voran hatten sich die Liqueurs gesetzt, die immer weiter wollen, alsdann kamen die mehr sanften Rhein- und Franzweine und in einer kleinen Neben-Nase die modern war hatten sich die Bischöfe und Punsche logiert.

Ich habe sehr oft folgendes bemerkt: je mannigfaltiger die Begebenheiten sind, die sich ereignen, desto geschwinder verstreichen einem zwar die Tage, allein desto länger dünkt einen die vergangene Zeit, die Summe dieser Tage, hingegen je einförmiger die Beschäftigungen, desto länger werden einem die Tage, und desto kürzer die vergangene Zeit oder ihre Summe. Die Erklärung ist nicht sehr schwer.

Alles Tun in *-eln* ist nicht viel wert, weder *witzeln* noch *schwärmeln.*

Nachdem ihn die Flöhe eine geraume Zeit vorher verlassen hatten.

Wie perfektibel der Mensch ist, und wie nötig Unterricht, sieht man schon daraus, daß er jetzt in 60 Jahren eine Kultur annimmt, worüber das ganze Geschlecht 5000 Jahre zugebracht hat. Ein Jüngling von 18 Jahren kann die Weisheit ganzer Zeitalter in sich fassen. Wenn ich den Satz lerne: *die Kraft, die im geriebenen Bernstein zieht, ist dieselbe die in den Wolken donnert*, welches sehr bald geschehen kann, so habe ich etwas gelernt dessen Erfindung den Menschen einige tausend Jahre gekostet hat.

Wenn man einmal weiß, daß einer blind ist, so meint man [man] könnte es ihm auch von hinten ansehen.

Auf den Neger-Embryo ein Lied! könnte sehr vortrefflich werden. Ruhe, kleiner Schwarzer. Hier in diesem Branntwein schindet dich kein Zuckerkrämer. (Betrachtung über die Mutter die vermutlich vor deiner ganzen Entwickelung starb, kleiner Cäsar.) Wie glücklich wenn der Schinder deines Vaters und deiner Brüder hier schliefe, wie du nicht entwickelt, wie viel Schandtaten wären unentwickelt geblieben. Gray's Elegie zum Muster genommen, dieselbe Versart.

Sie fühlen mit dem Kopf und denken mit dem Herzen (πμ).

An den Köpfen der großen Griechen und Römer muß man nicht Regeln für die sichtbare Form des Genies abstrahieren wollen, so lange man nicht griechische Dummköpfe ihnen entgegen stellen kann.

Womit nährst du dich? Mit Stöcke-Schneiden. Was für Stöcke? Hasel. Wozu? für unser Philanthropin. Für wen da? für die jungen Herren. Was machen denn die damit? Je sie machen nichts damit, sondern die Herren Präceptores. Was machen denn die mit den Haselstöcken? Sie unterrichten damit. Womit? mit den Haselstöcken? Warum denn das? Zur Autorität, für die Mädchen mache ich kostbare Ruten mit Goldschaum, und dann überzuckern wir sie mit Wasser und Weißmehl.

Nach diesem Streit, aus welchem er so sehr siegreich gekommen war, legte er sich in den Schatten eines Busches nieder, zog zwei zusammengehörige Stücke Käs und Brod heraus und aß ein Te Deum laudamus mit einem so dankbaren Herzen für den Sieg sowohl als die Feier desselben, daß nur wenige Siege so gewonnen, und für noch wenigere so gedankt wird.

Der Trieb unser Geschlecht fortzupflanzen hat noch eine Menge anderes Zeug fortgepflanzt.

Die Kunsttriebe der Tiere sind eine Offenbarung, einzelne Stückgen aus einem Zirkel von Kenntnissen, den sie nicht ganz wissen konnten, ohne sehr hohe Wesen zu sein. So können andere Geschöpfe unsere Offenbarung als Kunsttrieb ansehen, uns zum ewigen Leben zu leiten, nicht bloß die Offenbarung, sondern schon den Trieb sich Götter zu schaffen.

Unstreitig ist die männliche Schönheit noch nicht genug von den Händen gezeichnet worden, die sie allein zeichnen könnten, von weiblichen. Mir ist es allemal angenehm wenn ich von einer neuen Dichterin höre. Wenn [sie] sich nur nicht nach den Gedichten der Männer bildeten, was könnte nicht da entdeckt werden.

Es gibt Leute die das Wort Teufel immer mit einem T und einigen Punkten schreiben. Eben diesen Respekt erzeigen sie einigen Gliedern ihres eignen Leibes. Die Ursache davon ist schwer auszufinden. Auch Fielding schreibt kiss my A--- anstatt kiss my Arse. Vermutlich geschieht es auch hier noch um ein Paar Beinkleider drüber zu ziehen.

Außer seiner geistlichen Herde, welcher er, wo er konnte, etwas abnahm, hatte er noch 200 Stück auf der Weide gehen, die er regelmäßig schor.

Große Dinge gesehen zu haben als einen großen Sturm muß ohnstreitig dem ganzen Gehirn eine andre Stimmung geben, und man kann sich daher nicht genug in solche Lagen bringen, man sammelt auf diese Art ohne zu wissen.

Auf dem Ball, als es zum Essen ging, hatte sich die Gesellschaft wie der Feilstaub beim Magneten um ein paar Mädchen herumgelagert.

Eine ironische Vergleichung unseres neueren Stils mit den englischen Gärten (der Abtritt hinter einem Obelisk). Etwa so: Da jedermann wissen muß, wenn er es auch nicht fühlt, daß die englischen Gärten die vortrefflichsten sind, so daß ich überzeugt bin, die Natur hat es schon hundertmal bereut, daß sie nicht den Schaffhauser Wasser-Fall grade den Ruinen von Palmyra gegenüber, und den Montblanc auf die Lüneburger Heide gesetzt hat, wodurch nicht allein jene ganze Gegend sondern auch hauptsächlich der Prospekt vom Baumhaus zu Hamburg ein Ansehnliches gewonnen haben würde. Nun aber betrachte man einmal die englischen

Gärten. Da schlängelt sich ein angenehmer Weg von einer Viertel-Meile nach einem Garten-Haus hin, das kaum einen Büchsenschuß vor uns liegt, eben so führen uns unsere Schriftsteller nach ihrem Gegenstand hin. So wie dort zu beiden Seiten die herrlichsten Lorbeerbäume, das mit Trotteln behangene Laburnum, der reizen[de] Tulpenbaum und die schöne Acacia unter der Deutschen Eiche steht, so wandelt hier Herz und Ohr durch die sanfteste Sentenzen-Mischungen in angenehmer Ungewißheit dahin, ob wir den polierten Zögling von Versailles oder einen von Hermanns Adjutanten sprechen hören, es stehen da ionische Wörter neben altbritischen, und Lemgo und Rom umarmen sich. Dort sieht man hinter Brombeeren und ausländischem Unkraut, bei uns gemästet, den wolkenspornenden Obelisk hervorsteigen, grade so wie hier, unter dem angenehm hottentottisch verworrenen Räsonnement, sich die asiatische Periode in einem Schluß erhebt, den man da nicht suchen sollte. Und so wie dort die schönsten übergoldeten Vasen aus Holz, die schönsten Joves und Veneres bei mutwilligen Faunen, und Tempel der Dea Laetitia neben Grabmälern stehen, so steht hier die reizendste Prachtmoral umarmt von der angenehmsten Zote pp.

Z*usatz*. Es kämen unsere großen Geister zum Namen Genie, wie die Keller-Esel zum millepedes Tausendfuß, da sie kaum ein Dutzend hätten. Das soll ein Einfall sein. Es ist aber ein sehr einfältiger, denn die ganze Satyre steckt eigentlich in dem stichelnden Ausdruck Esel, aber das ist falsch, sie heißen Kellerläuse oder Keller-Assel, wie der Leser in denjenigen Schriften, die davon handeln, ein Mehreres finden wird.

Da steht es hergeführt von Tellheims Engel,
Das seltsamste Gemisch von Weltmann und von
Bengel.
Durch Pracht und Bast und Bom zum prächtigen
Bombast.

Situation, die Wette nichts zu essen bis man einen Stern sieht.

Wir gingen an dem Tage einen englischen Kunstbereuter zu sehen, der bereits zweimal zum letztenmal gespielt hatte, und nun Anstalt machte zum erstenmal das allerletztemal zu spielen.

Die Wein-Bouteille im Kühlfaß.
So lang ich fest steh steht mein Herr
Und wenn ich tanze tanzt auch er.

Den 11ten Oktober 1778 abends, da ich mit trocknem Zeige-Finger den trocknen Daumen berührte und zirkelförmig kriebelte, kam mir vor als wenn ich eine kleine Kugel zwischen meinen Fingern rieb, da doch die Finger sich unmittelbar berührten. Hier ist die Frage, warum kann man sich nicht in jedem Fall, da 2 Finger sich einander berühren, denken, man habe einen Körper dazwischen? Die Erklärung ist nicht sehr schwer, die Spannung der Gelenke bei irgend einer großen Spannung ist die Ursache.

Einige feinen Bemerker wollen gefunden haben, daß [das] poetisch Schwärmerische in der Liebe in dem Grade zunehme in welchem das irdisch Herkulische abnimmt, auch soll nach ihnen das Frauenzimmer in diesen Kenntnissen durch Tradition sehr viel weiter sein, als mancher welke Petrarch glaubt, und sehr sorgfältig den Liebhaber von der Feder von dem vom Leder zu unterscheiden wissen.

Ein physikalischer Versuch der knallt ist allemal mehr wert als ein stiller, man kann also den Himmel nicht genug bitten, [daß] wenn er einen etwas will erfinden lassen es etwas sein möge das knallt; es schallt in die Ewigkeit.

Die Kinder werden so schlecht gemacht, man meint die Leute lernten es aus dem Zeichenbuch.

In die Welt zu gehen ist deswegen für einen Schriftsteller nötig, nicht sowohl damit er viele Situationen sehe, sondern selbst in viele komme.

Spricht Kanzelisten-Sense in des Ministers Prose
Und ward wie dort Tom Thumb hier Zimmermann der Große,
Wälzt auf Metaphern-Grund der Prose Alpen-Last
Durch Klang und Bast und Bom zum prächtigen Bombast.

Daß Leute, die so erstaunlich lesen, oft so schlechte Denker sind kann seinen Grund ebenfalls in der Beschaffenheit unseres Gehirns haben. Es ist ja wahrhaftig nicht einerlei ob ich einen Satz ohne Mühe lerne, oder ob ich selbst nach meinem System endlich darauf komme. Beim letztern hat alles Wurzeln, beim erstern ist es bloß angeklebt.

Eine sehr gute Situation wäre folgende zwischen zween Komplimenten-Machern, sie müssen zugleich sprechen. Sie verstehen sich nicht und jeder will dem andern zu Gefallen reden, z. E.

A. Ich dächte dieses wäre sehr nötig B. Ich dächte dieses wäre sehr unnötig	Beide zugleich
A. Erlauben Sie gütigst, ich wollte sagen unnötig B. Verzeihen Sie gütigst, ich wollte sagen nötig	Zugleich usw.

Der tragische Hanswurst.

Ich gehe oft, wenn ein Bekannter vorbeigeht, vom Fenster weg, nicht sowohl um ihm die Mühe einer Verbeugung, als vielmehr mir die Verlegenheit zu ersparen zu sehen, daß er mir keine macht.

Es sind gewiß wenig Pflichten in der Welt so wichtig als die die Fortdauer des Menschen-Geschlechts zu befördern, und sich selbst zu erhalten, denn zu keiner werden wir durch so reizende Mittel gezogen, als zu diesen beiden.

Man muß sich ja vorsehen, wenn man von einem ernsthaften rechtschaffenen, gesetzten Mann etwas Empfindsames erzählt, daß es mit wenigen Worten geschieht, man muß es so in der Erzählung unterdrücken, wie es der Mann in Gegenwart anderer tun würde. Es ist nun einmal in der Welt so (was es ehmals gewesen sein mag, geht uns jetzt nichts mehr an), daß die äußere Bezeugung innern Gefühls, durch Gebärden und Mienen, die uns nichts kosten und daher auch oft nachgemacht werden, selten für anständig und immer für unmännlich gehalten wird. Nun verfallen aber unsere dramatischen Dichter und Romanenschreiber grade in das Gegenteil, nichts als Empfindungs-Bezeugungen erzählen sie uns, deswegen hassen wir die Gesellschaft ihrer Helden, wie die von Schulknaben.

Wir wollen Sir Isaac Newton wählen. Alle Erfindungen gehören dem Zufall zu, die eine näher die andre weiter vom Ende, sonst könnten sich vernünftige Leute hinsetzen und Erfindungen machen so wie man Briefe schreibt. Der Witz hascht näher oder ferner vom Ende eine Ähnlichkeit, und der Verstand prüft sie und findet sie richtig, *das ist Erfindung*. So war Sir Isaac Newton. Ich habe nicht die mindeste Ursache zu zweifeln, daß es vor ihm und nach ihm in und außer England Köpfe gegeben habe und noch gibt, die ihm an Fähigkeiten überlegen waren, so wenig ich zu zweifeln Ursache habe, daß der Bauer, der den Prediger anstaunt, wenn er studiert und die Griffe gelernt hätte, besser predigen würde. Gelegenheit und Anlaß ist die Erfinderin, und Ehrgeiz der Verbesserer, Zutrauen auf seine Kräfte ist Kraft, im Ehestand und in der gelehrten Welt.

Er war zwar etwas unpoliert, aber würklich ein rechter Zebra unter den Eseln, oder unter seiner Gesellschaft.

Es unterscheidet sich wie Taktschlagen und Trommeln.

Wenn du die Geschichte eines großen Verbrechers liesest, so danke immer, ehe du ihn verdammst, dem gütigen Himmel, der dich mit deinem ehrlichen Gesicht nicht an den Anfang einer solcher Reihe von Umständen gestellt hat.

Ich sehe in der Tat den kleinen mutwilligen Sticheleien eines jungen Rezensenten und den niedlichen Stößen eines Zickleins mit gleichem Vergnügen zu, das letztere muß es sehr arg machen, wenn ich ihm Einhalt [tue], und selbst alsdann nur mit der größten Gelindigkeit: du kleines mutwilliges allerliebstes Tiergen, sage ich und reibe ihm das warme harte Köpfgen. (besser gewendet).

Im Wort Gelehrter steckt nur der Begriff, daß man ihn vieles gelehrt, aber nicht daß er auch etwas gelernt hat, daher sagen die Franzosen sehr sinnreich, wie alles was von diesem Volk [kommt], nicht *les enseignés* sondern *les sçavans*, und die Engländer nicht *the taught ones* sondern die *learned*.

Ich kann mir gar leicht vorstellen, wie leicht ein Mensch durch Zeitungslob verführt werden kann zu glauben er sei endlich was diese Leute von ihm behaupten. Complaisance gebiert complaisance, aber im Herzen der Vernünftigen, da lebt das wahre Urteil, das Urteil der Nachwelt liegt da schon fertig bis aufs Publizieren, unter dem Siegel der Etiquette, das allein die Nachwelt abreißen darf.

Mir ist es eine sehr unangenehme Empfindung wenn jemand Mitleiden mit mir hat, so wie man das Wort gemeiniglich nimmt. Deswegen brauchen auch die Menschen, wenn sie recht böse auf jemanden sind, die Redens-Art, mit einem solchen muß man Mitleiden haben. Diese Art Mitleidens ist ein Almosen, und Almosen setzt Dürftigkeit von der einen und Überfluß von der andern Seite voraus, er sei auch noch so gering. Dem englischen *Pity* ist es eben so gegangen und noch ärger, das Adjectivum *pitiful* ist unser *erbärmlich*. Es gibt aber ein weit uneigennützigeres Mitleiden, das wahrhaften Anteil nimmt, das schnell zur Tat und Rettung schreitet, und selten von empfindsamer Schwermütelei (man verzeihe mir dieses Wort) begleitet wird. Man könnte jenes das Almosenartige und dieses das Mitleid bei Of- und Defensiv-Allianz nennen. Mitscham ist sehr lauter, man fühlt sie, wenn sich ein Mann, den man hochschätzt, aus nicht genugsamer Kenntnis derjenigen, vor denen er sich zeigen will, sich vor ihnen lächerlich macht. Es gibt eine ganz uninteressierte Mitfreude, ich habe sie bei Gatterers Wiedergenesung im Jahr 1778 ganz lauter empfunden. Nämlich ich konnte in diesem Fall nach der gnauesten Untersuchung kein anderes Interesse finden, als dieses, daß ein Mann von der größten Rechtschaffenheit, und einer Gelehrsamkeit, die täglich seltner wird, der Welt, der Universität und seiner Familie wiedergegeben worden war, nachdem man ihn schon, nicht etwa tod gesagt, sondern die Unmöglichkeit seiner Wiedergenesung medizinisch demonstriert hatte.

So wie man jeden ganzen Feiertag für einen Sonntag, und [den] folgenden Tag für einen Montag hält.

Schmierbuch-Methode bestens zu empfehlen. Keine Wendung, keinen Ausdruck unaufgeschrieben lassen. Reichtum erwirbt man sich auch durch Ersparung der Pfennigs-Wahrheiten.

Ich habe öfters gesehen, daß sich wo die Schweine weiden, Krähen auf sie setzen, und achtgeben, wenn sie einen Wurm aufwühlen herabfliegen und ihn holen, alsdann sich wieder an ihre alte Stelle setzen. Ein herrliches Sinnbild von dem Kompilator, der aufwühlt, und dem schlauen Schriftsteller der es ohne viele Mühe zu seinem Vorteil verwendet.

Wie lieblich in theologischen Streitigkeiten zuweilen gescherzt wurde sieht man aus einem Anagramm, welches in pietistischen Disputen von dem berühmten Theologen Samuel Schelwig gemacht wurde, nämlich Maulesel Schweig, und aus Calvin oder Caluin machte einer Jan Cul. Das deutsche *Hanns Arsch*.

Aus Neujahrwünschen an sich selbst gerichtet durch alle Stände durch könnte etwas Gutes gemacht werden. Hiervon einmal einen Versuch zu machen, wenn ich nicht schlafen kann.

Mutter unser die du bist im Himmel.

Die Haare stehen einem zu Berge, wenn man bedenkt: was für Zeit und Mühe auf die Erklärung der Bibel gewendet worden ist. Wahrscheinlich ein Million Oktav-Bände jeder so stark als einer der allg[emeinen]. d[eutschen]. Biblioth. Und was wird am Ende der Preis dieser Bemühungen nach Jahrhunderten oder -tausenden sein? Gewiß kein anderer als der: die Bibel ist ein Buch von Menschen geschrieben, wie alle Bücher. Von Menschen die etwas anderes waren als wir, weil sie in etwas andern Zeiten lebten; etwas simpler in manchen Stükken waren als wie wir, dafür aber auch sehr viel unwissender; daß sie also ein Buch sei worin manches Wahre und manches Falsche, manches Gute und manches Schlechte enthalten ist. Je mehr eine Erklärung die Bibel zu einem ganz gewöhnlichen Buche macht, desto besser ist sie, alles das würde auch schon längst geschehen sein, wenn nicht unsere Erziehung, unsere unbändige Leichtgläubigkeit und die gegenwärtige Lage der Sache entgegen wären.

Man soll alle Menschen gewöhnen von Kindheit an in *große* Bücher zu schreiben, alle ihre Exercitia, in hartes Schweinsleder gebunden. Da sich kein Gesetz daraus machen läßt, so muß man Eltern darum bitten, wenigstens mit Kindern, die zum Studieren bestimmt sind. Wenn man jetzt Newtons Schreibbücher hätte! Wenn ich einen Sohn hätte, so müßte er gar kein Papier unter Händen bekommen, als eingebundenes, zerrisse er es, oder besudelte er es, so würde ich mit väterlicher Dinte dabei schreiben: dieses hat mein Sohn anno * den *^{ten} besudelt. Man läßt den Körper und Seele, das Punctum saliens der Maschine fortwachsen und verschweigt und vergißt es. Die Schönheit wandelt auf den Straßen, warum sollten nicht in dem Familien-Archiv die Produkte, oder vielmehr die Signaturen der Fortschritte des Geistes hinterlegt bleiben, und der Wachstum dort *eben so sichtbar* aufbewahrt liegen können? Der Rand müßte gebrochen werden, und auf einer Seite immer die Umstände und zwar sehr unparteiisch geschrieben werden. Was für ein Vergnügen würde es mir sein, jetzt meine Schreibbücher alle zu übersehen! Seine eigne Naturgeschichte! Man sieht jetzt immer was man ist und sehr schwach was man war. Man müßte den eigentlichen Gegenstand der Sammlung die Dinge nicht zu oft sehen lassen. Vielleicht nur erst spät sehen lassen, das übrige müßte er bloß aus Relationen kennen. Man hebt die Kinderhäubchen auf, und ich habe öfters selbst den Zusammenkünften mit beigewohnt, da man einem sehr großen, besoldeten und ansehnlichen Kopf sein Kinderhäubchen wies. Warum nicht eben so mit Werken des Geistes. Die Eltern könnten eine solche Sammlung von Bänden eben so aufbewahren, wie ihr Kind, denn es ist der Spiegel desselben. Wie sie seinen Leib zu bilden haben lehrt sie ihr Auge; wie seinen Geist, der Anblick dieser Bände. Vom 4ten Jahre glaube ich könnte man anfangen. Kein Band müßte verloren werden. Denn das Papier müssen sie doch bezahlen, und das Aufbehalten macht keine Schwierigkeiten. Ich wüßte nicht welches angenehmer und nützlicher wäre, die Bewegung aller Planeten zu kennen, oder *diese* Annalen einiger vorzüglicher Menschen. Die Welt würde dadurch sehr gewinnen.

Josua sah das Wasser wie Mauern. Das sehn wir täglich bei den Gletschern.

Es müßte artig lassen, wenn man eine ganze Stadt auf eine Waage bauen könnte, das beständige Schwanken zu bemerken.

Ob ich gleich weiß, daß sehr viele Rezensenten die Bücher nicht lesen die sie so musterhaft rezensieren, so sehe ich doch nicht ein was es schaden kann, wenn man das Buch lieset, das man rezensieren soll.

Das Alter (Zahl der Jahre) macht klug, das ist wahr, dieses heißt aber nichts weiter als Erfahrung macht klug. Hingegen Klugheit macht *alt* (das heißt Reue, Ehrgeiz, Ärger macht die Backen einfallen, die Haare grau, und ausfallen) ist nicht minder wahr. Diese täglichen Lehren mit Züchtigung, zwar nicht auf den Arsch, aber an gefährlicheren Teilen eingeschärft, sind ein wahres Gift. (med).

Der schwächste aller Menschen ist der Wollüstling, der nach dem Leibe sowohl als der nach dem Geist, ich meine der Hurer und der Betbruder, der der mit Mädchen und der mit Religion hurt. Gott bewahre alle Menschen vor einem so hurenden Könige und Minister. Und Gott behüte einen solchen König und Minister vor vernünftigen Untertanen.

Die Träume können dazu nützen, daß sie das unbefangene Resultat, ohne den Zwang der oft erkünstelten Überlegung, von unserm ganzen Wesen darstellen. Dieser Gedanke verdient sehr beherzigt zu werden.

Man läßt die Kinder im 14ten Jahre konfirmieren, man sollte sie im 25ten konfirmieren lassen, oder wenigstens neu bewerfen lassen, wie die Häuser zu Göttingen. – Man muß seine Philosophie alle 10 Jahre neu *bewerfen* lassen.

Die Arten von List, deren sich der König von Preußen bedienen mußte um sich zu retten, sind unübersehbar, er wechselte sogar die Namen der Regimenter, um dem Feind weis zu machen, es seien mehrere, und ließ sie nicht kampieren, wodurch die Armut sogleich offenbar geworden wäre, die Schriftsteller bedienen sich ähnlicher Mittel die Feinde zu schrecken.

Ich habe mich nach dem Strom der Gesinnungen gerichtet, und zweierlei gesucht, entweder reich oder ein Betbruder zu werden, es ist mir aber keines geglückt.

Glauben Sie, daß es je in der Welt anders war als jetzt? Glauben Sie daß die Schlehen-Hecken Orangen getragen haben? Nein. Gut, und Sie glauben, daß es Menschen gegeben habe, die Gottes Sohn waren? Ja! O du gerechter Gott, wohin kann dein Geschenk, die Vernunft sinken. Was für ein schwaches Werkzeug die Vernunft ist.

Es ist eine schöne Ehre die die Frauenzimmer haben, die einen halben Zoll vom Arsch abliegt!

Selbst, daß sich so viele Schriftsteller Mühe geben, Friedrich dem Großen seine Menschlichkeiten vorzurücken, zeigt kräftiger, als alles Lob seiner Panegyristen, daß sie ihn für etwas Übermenschliches hielten, den sie mit ihrem Tadel nicht sowohl zu erniedrigen, als mit dem was man einen bloß großen Menschen heißt, ins Gleichgewicht zu bringen [suchen].

Die Katholiken verbrannten ehmals die Juden, und bedachten nicht, daß des lieben Gottes Mutter von der Nation war, und bedenken noch jetzt nicht, daß sie eine Jüdin anbeten.

Man tut manches auf dem Todbette und sogar ins Todbett, das man vorher als vernünftiger Mensch nicht getan haben würde. Man fängt den alten Kinderglauben wieder an, so wie man das Scheißen ins Bett wieder anfängt, man weiß alsdann nicht mehr was weggeht.

Haben Sie was gefangen? Nichts als einen Fluß.

Ich vergesse das meiste was ich gelesen habe, so wie das, was ich gegessen habe, ich weiß aber so viel, beides trägt nichts desto weniger zu Erhaltung meines Geistes und meines Leibes bei. (besser).

Ein kanadischer Wilder, dem man alle Herrlichkeit von Paris gezeigt hatte, wurde am Ende gefragt was ihm am besten gefallen häte. Die *Metzger*-Läden, sagte er.

Er ist anarriviert.

Es ist ihm gegangen wie jemand der eine Dose Schnupftabak aufzunehmen glaubt, und sie daher im ersten Griff nicht aufnehmen kann, wenn Geld darin ist.

Ein Brauthemd am Morgen nach der Hochzeit vulva pinxit, penis sculpsit.

Branntewein aus Sperlingen brennen, würde sie bald zerstören.

D... spricht zuweilen so einfältiges Zeug, daß man kaum glauben sollte, daß es mit dem Maule geschähe.

Wenn ich im Traum mit jemanden disputiere und der mich widerlegt und belehrt, so bin ich es der sich selbst belehrt, *also nachdenkt*. Dieses Nachdenken wird also unter der Form von Gespräch angeschaut. Können wir [uns] also wundern, wenn die frühen Völker das was sie bei der Schlange denken (wie Eva) ausdrücken durch: *die Schlange sprach zu mir*. Der Herr sprach zu mir. Mein Geist sprach zu mir. Da wir eigentlich nicht gnau wissen *wo* wir denken, so können wir den Gedanken hin versetzen, wo wir wollen. So wie man sprechen kann, daß man glaubt es komme von einem Dritten, so kann [man] auch so denken, daß es läßt, als würde es uns gesagt: Genius Sokratis pp. Wie erstaunend vieles ließe sich nicht durch die Träume noch entwickeln.

Der Deutsche holt bei Beschreibung psychologischer Dinge vieles vom *Fallen*, es *fällt* mir *ein*, es ist mir *entfallen*, es ist mir *aufgefallen*. Zufall, casus accidit. Beifall.

Wir wohnen zu Göttingen in Scheiterhaufen, die mit Türen und Fenstern versehen sind.

Am 28ten Dezember 1789 abends als Herr Hof-Rat Richter bei mir war fiel mir folgende Darstellung eines bekannten Gedankens von mir [ein]: Die Menschen gehen eigentlich nicht selbst in Gesellschaft, sondern sie schicken eine angekleidete Puppe statt ihrer hin, die sie auskleiden wie sie wollen. Herr Richter lächelte dabei.

Ein Pfaffe auf der Kanzel. Er war dick, breit, hatte einen kurzen Hals und sein Gesicht öfters unter einem Winkel von 45° aufwärts gerichtet, so daß er völlig einem geistlichen Kontrovers-Bomben-Mörser glich, zuweilen wurde sein Rücken fast horizontal, und da spie er, wie eine Drehbasse, Fluch, Freuden und Segen-Feuer durch einander.

Wenn sie auf dem Leihhause Menschen annähmen, so möchte ich wohl wissen wie viel ich auf mich geborgt bekäme. So sind die Schuldtürme eigentlich Leihhäuser, in welchen man nicht sowohl auf Meubeln, als auf die Besitzer selbst Geld leiht.

Hat nicht unsere Gesangbuch-Verbesserung viel Ähnliches mit dem Ausweißen der alten gotischen Kirchen, die dadurch geschändet werden? Man soll verhindern, daß sie nicht einstürzen, und [sorgen] daß der Boden reinlich ist, eine ausgeweißte Abtei von Westminster wäre abscheulig. (Mercier sagt l. c. eben so etwas.)

Wie könnten am geschwindesten Briefe so kopiert werden, daß sie die Blinden mit den Fingern lesen könnten?

Revision der Wege der Vorsicht.

Marivaux zu einem gesunden Bettler: Könnt Ihr nicht arbeiten? Der Bettler: Ach lieber Herr, wenn Sie wüßten wie faul ich bin, Sie würden gewiß Mitleiden mit mir haben. Diese Aufrichtigkeit gefiel ihm und er gab ihm etwas.

Ich möchte wohl wissen, was es geben würde, wenn ganz Europa einmal recht erzkatholisch wäre, keine Protestanten, die lächelten, und kluge Köpfe erweckten, und sich kein Pfaffe mehr zu schämen hätte, wenn alles so fortgegangen wäre wie vor einigen Jahrhunderten, so würde der Pabst göttlich verehrt, und sein Dreck nach Karaten geschätzt und verkauft worden sein, ja man hätte wohl gar die Bibel angefangen: Am Anfang schuf der Pabst Himmel und Erden.

Die Mythen der Physiker.

Aufklärung in allen Ständen besteht eigentlich in *richtigen Begriffen von unsern wesentlichen Bedürfnissen.*

Bei meiner Nerven-Krankheit habe ich sehr häufig gefunden, daß das was sonst bloß mein moralisches Gefühl beleidigte nun in das physische überging. Als Dieterich einmal sagte: mich soll Gott töden, so wurde mir so übel, daß ich ihm daher auf eine Zeitlang die Stube verbieten mußte.

Es schicken wohl wenige Menschen Bücher in die Welt, ohne zu glauben, daß nun jeder seine Pfeife hinlegen oder sich eine anzünden würde um sie zu lesen. Daß mir diese Ehre nicht zugedacht ist, sage ich nicht bloß, denn das wäre leicht, sondern ich glaube es auch, welches schon etwas schwerer ist, und erlernt werden muß. Autor, Setzer, Korrektor, Zensor, der Rezensent kann es lesen, wenn er will, aber nötig ist es nicht, das sind also von 1000,000,000 grade 5.

Und die künstlichen Ruinen fingen nun allmählig an natürliche zu werden. Ruinen vom $2^{\underline{\text{ten}}}$ Grad.

Die gemeinen Leute unter den Katholiken beten lieber einen Heiligen an, oder richten ihr Gebet an ihn, als an den lieben Gott, so wie sich die Bauern immer lieber an die Bedienten halten. Gleich und gleich gesellt sich gern.

Lange vor der Erfindung des Pabsttums und des Fegfeuers war es schon gebräuchlich für die Verstorbenen zu beten. Ich glaube mich hat auch einmal die Liebe zu meiner Mutter verleitet für sie zu beten. Es ist dieses weiter nichts, als die Vermenschung, Vermenschlichung alles dessen, wovon wir nichts wissen und nichts wissen können, die man überall antrifft.

Über den Vorteil, welchen die Lesung schlechter Bücher gewährt. Könnte zu jetzigen Zeiten eine sehr nützliche Lektüre werden. Claproths Makulatur. Man könnte auch Denkmäler aus papier maché daraus [machen]. Herbert hat die schlechten Predigten verteidigt:

The worst have something good; where all want sense
God taketh up the text and preaches patience.
Ob nicht das Schlechte in der Welt überhaupt nützlicher ist, als das Gute?

Wie sind wohl die Menschen zu dem Begriff von *Freiheit* gelangt? Es ist ein großer Gedanke gewesen.

Es soll Menschen gegeben haben, die, sogleich wenn sie einen Gedanken niederschrieben, auch sogleich die beste Form getroffen haben sollen. Ich glaube wenig davon. Es bleibt allemal die Frage ob der Ausdruck nicht besser geworden wäre, wenn sie den Gedanken mehr gewendet hätten, ob nicht kürzere Wendungen wären getroffen worden, ob nicht manches Wort weggeblieben wäre was man anfangs für nötig hielt, welches aber eigentlich doch nur unnütze Erläuterung war, wenigstens für den verständigen Leser. – Gleich auf den ersten Wurf so zu schreiben wie z. E. Tacitus liegt nicht in der menschlichen Natur. Um einen Gedanken recht rein darzustellen, dazu gehört sehr vieles Abwaschen und Absüßen, so wie einen Körper rein darzustellen. Um sich hiervon zu überzeugen vergleiche man nur die ersten Angaben der Reflexions des La Rochefoucauld mit den späteren (Man sehe die Ausgabe des Abbé Brotier à Paris 1789 8vo), so wird man finden was ich gesagt habe. – Wenigstens wird es kaum möglich sein im ersten Wurf so zu schreiben, daß man seine Schriften öfters wieder liest, und immer mit neuem Vergnügen. Der Abbé Brotier in eben dieser neuen Ausgabe des Rochefoucauld drückt sich vortrefflich aus hierüber: er sagt Corneille, Bossuet, Bourdaloue, Lafontaine et La Rochefoucauld ont pensé et nous pensons avec eux et nous ne cessons de penser, et tous les jours ils nous fournissent des pensées nouvelles: que nous lisons Racine, Fléchier, Neuville, Voltaire, ils ont beaucoup pensé, mais ils nous laissent peu à penser après eux. Tels sont dans les arts Raphael et Michel-Ange, qui ont animé et animent encore tous les artistes, tandis que Guide et le Bernin plaisent, sans qu'il sorte de leurs ouvrages presque aucune etincelle de ce feu qui porte la lumiere et la chaleur. – Auch verliert sich der Pruritus lucendi und man streicht weg, was bloß des Glanzes wegen dasteht.

Aber so gehts wenn man Leuten durchs Auge deutlich machen will, was eigentlich, um vollkommen gefaßt zu werden, gerochen werden muß.

Wenn nur der Scheidepunkt erst überschritten wäre. Mein Gott wie verlangt mich nach dem Augenblick wenn die Zeit für mich aufhören wird Zeit zu sein, in dem Schoß des mütterlichen Alles und Nichts, worin ich damals schlief als der Hainberg angespült wurde, als Epikur, Cäsar, Lukrez lebten und schrieben und Spinoza den größten Gedanken dachte der noch in eines Menschen Kopf gekommen ist.

Man gibt über lyrischen Gedichten oft die Versart an

| – ∪ ∪ | – – – – | – ∪ ∪ ∪ | pp.

Wenn man die Gedanken darin mit Eins und den Nonsense mit Null anzeigte, so würde es zuweilen so aussehn:

o o o | o o o | o o o

oder so.

Der berühmte Campe sagte mir einmal, daß ihm das deutsche Wort Schrank unbeschreiblich unangenehm klinge.

Die Vorschriften wie man Verse machen soll mögen wohl an sich gut sein und Kenntnisse verraten, aber mir kommen sie immer vor wie des sonst vortrefflichen Sir Kenelm Digby Rezept Krebse zu machen: Man soll einige alte Krebse nehmen, klein stoßen und Wasser drüber gießen.

Was ein Spottvogel auf die Säulen an Carlton House gemacht hat, paßt auch [auf] Grätzels Säulen.

Pasquino: Care colonne, che fate qua?
Colonne: Non sapiamo in verita.

In einem theologischen Werk habe ich einmal gesehen, der allerauferstandenteste Heiland. Lavater sagt in seiner Monatsschrift 2tes Stück, gleich auf der ersten Seite: *wir existieren am existentesten*!

Hier wo die Krankheiten so wohlfeil und die Arzneien so teuer sind.

Das Zimmer war ganz leer ein bißchen Sonnenschein aus der zweiten Hand ausgenommen, das auf der Erde lag.

Eine ganze Milchstraße von Einfällen.

In England wurde bei einem politischen Frauenzimmer-Club festgesetzt, daß bei wichtigen Vorfällen außer der Präsidentin nur noch zwei Personen zu gleicher Zeit reden sollten.

Die Wörter-Welt.

Es gibt zwar viele rechtschaffene Christlichen, das ist gar keine Frage, so wie es überall und in allen Ständen gute Menschen gibt, allein so viel ist gewiß, in corpore und was sie als solches unternommen haben ist nie viel wert gewesen.

Wenn es noch ein Tier gäbe dem Menschen an Kräften überlegen, das sich zuweilen ein Vergnügen machte mit ihm zu spielen, wie die Kinder mit Maikäfern, oder sie in Kabinetten aufspießte wie Schmetterlinge. Ein solches Tier würde wohl am Ende ausgerottet werden, zumal wenn es nicht an Geisteskräften dem Menschen sehr weit überlegen wäre. Es würde ihm unmöglich sein sich gegen die Menschen zu halten. Es müßte ihn dann verhindern seine Kräfte im mindesten zu üben. Ein solches Tier ist aber würklich der Despotismus und doch hält er sich noch an so vielen Orten. Bei der Geschichte des Tieres muß aber auch angenommen werden, daß das Tier den Menschen nicht wohl entbehren kann.

Einige spielten schlecht und andere noch schlechter.

Der Papagei sprach noch bloß seine Muttersprache.

Die französische Revolution das Werk der Philosophie, aber was für ein Sprung von dem cogito, ergo sum bis zum ersten Erschallen des *à la Bastille* im Palais Royal. Der Schall der letzten Posaune für die Bastille.

Das ist die Wetterseite meiner moralischen Konstitution, da kann ich was aushalten.

Ich habe ihn gezeichnet, so kann er am jüngsten Tage den Leib leichter wieder finden.

Eine große Rede läßt sich leicht auswendig lernen und noch leichter ein großes Gedicht. Wie schwer würde es nicht halten, eben so viel ohne allen Sinn verbundene Wörter, oder eine Rede in einer fremden Sprache zu memorieren. Also Sinn und Verstand kömmt dem Gedächtnis zu Hülfe. Sinn ist Ordnung und Ordnung ist doch am Ende Übereinstimmung mit unserer Natur. Wenn wir vernünftig sprechen, sprechen wir nur immer unser Wesen und unsere Natur. Um unserm Gedächtnisse etwas einzuverleiben suchen wir daher immer einen Sinn hineinzubringen oder eine andere Art von Ordnung. Daher Genera und Species bei Pflanzen und Tieren, Ähnlichkeiten bis auf den Reim hinaus. Eben dahin gehören auch unsere Hypothesen, wir müssen welche haben, weil wir sonst die Dinge nicht behalten können. Dieses ist schon längst gesagt, man kömmt aber von allen Seiten wieder darauf. So suchen wir Sinn in die Körperwelt zu bringen. Die Frage aber ist, ob alles für uns lesbar ist. Gewiß aber läßt sich durch vieles Probieren, und Nachsinnen auch eine Bedeutung in etwas bringen was nicht für uns oder gar nicht lesbar ist. So sieht man im Sand Gesichter, Landschaften usw. die sicherlich nicht die Absicht dieser Lagen sind. Symmetrie gehört auch hieher. Silhouette im Dintenfleck pp. Auch die Stufenleiter in der Reihe der Geschöpfe, alles das ist *nicht in den Dingen, sondern in uns*. Überhaupt kann man nicht gnug bedenken, daß wir nur immer uns beobachten, wenn wir die Natur und zumal unsere Ordnungen beobachten.

Ein Pabst (Zacharias, glaube ich) tat die Leute in den Bann, welche an Antipoden glaubten, und jetzt könnte der Fall leicht kommen, daß er die Antipoden einmal in den Bann täte, wenn sie nicht an die Infallibilität ihres römischen Antipoden glauben, wenigstens haben die Nachfolger jenes Pabstes die Länder von Leuten verschenkt, deren Beine zwar keinen Winkel von 180 Graden, aber doch schon einen beträchtlich stumpfen machen. Das ist doch auch ein Fortschritt.

Er lag sehr gerne antipodisch bei seiner Frau im Bette, à l'antipode.

Die Fliege, die nicht geklappt sein will, setzt sich am sichersten auf die Klappe selbst.

Gott, der Vergelder alles Guten.

Sichern Nachrichten zufolge wurden im Julius 1790 Steine von der Bastille auf den Straßen von London pfundweis verkauft, das Pfund kostete mehr als das beste Rindfleisch.

Rousseau sagt: ein Kind das nur seine Eltern kennen lernt, das kennt auch diese nicht. Sehr schön und wahr.

Eine Schraube ohne Anfang.

Keine Klasse von Stümpern wird von den Menschen mit größerer Nachsicht behandelt als die prophetischen. Wer sollte wohl denken daß, da die Kalender tausendmal irren, da man weiß, daß sie bloß aus dem Kopf hingeschrieben werden, allenfalls nach einem Modell von einigen vorhergehenden Jahren, [man ihnen glaubte], und doch glaubt man ihnen.

Wenn ich mit jemanden rede, so bemerke ich gleich ob er Elastizität hat, oder ob er jedem Druck nachgibt. Die Barbierer sind alle weich. Kästner ist hart. Meister war elastisch.

Wenn man viel selbst denkt, so findet man viele Weisheit in die Sprache eingetragen. Es ist wohl nicht wahrscheinlich, daß man alles selbst hineinträgt, sondern es liegt würklich viel Weisheit darin, so wie in den Sprüchwörtern.

Er hatte im Prügeln eine Art von Geschlechtstrieb, er prügelte nur seine Frau.

Ein Fisch der in der Luft ertrunken war.

Frage: da die Frauenzimmer in Gesellschaft so vielerlei Arbeit tun können, ohne dabei für die Gesellschaft untüchtig zu werden, so wird gefragt: ob man nicht für die Mannspersonen etwas Ähnliches erfinden könnte? Z.E. Glas-Schleifen, Makulatur-Ausschneiden. pp.

Ich glaube, daß so wie die Anhänger des Herrn Kant ihren Gegnern immer vorwerfen, sie verstünden ihn nicht, so glauben auch manche Herr Kant habe recht weil sie ihn verstehen. Seine Vorstellungs-Art ist neu, und weicht von dem Gewöhnlichen sehr ab, und wenn man nun auf einmal Einsicht in dieselbe erlangt, so ist man auch sehr geneigt sie für wahr zu halten, zumal, da er so viele eifrige Anhänger hat, man sollte aber dabei immer bedenken, daß dieses Verstehen noch kein Grund ist es selbst für wahr zu halten. Ich glaube daß die meisten über der Freude ein sehr abstraktes und dunkel abgefaßtes System zu verstehn zugleich geglaubt haben es sei demonstriert.

Es war am 28. 29. 30ten November 1790 da ich mich auf den Namen des Obristen Pritzelwitz besann. Ich stellte dergleichen Übungen oft an, allein nie hätte ich in meinem Leben geglaubt, daß ich ihn finden würde, denn ich riet sogar auf Duval, wovon der Grund war, daß der gleichzeitige Major Villars hieß, kurz ich verzweifelte gänzlich, allein nach dreitägiger oft wiederholter Vorstellung von der Figur und Miene des Mannes fand ich den Namen endlich am 1ten Dezember morgens, als ich im Bette lag, und zugleich mit dem Namen fand ich auch, daß er Obrist gewesen war, vorher dachte ich immer auf den Obrist-Lieutnant. Er war im März 1773 plötzlich gestorben, und ich hatte in den 17 Jahren wenig an ihn gedacht.

Ich habe den Weg zur Wissenschaft gemacht wie Hunde die mit ihren Herrn spazieren gehen, hundertmal dasselbe vorwärts und rückwärts, und als ich ankam war ich müde.

Nach den Londonschen Mortalitäts-Tabellen ermorden sich mehr Leute selbst als sie andere ermorden. In London sind in 75 Jahren 539 ermordet worden. Selbst ermordet haben sich 2869. Vor Alter [starben] 139248 die also das Alter hingerissen. – Artig ist es daß ohngefähr so viel vor Alter sterben als an den Pocken; so daß also das Alter eine der gemeinsten und zugleich gefährlichsten Krankheiten des Menschen ist. Nur sterben an den Pocken nicht alle, die sie bekommen, aber am letzteren sterben alle die es bekommen. Es ermorden sich fast noch einmal so viel als am Seitenstechen sterben. Das Alter ist eine Krankheit die wenigstens nicht ansteckend ist, *oder* wenn das Alter eine Krankheit ist, so ist sie in manchen Familien ansteckend.

Man kann von keinem Gelehrten verlangen [daß er] sich in Gesellschaften überall als Gelehrter zeige, allein der ganze Tenor muß den Denker verraten, man muß immer von ihm lernen, seine Art zu urteilen muß auch in den kleinsten Dingen von der Beschaffenheit sein, daß man sehen kann was daraus werden wird wenn nun der Mann mit Ruhe und in sich gesammelt wissenschaftlichen Gebrauch von dieser Kraft macht.

Er hatte ein paar Stückchen auf der Metaphysik spielen gelernt.

Man kann würklich nicht wissen ob man nicht jetzt im Tollhaus sitzt.

Von dem Ruhme der berühmtesten Menschen gehört immer etwas der Blödsichtigkeit der Bewunderer zu, und ich bin überzeugt, daß solche Menschen das Bewußtsein, daß sie von einigen, die weniger Ruhm aber mehr Geist haben, durchgesehen werden, ihren ganzen Ruhm vergällt. Eigentlicher ruhiger Genuß des Lebens kann nur bei Wahrheit bestehn. Newton, Franklin, das waren Menschen, die beneidenswert sind.

Das ist ein närrischer Einfall, sagt man von einer gewissen Art Einfälle, die nicht weniger als unklug sind, auch das Ding ist doch närrisch. Gewiß hat der erste Mann, der die Redensart brauchte, etwas dabei gedacht. Es kann das *Unerwartete* und das *Seltsame* in der Verbindung der Ideen bezeichnen, das Überspringende, dergleichen man bei närrischen Leuten vieles findet.

In meiner Krankheit im Januar und Februar 1790 betrachtete ich oft den Himmel meiner Bettlade, der aus einem kleingeblümten Zitz war. Jedes Blümchen lag in dem gemeinschaftlichen Punkt zweier sich unter einem Winkel von etwa 60° durchkreuzenden Linien. Dadurch entstunden denn eine Menge von Rhombis, so wie ich nur einen Rhombus von etwa *einem* Quadratzolle, oder von 4 oder von 9 usw. Quadratzollen recht deutlich ins Auge faßte, so verwandelte sich für mein Auge sogleich die ganze Fläche in solche Rhombos, alle von der Größe des angenommenen. Auch dieses ging noch wenn ich, statt der Rhomben, Rhomboiden versuchte. Dieses waren also Muster, die aus objektiven und subjektiven Anlagen zugleich entstunden. Wenn ich ein Neues versuchte, so hielt es immer anfangs etwas schwer, war es aber im Gange, so war auf einmal das Ganze wie plötzlich kristallisiert. Ich glaube [die] Sache könnte auf höhere Dinge angewendet werden. In einer Menge gleichförmig verteilter Punkte könnte ich allerlei Zeichnungen sehen und allerlei Muster, die an einem Ende der Fläche erst gehörig gefaßt sich bald auch im übrigen finden würden. So ließe sich in der größten Unordnung Ordnung sehn, so wie Bilder in den Wolken und auf bunten Steinen.

Flatt (Nein! Schwab) glaube ich hatte den Gedanken die Dreieinigkeit durch die drei Dimensionen des Raums zu erklären.

Theosophie, Astrologie und eine gewisse Meteorologie haben nicht bloß das gemein, daß man bei ihrem Studio sowohl als ihrer Ausübung die Augen nach dem Himmel richtet, sondern auch daß ihre Verehrer immer mehr sehn wollen als andere.

Mir tut es allemal weh wenn ein Mann von Talent stirbt, denn die Welt hat dergleichen nötiger als der Himmel.

Eine Welt, wo die Menschen als Greise geboren werden, und immer frischer werden, endlich Kinder, die immer an Ketschigkeit zunehmen, bis man sie endlich in eine Bouteille sperrt, wo sie nach 9 Monaten alles Leben verlieren, nachdem sie so klein geworden sind, daß man 10 Alexander auf einem Butterbrod verschlingen könnte. Die Mädchen von 50 bis 60 Jahren finden ein besonderes Vergnügen daran, die klein gewordene Alte auf Bouteillen zu ziehn.

Ach Gott wie manchen Gedanken habe ich gehabt, von dem ich überzeugt sein konnte, daß er den besten unter den Menschen gefallen würde, wen sie ihn läsen, und den ich nicht anzubringen wußte, auch anzubringen nicht sonderlich begierig war, und dafür mußte ich mich von manchem seichten Literator und Kompilator oder irgend einem bloß empirischen Waghals oder einem Epigramme schreibenden Konfusionär über die Achsel ansehen lassen, und doch auch gestehen, daß, nach meinem Verhalten, die Leute so gar unrecht nicht hätten, denn wie konnten sie wissen, was meine Indolenz selbst vor meinem Schmierbuch verheimlichte. Wenn mir Deluc schrieb, ich schriebe ihm nie einen Brief, aus dem er nicht etwas lernte, so setzte mich dieses über alle Urteile der Welt weg, aber wieder nur bei mir selbst.

Auch die Bengelei hat ihre Genies, und wer will die Natur zur Verantwortung ziehen, daß sie dieser Gabe es verstattet sich ihrem Besitzer durch das schmeichelhafte Gefühl von Kraft und Überlegenheit und Behaglichkeit anzukündigen. Die Wege des Himmels sind finster und verwickelt, und ihre Tröstungen mannigfaltig.

Ein Vater sagt: der verfluchte Junge macht es gerade so wie ich, ich will ihn prügeln, daß er des Teufels wird.

Die Barbierer und Perüquenmacher tragen die kleinen Stadtneuigkeiten in die großen Häuser, so [wie] die Vögel die Samen von Bäumen auf die Kirchtürme, beide keimen da oft zum Schaden, nur ist die Pflanzungs-Art verschieden, jene sprechen sie und diese … sie. Auch die Eheweiber.

Das Mädchen war so langsam, daß, wenn ich sie des Morgens zur Türe hinausgehen hörte, ich immer glaubte sie hätte 4 Beine, denn 2 hörte ich in der Stube und 2 auf dem Gange trappen. Vermutlich rührte das daher, daß sie immer noch etwas vergessen hatte, während sie schon *in* der Türe war.

Sollte nicht ein Taubstummer oder wenigstens ein Tauber in einem Roman *irgend* einen Dienst leisten können?

Der vollkommenste Affe kann keinen Affen zeichnen, auch das kann nur der Mensch, aber auch nur der Mensch hält dieses zu können für einen Vorzug.

Wer eine Scheibe an seine Garten-Tür malt, dem wird gewiß hineingeschossen.

Ein Charakter: von allem nur das Schlimmste zu sehen, alles zu fürchten, selbst Gesundheit als einen Zustand anzusehen da man seine Krankheit nicht fühlt; ich glaube keinen Charakter würde ich glücklicher durchsetzen können, als diesen.

Ich habe schon lange gedacht, die Philosophie wird sich noch selbst fressen. – Die Metaphysik hat sich zum Teil schon selbst gefressen.

So wie man [mit] den Kinnladen nachhilft wenn man mit einer schlechten Schere Papier schneidet, oder wenn man sehr viele Blätter auf einmal schneiden will (ich habe dieses an meinem kleinen Jungen von 5 Jahren bemerkt), so gibt es vermutlich eine Menge Verrichtungen selbst des Geistes.

Die Entschuldigungen seiner Fehler nehmen sich zum Teil gut aus, sie tragen aber zur Besserung seines Fehlwurfs gemeiniglich so wenig bei, als beim Kegeln das Nachhelfen mit Kopf, Schultern, Armen und Beinen, wenn die Kugel schon aus der Hand ist, es ist mehr Wunsch, als Einwürkung.

Ein Mann der seinen ganzen Ruf der Neigung der Menschen zu danken hat von seinen Bekannten etwas Böses zu lesen.

Einer präsentiert dem Charon sein Stammbuch oder einem Mädchen im Bagnio. Wo wäre wohl das Präsentieren am lächerlichsten? Wenn man es dem Tod präsentierte, vielleicht? Eine Erdichtung da jemand sein Stammbuch dem Alexander, Sokrates usw. präsentierte könnte, wenn es nicht zu geil traktiert würde, gut für eine Monatschrift werden.

Wie wenig Ehre es einem Maler macht Tiere durch seine Gemälde zu betrügen, davon hatte ich am 2ten November 1789 eine Probe, mein Rotkehlchen hielt einigemal das Schlüssel-Loch einer Kommode für eine Fliege und stieß sich fast den Kopf ein.

Ich habe mir zur Regel gemacht, daß mich die aufgehende Sonne nie im Bette finden sollte so lange ich gesund bin. Es kostete mich nichts als das Machen, denn ich habe es bei Gesetzen, die ich mir selbst gab, immer so gehalten, daß ich sie nicht eher festsetzte, als bis mir die Übertrettung fast unmöglich war.

Ich habe überhaupt sehr viel gedacht, das weiß ich, viel mehr als ich gelesen habe, es ist mir daher sehr viel von dem unbekannt, was die Welt weiß, und daher irre ich mich oft, wenn ich mich in die Welt mische, und dieses macht mich schüchtern. Könnte ich das alles was ich zusammengedacht habe so sagen, wie es in mir ist, nicht getrennt, da möchte sich manches nicht zum besten ausnehmen, so würde es gewiß den Beifall der Welt erhalten.

Ich glaube es läßt sich mit geometrischer Schärfe erweisen, daß, vorausgesetzt, daß das neue Testament die Lehren des Christentums vollständig enthalte, die katholische Religion schlechterdings keine christliche genannt werden könne. Ob es irgend eine der protestantischen ganz sei laß ich unentschieden. Es läßt sich, glaube ich, eine Million gegen 1 verwetten, daß, wenn die Frage vor einer Versammlung der vernünftigsten Menschen aus allen Völkern gebracht würde, die Entscheidung dahin ausfallen würde: die katholische Religion sei so wenig die christliche als das heutige Italienische das alte Latein. Daß eigentlich in Europa die christliche Religion nirgends die herrschende sei, daß es aber hier und da einzelne Menschen gäbe, die sie hätten, aber es nicht recht laut sagen dürften, weil sie fürchten daß man selbst ihre Taten für unecht halten würde, sobald man wüßte, daß ihre Meinungen nicht von der angenommenen Lehre wären. *Trinket alle daraus* steht im neuen Testament.

Ich glaube man würde immer blühen wie die Jugend, wenn man immer so sorglos sein könnte, oder macht, umgekehrt, die Blüte sorglos?

Wenn es der Himmel für nötig und nützlich finden sollte mich und mein Leben noch einmal neu aufzulegen, so wollte ich ihm einige nicht unnütze Bemerkungen zur neuen Auflage mitteilen, die hauptsächlich die Zeichnung des Porträts und den Plan des Ganzen angehen.

Er war in der Zeugungs-Gegend ein wahrer Presbyt, und wünschte oft herzlich daß man auch für jenen Sinn Brillen schleifen könnte.

Es gibt für mich keine gehässigere Art Menschen, als die welche glauben, daß sie bei jeder Gelegenheit ex officio witzig sein müßten.

Wir sind doch am Ende nichts weiter als eine Sekte von Juden.

Der gesunde Appetit unsrer Vorfahren, zu essen, scheint sich jetzt in einen nicht ganz so gesunden Appetit zu lesen verwandelt zu haben, und so wie ehmals die Spanier zusammen liefen die Deutschen essen zu sehen, so kommen jetzt die Fremden zu uns uns studieren zu sehen.

Warum sollten Reime, wie der folgende so ganz verwerflich sein?

Wird durch Wasser
Immer größer,
Immer besser.

Die Christen begießen das Pflänzchen und die Juden beschneiden es.

Man hat vieles über die *ersten* Menschen gedichtet, es sollte es auch einmal jemand mit den beiden *letzten* versuchen.

Es lebe der Tod der Protestanten, ruft der Marquis de Langle in seinem tableau pittoresque de la Suisse aus, er meint nämlich sie stürben mit minder fürchterlichen Vorstellungen von Fegfeuer pp. Eigentlich Vive la mort dans les pays des protestants.

Die Kosmographen werden freilich keine nordwestliche Durchfahrt finden, aber die Pelzhändler, man würde selbst in philosophischen Dingen sehr viel weiter sein, wenn man die Untersuchungen so einrichten könnte, daß der Gewürz- oder Pelzhandel dadurch befördert würde.

14. Junii 91. Es ist eine Frage, ob wir nicht, wenn wir einen Mörder rädern, grade in den Fehler des Kindes verfallen, das den Stuhl schlägt an den es sich stößt.

Einer der merkwürdigsten Züge in meinem Charakter ist gewiß der seltsame Aberglaube, womit ich aus jeder Sache eine Vorbedeutung ziehe und in einem Tage hundert Dinge zum Orakel mache. Ich brauche es hier nicht zu beschreiben indem ich mich hier nur allzu wohl verstehe. Jedes Kriechen eines Insekts dient mir zu Antworten über Fragen über mein Schicksal. Ist das nicht sonderbar von einem Professor der Physik? Ist es aber nicht in menschlicher Natur gegründet und nur bei mir monströs geworden, ausgedehnt über die Proportion natürlicher Mischung, wo es heilsam ist?

Auf die Blüte folgt die unreife Frucht, die Blüte ist in sich eine Vollkommenheit. Eben so ist es mit dem Menschen. Der Jüngling wird für vollkommener gehalten, als der Mann von 30, 40 Jahren, und damit kömmt erst wieder ein vollendeter Zustand, die Reife.

Es gibt sehr viele Menschen, die unglücklicher sind, als du, gewährt zwar kein Dach darunter zu wohnen, allein sich bei einem Schauer darunter zu retirieren ist das Sätzchen gut genug.

Die Kinder und die Narren reden die Wahrheit, sagt man; ich wünsche daß jeder gute Kopf, der Neigung zur Satyre bei sich verspürt, bedenken möchte, daß der beste Satyriker immer etwas von beiden enthält.

9. *Julii 91* auf dem Garten. Einige *kommen* auf einen Gedanken, andere *stoßen* darauf, andere *fallen* darauf, andere *verfallen* darauf (hier fehlt noch das zerfallen), auch *gerät* man darauf. Man sagt nicht, ich habe mich nach dem Gedanken *hin*begeben. Das wäre via regia.

Alle großen Herrn sollten so wie die Sultane eine Kunst lernen, wir leben jetzt in sonderbaren Zeiten, man kann nicht wissen ob man sie nicht einmal braucht. Der vorige türkische Kaiser schnitzte Bogen und Pfeile sehr gut, der jetzige malt Musselin für das Frauenzimmer.

Alle Wünsche sind ein bloßes Nerven-Spiel und das umgebende Mittel pflanzt sie nicht zu meinem Willen fort. Meine Furcht und sehnlichster Wunsch ist nicht im Stand den leichten Nebel einer Donnerwolke aufzuhalten. Sie zieht den Gang der ihr angewiesen ist. Der Mensch ist nicht in den Erdball einorganisiert, sondern bloß in seinen Körper.

Mancher Schriftsteller so bald er ein bißchen Beifall erhält glaubt alles von ihm interessiere die Welt. Der Schauspiel-Schmierer Kotzebue hält sich sogar berechtigt dem Publiko zu sagen, daß er seiner sterbenden Frau ein Klistier gesetzt habe.

Der Januarius ist der Monat, da man seinen guten Freunden Wünsche darbringt, die übrigen die, worin sie nicht erfüllt werden.

Wenn man alle Tage 3 Armen etwas gibt, so gibt man des Jahrs 1095 etwas und das ist eine Armee.

Einer überhüpft bei Vorlesung der Messiade immer eine Zeile und die Stelle wird doch bewundert.

Nach Smeathman's Bericht haben die Ameisen einen weidenden Elefanten angefallen und ganz skelettiert.

Die Menschen nach den Häusern ordnen worin sie wohnen wie die Schnecken.

Zwei Personen, die sich einander nicht lieben, wovon aber jede die andere in sich verliebt machen möchte, und zwar zu dem Grade, daß sie entweder vor Liebe stürben, oder sich entleibten, schreiben einander Briefe. So etwas könnte lustig werden. schon S. 86.

Darin, daß man große Krieger bewundert, liegt etwas Natürliches, so wie in der Eroberungssucht, das erste korrespondiert mit Schönheit und Leibesstärke, das andere mit Wohlstand, es wird auch daher nie aus der Welt hinaus philosophiert werden können.

So wie Linné im Tierreiche könnte man im Reiche der Ideen auch eine Klasse machen die man Chaos nennte. Dahin gehören nicht sowohl die großen Gedanken von allgemeiner Schwere, Fixstern-Staub mit sonnenbepuderten Räumen des unermeßlichen Ganzen, sondern die kleinen Infusions-Ideechen, die sich mit ihren Schwänzchen an alles anhängen, und oft im Samen der Größten leben, und deren jeder Mensch wenn er still sitzt [eine] Million durch seinen Kopf fahren sieht.

Ich sehe die Rezensionen als eine Art von Kinderkrankheiten an, die die neugebornen Bücher mehr oder weniger befällt. Man hat Exempel, daß die gesündesten daran sterben, und die schwächlichen oft durchkommen. Manche bekommen sie gar nicht. Man hat häufig versucht, ihnen durch Amulette von Vorrede und Dedikation vorzubeugen oder sie gar durch eigene Urteile zu inokulieren, es hilft aber nicht immer.

In einem Roman müßte es sich gut ausnehmen, des Helden Begriffe z. B. von der Erde in einer kleinen Charte vorzustellen. Die Welt würde rund vorgestellt, in der Mitte liegt das Dorf wo er lebt, sehr groß mit allen Mühlen pp vorgestellt, und dann umher die andern Städte, Paris London sehr klein, überhaupt wird alles sehr viel kleiner, wie es weiter wegkömmt.

Nach authentischen Nachrichten werden jährlich für 30000 Groschen Maultrommeln zu Schwabach verfertigt, das sind, eine zu 4 ₰ gerechnet, 1440000 Maultrommeln. Sollte dieses irgend einen Zusammenhang mit der deutschen Schriftstellerei, zumal der poetischen haben?

Rousseau hat glaube ich gesagt: ein Kind, das bloß seine Eltern kennt, kennt auch die nicht recht. Dieser Gedanke läßt sich [auf] viele andere Kenntnisse, ja auf alle anwenden, die nicht ganz *reiner* Natur sind: Wer nichts als Chemie versteht versteht auch die nicht recht.

Wenn, was Leibniz geweissagt hat, dereinst die Bibliotheken Städte werden, so wird es auch düstere Straßen und Schindergäßchen geben so wie jetzt.

Die meisten deutschen Romanen und Satyren kommen mir vor wie die Fischer-Idyllen, es wird immer bloß vom Handwerk gesprochen. Das Beste geht immer über Rezensenten, schlechte Poeten und Nachdrucker und Studenten los.

Man klagt über die entsetzliche Menge schlechter Schriften die jede Ostermesse heraus kommen. Ich sehe das schlechterdings nicht ein. Warum sagen die Kritiker, man soll der Natur nachahmen? Diese Schriftsteller ahmen die Natur nach, sie folgen ihrem Triebe so gut wie die großen. Und ich möchte nur wissen was irgend ein organisches Wesen mehr tun könne als seinem Triebe folgen? Ich sage: seht die Bäume an, zum Exempel die Kirschenbäume, sagt, wie viele Kirschen von den grünen werden da reif? nicht der 50te Teil; die andern fallen ab. Wenn nun die Kirschenbäume Makulatur drucken, wer will es den Menschen wehren, die doch besser sind als die Bäume? Ja was sage ich die Bäume. Wißt ihr nicht, daß von den Menschen, die das prokreierende Publikum jährlich herausgibt, mehr als ein Drittel stirbt, ehe es 2 Jahre alt wird? Wie die Menschen, so die Bücher, die von ihnen geschrieben werden. Anstatt mich also über die überhandnehmende Schriftstellerei zu beklagen, bete ich vielmehr die hohe Ordnung der Natur an, die es überall will, daß von allem was geboren wird ein großer Teil zu Dünger wird und zu Makulatur, welches eine Art von Dünger ist. Mit einem Wort Deutschland ist das wahre Bücher-Beet für die Welt, die Treibhäuser, die Gärtner, ich meine die Buchhändler mögen auch sagen was sie wollen.

Es ist doch sonderbar, daß man die langen Silben mit – und die kurzen mit ∪ bezeichnet, da doch das erste der kürzeste Weg zwischen 2 Punkten und das letzte eine krumme Linie ist. Der Erfinder dieser Zeichen muß also etwas ganz anderes dabei gedacht haben, wenn er überhaupt etwas dabei gedacht hat.

Die Kunst Menschen mit ihren Schicksale mißvergnügt zu machen, die heutzutage so sehr getrieben wird. O wenn wir doch die Zeiten der Patriarchen wieder hätten, wo die Ziege neben dem hungrigen Löwen graste, und Kain in den zärtlichen Umarmungen seines Bruders Abel seine Saecula durchlebte (hier müssen noch mehr solche feine Geschichtchen aufgesucht werden von Sodomiterei, Betrug um Erstgeburt), oder in dem glücklichen Otaheite wo man für einen eisernen Nagel haben kann, was in Hannover und Berlin goldne Tabatieren und Uhren gilt, und wo man bei völliger Gleichheit der Menschen das Recht hat seine Feinde aufzufressen und von ihnen gefressen werden.

Die Welt ist nicht da um von uns erkannt zu werden, sondern uns in ihr zu bilden. Das ist eine Kantische Idee.

Zu Braunschweig wurde in einer Auktion ein Hut für vieles Geld verkauft, der aus dem heimlichsten Haar von Mädchen verfertigt war.

Nachdem ich vieles *menschenbeobachterisch* und mit vielem schmeichelhaften Gefühl eigner Superiorität aufgezeichnet, und in noch feinere Worte gesteckt hatte, fand ich oft am Ende, daß grade das das Beste war, was ich ohne alle diese Gefühle so ganz bürgerlich niedergeschrieben hatte. (sehr sehr wahr).

Ich habe lange nicht recht begreifen können woher es kömmt, daß es mir so entsetzlich schwer fällt in den Büchern mancher berühmter Polygraphen zu lesen, aber endlich merkte ich mir die Sache ab; es rührt daher, daß die Menschen sonst, in Vergleich mit wahrhaft großen Männern, so unbedeutend sind, daß einen gar nicht reizen kann zu wissen, was diese Menschen wissen.

Der *Pater:* Ihr seid Menschenfresser Ihr Neuseeländer.
Neuseeländer: Und ihr seid Gottfresser ihr Pfaffen.

In der Nacht vom Ostersonntag 1792 auf den Ostermontag (vom 8ten auf den 9ten April) träumte mir, ich sollte lebendig verbrannt werden. Ich war sehr ruhig dabei, welches mich beim Erwachen nicht freute. So etwas kann Erschlaffung sein. Ich räsonierte ganz ruhig über die Zeit, die es dauern würde. Vorher bin ich noch nicht verbrannt, und nachher bin ich es. Das war fast alles, was ich *dachte* und *bloß dachte.* Diese Zeit liegt zwischen sehr engen Grenzen. Ich fürchte fast, es wird bei mir alles zu Gedanken und das Gefühl verliert sich.

In dem freien Frankreich, wo man jetzt aufknüpfen lassen kann, wen man will.

Seit der Mitte des Jahrs 1791 regt sich in meiner ganzen Gedanken-Ökonomie etwas, das ich noch nicht recht beschreiben kann. Ich will nur einiges anführen und künftig aufmerksamer darauf werden. Nämlich ein außerordentlich[es] fast zu schriftlichen Tätlichkeiten übergehendes Mißtrauen gegen alles menschliche Wissen, Mathematik ausgenommen, und was mich noch an [das] Studium der Physik fesselt, ist die Hoffnung etwas dem menschlichen Geschlecht Nützliches auszufinden. Wir müssen nämlich auf Ursachen und Erklärungen denken, weil ich gar kein anderes Mittel sehe uns ohne dieses Bestreben in Tätigkeit zu erhalten. Jemand kann freilich wochenlang auf die Jagd gehn und nichts schießen, aber so viel ist gewiß, zu Hause würde er auch nichts geschossen haben und zwar *gewiß* nichts, da er doch nur auf dem Felde die Wahrscheinlichkeit für sich hat, so gering sie auch sein mag. Wir müssen freilich etwas ergreifen. Aber ob das nun alles so ist, wie wir glauben? Da frage ich mich wieder: was nennst du so Sein, wie du es dir vorstellst? Dein Glaube, daß es so ist, ist ja auch etwas, und von dem übrigen weißt du nichts. Dieses war auch die Zeit da ich (Gott verzeih mir wenn ich irre) zu glauben anfing, daß die Muscheln in den Bergen gewachsen sein könnten. Es war aber kein positives *Glauben*, sondern bloß dunkeles Gefühl von unsrer Unfähigkeit, oder wenigstens von der meinigen in die Geheimnisse der Natur einzudringen.

Zum Teil zum Vorhergehenden gehörig: Das Wesen, was wir am reinsten aus den Händen der Natur empfangen, und was uns zugleich am nächsten gelegt wird, sind wir selbst, und doch wie schwer ist da alles und wie verwickelt! Es scheint fast, wir sollen bloß würken ohne uns selbst zum Gegenstand der Beobachtung zu machen. So bald wir uns zum Gegenstand der Beobachtung machen: so ist es fast einerlei ob wir aus dem Hainberg den Ursprung der Welt, oder aus unsern Verrichtungen die Natur unserer Seele wollen kennen lernen.

Die Dachziegel mag manches wissen was der Schornstein nicht weiß.

Es ist doch fürwahr zum Erstaunen, daß man auf die dunkeln Vorstellungen von Ursachen den Glauben an einen Gott gebaut hat, von dem wir nichts wissen, und nichts wissen können, denn alles Schließen auf einen Urheber der Welt ist immer Anthropomorphismus.

Man ist nie glücklicher als wenn uns starkes Gefühl bestimmt, *nur* in *dieser* Welt zu leben. Mein Unglück ist nie in *dieser* sondern in einer Menge von möglichen Ketten von Verbindungen zu existieren, die sich meine Phantasie unterstützt von meinem *Gewissen* schafft, so geht ein Teil meiner Zeit hin, und keine Vernunft ist im Stand darüber zu siegen. Dieses verdiente sehr auseinander gesetzt zu werden. Lebe dein erstes Leben recht, damit du dein zweites genießen kannst. Es ist immer im Leben wie mit der Praxis des Arztes, die ersten Schritte entscheiden. Das ist doch Unrecht irgendwo, in der Anlage oder im Urteil?

Da der politische Pabst gefallen ist und der geistliche bald nachfolgen wird, so wäre die Frage ob man nicht einen medizinischen wählen sollte. Ich meine [eine] Art von medizinischem Dalai Lama der durch bloßes Berühren, und durch Übersendung seiner Ab- und Auswürfe Krankheiten [heilte]. Ich glaube ein solcher Mann könnte würklich Krankheiten heilen, durch das bloße: *ich bin der Herr Euer Doktor*. Hierzu schickte sich Zimmermann. Ich glaube daß dieser Gedanke durchgesetzt zu werden verdiente.

Zug: Jemand zerreißt ein Papier und wirft es voll Ungedult zum Fenster hinunter indem seine Frau hereintritt: da schreibt man mir schöne Sachen von dir, sagt er und geht aufgebracht weg. Die Frau, die kein gutes Gewissen hat, läßt durch ihr Kammer-Mädchen die Stückchen alle zusammenlesen, und des Abends, da sie allein sind, suchen sie alles zusammen [zu] legen, es fehlen aber Stückchen; mit jedem Wort das sie lesen erklären sie sichs und verraten ihre Schuld, am Ende findet sich daß es [ein] Dinten-Rezept war.

Man liest jetzt so viele Abhandlungen über das Genie, daß jeder glaubt er sei eines. Der Mensch ist verloren, der sich früh für ein Genie hält.

Bei aller meiner Bequemlichkeit bin ich immer in Kenntnis meiner selbst gewachsen, ohne die Kraft zu haben mich zu bessern, ja ich habe mich öfters für alle meine Indolenz dadurch entschädigt gehalten, daß ich dieses einsah, und das Vergnügen, das mir die genaue Bemerkung eines Fehlers an mir machte, war oft größer, als der Verdruß, den der Fehler selbst bei mir erweckte. *So sehr viel mehr galt bei mir der Professor, als der Mensch.* Der Himmel führt seine Heiligen wunderlich.

Ohne Witz wäre eigentlich der Mensch gar nichts, denn Ähnlichkeit in den Umständen ist ja alles was uns zur wissenschaftlichen Erkenntnis bringt, wir können ja bloß nach Ähnlichkeiten ordnen und behalten. Die Ähnlichkeiten liegen nicht in [den] Dingen, vor Gott gibt es keine Ähnlichkeiten. Hieraus folgt freilich der Schluß, daß je vollkommener der Verstand ist, desto geringer ist der Witz, oder es muß Seelen-Einrichtungen geben, die so gespannt werden können, wie manche Waagen (wieder Witz) daß man sie so wohl zum Genau- als Roher-wiegen gebrauchen kann.

Mehr Dinge zu erfinden wie etwa der Schnupftabak, der allerdings eine gar seltsame Erfindung ist. Es ist doch würklich, wenn man bedenkt wie viel Wohlgerüche es in der Natur gibt, eine Art von *Onanie*.

In den Kehrigthaufen vor der Stadt lesen und suchen was den Städten fehlt, wie der Arzt aus dem Stuhlgang und Urin.

Ich habe das Register der Krankheiten angesehn, und habe die Sorgen und traurige Vorstellungen nicht darunter gefunden, das ist sehr unrecht.

Gott, der Vergelder alles Guten.

Als ich im Frühling 1792 an einem sehr schönen Abend am Gartenfenster lag, das etwa 2000 Fuß von der Stadt entfernt ist, war ich begierig zu hören, was nun von dem berühmten Göttingen noch zu meinen Ohren herüber kam, und das war
1) das Rauschen des Wassers bei der großen Mühle
2) das Fahren einiger Wagen oder Kutschen
3) Ein sehr helles und emsiges Schreien von Kindern vermutlich auf der Maikäfer-Jagd auf dem Walle
4) Hundegebell in allerlei Distanzen und mit allerlei Stimmen und Affekten
5) 3 bis 4 Nachtigallen in den Gärten nah bei oder in der Stadt
6) unzählige Frösche
7) das Klirren geworfener Kegel und
8) ein schlecht geblasener halber Mond der von allem das Unangenehmste war.

Der Ton stimmt oft die Behauptung statt daß die Behauptung den Ton angeben sollte. Selbst gute Schriftsteller, wenn sie auch gerne schön sprechen, finden sich unvermerkt zuweilen da, wo sie eigentlich nicht hin wollten.

Jemand beschrieb eine Reihe Weidenbäume, die in gewissen Distanzen gepflanzt waren, so: erst stund ein Baum, alsdann keiner, dann wieder einer und dann wieder keiner.

Ich hatte Gelegenheit öfters einen Betteljungen zu sehen, der durch Gesichterschneiden und allerlei Gebärden Lachen zu erwecken suchte. Dieses war mir würklich unerträglich, daß ich das Gesicht des Jungens, auch selbst in der Ruhe, anfing abscheulig zu finden und den Knaben im eigentlichen Verstand zu hassen anfing, weil er sich gar nicht[s] wollte sagen lassen. Eines Tages aber da ein sehr schönes und gutes Kind, ein Mädchen von 4 Jahren sehr herzlich und doch mit einem gewissen Anstand über des Knaben Possen lachte, machte dieses einen so angenehmen Eindruck auf mich, daß ich nun selbst des Knabens Gesichter erträglich fand, und zwar nicht bloß aus der zweiten Hand, wie man denken sollte, sondern würklich in sich selbst. Ich lächelte nicht in meinem eigenen sondern in des Kindes Namen darüber. Auch habe ich bei andern Gelegenheiten bemerkt, daß man über gewisse unschädliche Ungezogenheiten sich erst ärgern muß, um sie hernach erträglich zu finden. Ich verstehe mich hier recht gut, und erkläre die Sache weiter nicht.

Die Vermählung des Doge mit dem Adriatischen Meere kann genützt werden. Der Bürgermeister zu…, das wegen seines Bieres berühmt ist, vermählt sich jährlich mit einem Brau-Kessel. N. vermählte sich alle Jahre wenigstens *einmal* mit der Gosse, nur mit dem Unterschiede von dem Doge zu Venedig, daß dieser bloß einen Ring ins Wasser wirft, dieser mit sehr viel größerer Herzlichkeit [sich] selbst hineinlegte.

Er war in nichts regelmäßiger als in Dingen, die er gar nicht zum Gegenstand seiner Obhut machte, so verbrauchte er z.E. regelmäßig alle 3 Wochen ein Pfund Schnupftabak ob er gleich gar hierin keiner Regel folgte. Hatte er sich einmal im Ernst vorgenommen ordentlich darin zu sein, so würde alles sehr unordentlich darin gegangen sein.

Man findet auf einer steilen Höhe weißen Schaum, er wird einmütig für den von einem Reitpferd erkannt und jedermann bewundert die Verwegenheit des Reiters, am Ende kömmt es heraus daß sich der Schulmeister des Orts, der um den Weg abzukürzen hieher gegangen war, sich hier rasiert habe.

Es ist schlimm genug, daß heut zu Tage die Wahrheit ihre Sache durch Fiktion, Romane und Fabeln führen lassen muß.

Es wurde ein Blumen-Körbchen angekündigt und siehe da, es erschien ein Kartoffel-Säckchen.

Der alles was ihm vorkömmt aus dem veränderlichen Hinterhalt einer Art schwimmender Philosophie beschießt.

Man lacht, und mit Recht, über den Versuch jenes Menschen, der seinem Pferde das Fressen abgewöhnen wollte. Es starb aber leider! grade an dem Tage, da die größte Hoffnung war, ihm die Kunst endlich beizubringen. Mit dem Klug-Werden geht das nicht bloß den Schwaben so, sondern den meisten Menschen.

Des Zopfprediger Schultzens Religion ist die Asymptote, der sich alle christlichen Religionen am Ende nähern werden. Ich denke ganz mit ihm einerlei, nur glaube ich nicht daß Moses so schlechtweg ein Betrüger genannt werden kann. Er hatte es mit vielen Tausenden von Baronen Absatz zu tun und mußte so sprechen. Ich sage auch zu meinem Kinde, wenn du das nicht tust, so schneide ich dir [die] Nase ab. Ich bin deswegen kein Betrüger. Eben so wenig, wenn ich sage, die Kinder kommen aus dem Rheinsbrunn, oder der Storch bringt sie.

Bei dem Roman, die obszönen Gemälde im Sterbezimmer. NB.

Die Natur hat die Frauenzimmer so geschaffen, daß [sie] nicht nach Prinzipien sondern nach Empfindung handeln sollen.

Daß Gott, oder was es ist, durch das Vergnügen im Beischlaf den Menschen zur Fortpflanzung gezogen hat, ist doch bei Kants höchstem Prinzip der Moral auch zu bedenken.

No popery, kein Pabst! Es sei wo es wolle. Es gibt Päbste überall.

Könnten nicht die Titul Magister, Doktor pp zu Taufnamen erhoben werden?

Im Namen des Herrn sengen, im Namen des Herrn brennen morden und dem Teufel übergeben, alles im Namen des Herrn.

Viel Hasen sind der Hunde Tod, sagt der Oberförster, dem man seinen Hund aus Versehen tod geschossen hatte weil der Schützen zu viele waren.

Der Roman muß notwendig der zusammengewachsene Mensch werden. Sie hatten eine Stelle, wo es allen beiden wehe tat, da wurden sie drauf geschlagen.

D*oppelter Prinz.* Eine rechte Hand und ein Kopf kam zuerst. Am Ende fand es sich, daß die rechte Hand nicht dem gehörte, dessen Kopf zuerst kam, sondern dem andern. Vergleichung der rechten Hand mit dem Kopf. Sekten. Die Hofleute lassen ihre Kinder zusammenheilen, worüber viele sterben. Der eine liebt die Bälle, der andre die Astronomie. Es wird alles entweder mit Würfel[n] oder mit Ohrfeigen ausgemacht.

D*oppelter Prinz.* Ein Gelehrter steht auf und beweiset was es für ein Vorteil wäre, wenn die Menschen doppelt wären.

D*oppelter Prinz.* Janus und Janus-Tempel, der doppelte Adler. Doppelte Dukaten und Louisd'or. Es ist keine Folge, daß ein doppelter König mehr wert ist, als ein einfacher. Alles Doppelte muß hervorgesucht werden. Verteidigung wegen Leib und Seele, der Mensch sei eigentlich ein doppelter Prinz (wobei nicht bedacht wurde, daß ein solcher doppelter Prinz wie Ihre Majestät eigentlich ein vierfacher wäre). Die heilige 3einigkeit darf wohl nicht hereingebracht werden. Das doppelte Buchhalten, ja alles Doppelte aufzusuchen. Duplizität.

Wenn jemand in Cochinchina sagt doii (doji mich hungert), so laufen die Leute als wenn es brennte ihm etwas zu essen zu geben. In manchen Provinzen Deutschlands könnte ein Dürftiger sagen: mich hungert, und es würde gerade so viel helfen, als wenn er sagte doii.

Es wird gewiß von unsrer Jugend jetzt viel zu viel gelesen, und man sollte gegen das Lesen schreiben, wie gegen Selbstbefleckung, nämlich gegen eine gewisse Art von Lektüre. Es ist angenehm aber so schädlich als immer das Branntweintrinken.

Ich möchte wohl wissen was geschehn würde, wenn einmal die Nachricht vom Himmel käme, daß der liebe Gott ehestens eine Kommission von bevollmächtigten Engeln herab schicken würde, in Europa herum zu reisen, so wie die Richter in England, um die großen Prozesse abzutun worüber es in der Welt keinen andern Richter gibt, als das Recht des Stärkeren. Was würde dann aus manchen Königen und Ministern werden? Mancher würde [lieber] um gnädigsten Urlaub ansuchen einem Walfischfang beizuwohnen oder die reine Kap-Horn-Luft zu atmen pp als an seiner Stelle bleiben.

Es verdiente wohl, daß man am Ende des Jahres ein Gericht über die Zeitungen hielte, vielleicht machte dieses die Schreiber derselben behutsamer. Da die Zeitungsschreiber auch selbst belogen werden, so müßte man behutsam verfahren um nicht Unrecht zu tun. Man müßte zwei oder mehrere entgegengesetzte Blätter mit einander vergleichen, und beide mit dem Lauf der Begebenheiten. So ließ sich am Ende etwas über den Wert der politischen Zeitungen überhaupt festsetzen. Ihr Charakter, oder auch ein Vorspiel in Versen, wo die deutschen politischen Zeitungen als Personen aufträten, könnte eine gute Satyre werden. Das Politische Journal, Schlözers Staats-Anzeigen, das Ristretto, der Correspondent, der Moniteur. Sie könnten angeben, womit sie handeln. Sie könnten als Handelsleute, Contrebandiers arretiert werden.

Leute die ihre Briefe mit grünem Siegellack siegeln sind alle von einer eignen Art, gewöhnlich gute Köpfe, die sich selbst zuweilen mit chemischen Arbeiten beschäftigen und wissen, daß es schwer ist grünes Siegellack zu machen. (mehr solcher Züge.)

Es fehlt nicht viel, so ordnet man die Menschen in Rücksicht auf Geistes-Fähigkeiten, so wie die Mineralien nach ihrer Härte, oder eigentlich nach der Gabe die eines besitzt, das andere zu schneiden und zu kratzen.

Schreiben des Leib-Medicus Z. an die Pest zu Konstantinopel, nebst seiner Majestät Antwort darauf. Er bittet sie im Namen des gesamten aristokratischen Deutschlands einen Einfall in Frankreich zu tun um den Hunden den Garaus zu machen. Es wird ihm aber in Gnaden abgeschlagen. Unterzeichnet Faulfieber.

Es könnte gar wohl sein, daß eine gewisse Generation in linea recta ascendente & descendente ein Ganzes ausmachen könnte, das sich teils vervollkommnet teils verschlimmert. Daß z. B. der Sohn des berühmten Howard, des Kerker- und Spital-Bereisers völlig toll geworden ist, könnte mit dem Genie des Vaters Zusammenhang haben. Denn ohne bei wahrhaften Menschenkennern in den Verdacht zu kommen als wollte man diesen großen Mann verkleinern oder seine Tugend verdächtig machen kann man behaupten daß er manches nicht würde unternommen haben, wenn er nicht bereits selbst einen kleinen Hieb gehabt hätte, und wenigstens entfernte Anlagen zu dem, was nachher sein Sohn würklich geworden ist.

Wir nehmen Dinge wahr vermöge unsrer Sinnlichkeit. Aber was wir wahrnehmen sind nicht die Dinge selbst, das Auge schafft das Licht und das Ohr die Töne. Sie sind außer uns nichts. Wir leihen ihnen dieses. Eben so ist es mit dem Raume, und der Zeit. Auch wenn wir die Existenz Gottes nicht fühlen, beweisen können wir sie nicht. All diese Dinge führen auf eines hinaus. Es ist aber nicht möglich sich hiervon ohne tiefes Denken zu überzeugen. Man kann Kantische Philosophie in gewissen Jahren glaube ich eben so wenig lernen als das Seiltanzen.

Glaubt etwa jemand, daß sich alte Mißbräuche auf der Welt so leicht wegwischen lassen? Die französische Revolution wird manches Gute zurücklassen das ohne sie nicht in die Welt gekommen wäre, es sei auch was es wolle. Die Bastille ist weg, und das infame Insekt, das Herr von Born in seiner Monachologie beschrieben hat, ist dadurch etwas zusammengeschwefelt worden.

Ehmals ärgerte ich mich mit einem Gefühl von Kraft, jetzt mit einem von passiver Ängstlichkeit.

Was der Soldat für ein Tier ist sieht man deutlich aus dem gegenwärtigen Krieg. Er läßt sich gebrauchen Freiheit festzusetzen, Freiheit zu unterdrücken, Könige zu stürzen, und auf dem Thron zu befestigen. Wider Frankreich, für Frankreich und wider Polen!

Es ist kein übler Gedanke die Rute hinter den Spiegel zu stecken, daß sie dem der hinein sieht gleichsam auf den Rücken gebunden erscheint. Der Gedanke hat mehr brauchbare Seiten, könnte auch zu einer Titul-Vignette, oder zur Aufschrift über ein Kapitel gebraucht werden.

Ich möchte wohl wissen, ob alle die wider die Gleichheit der Stände schreiben und dieselbe lächerlich finden recht wissen was sie sagen. Eine völlige Gleichheit aller Menschen, so wie etwa aller Maikäfer läßt sich gar nicht denken, so können es auch die Franzosen unmöglich verstanden haben, denn sie reden ja überall von den Reichen. Selbst Cambon sagt in dem Rapport vom 15. Dezember, worauf das berüchtigte Dekret gebaut wurde: Nur die Reichen sollen zu den Staatslasten beisteuern. Unter den Studenten auf Universitäten findet eine solche Gleichheit statt, der ärmste Student dünkt sich so viel wie der Graf und gibt diesem nichts vor und das ist recht, ob er gleich gerne zugibt, daß er im Collegio an einem besondern Tische sitzt und bessere Kleider trägt. Nur muß er als Graf keine Vorzüge *prätendieren*, die ihm bewilligten läßt ihm jedermann gerne. Wollte er welche prätendieren, so wäre dieses der Weg zu bewirken, daß man ihm alle versagte. Nur die stolzen Prätensionen sind, was der freie Mensch nicht vertragen kann, er ist übrigens gar sehr geneigt wenn man ihn gehen läßt jedem [die] Vorzüge zu bewilligen, die er verdient, und was er für welche verdient, dazu hat er gewöhnlich ein sehr richtiges Maß. Jede Achtung ist ein Geschenk, das nicht erzwungen werden darf und kann. Bewilligt das Volk durch Dekrete gewisse Vorzüge, so ist dieses eine Abgabe und kein Geschenk des einzelnen und diese können prätendiert werden, so sind die Vorrecht der Magistrats-Personen im Dienst. Jedermann denke doch an die Bürger seiner Vaterstadt. Wenn der reichste Kaufmann einer Stadt einen Vorzug vor dem ärmsten Schuster oder Schneider prätendierte, so möchte er übel ankommen, du hast mir nichts zu befehlen, ist die Antwort, prätendiert er ihn nicht und ist sonst ein ehrlicher Mann, so wird ihm der den Vorzug nie versagen.

Eine Wirkung völlig zu hindern, dazu gehört eine Kraft, die der Ursache von jener gleich ist, aber ihr eine andere Richtung zu geben bedarf es öfters nur einer Kleinigkeit.

In der Stadt ist immer eine gewisse glückliche Stumpfheit des Geistes endemisch gewesen.

Es könnte gut genützt werden, was ich heute erfahren habe. Es fiel mir ein Brief von Professor B. aus Stuttgart in die Hände, worin er Dietrichen seine liebe Neuvermählte beschreibt, jung, saftig, rosenwangig, sie liebe ihn mehr als er je sei geliebt worden – – Nun sind die beiden Leute geschieden. Es war das infamste Geschöpf auf Gottes Erdboden. So müßte man in einem Roman erst manche Briefe nach der Entwickelung beibringen, oder mit Fleiß eine Unordnung in der Folge der Briefe anbringen um den Kontrast zu nützen. Winckelmann schrieb kurz vor seiner Ermordung, er sei der glücklichste Mensch auf Gottes Erdboden. Es müßte einen starken Eindruck machen, wenn man den Brief etwa bald nach der Ermordung fände. Ich setze dieses bloß zur Nachahmung her.

Es gibt kaum eine unangenehmere Lage als die Geschenke von nichtswürdigen Dingen zu erhalten auf [die] aber der Geber einen außerordentlichen Wert setzt und würklich dafür zwar keine Gegengeschenke aber doch Ergebenheit erwartet, es ist dieses der Fall zwischen mir und D. Er überhäuft mich mit sogenannten Leckerbissen von seinem Tisch, die ich für gar keine

Leckerbissen halte, und die ich oft, wenn er nicht gegenwärtig wäre, ungekostet weggäbe. Und doch muß ich hören, daß er an andern Orten sagt, er schicke mir zuweilen etwas zu essen. Der ehrliche Mann meint es herzlich gut.

Mein Körper ist derjenige Teil der Welt, den meine Gedanken verändern können. Sogar *eingebildete* Krankheiten können würkliche werden. In der übrigen Welt können meine Hypothesen die Ordnung der Dinge nicht stören.

In der allgemeinen Litteratur-Zeitung wird einmal angemerkt man hätte zu Paris die Statuen einschließen sollen (1793. № 78, p. 622.) um der Barbarei ihrer Zerstörung vorzubeugen, auch an einem andern Ort (№ 85 S. 675), es hätte manches bei der Revolution nicht so gewaltsam geschehen müssen. Als wenn je die Natur die Ausführung ihrer Plane der Metaphysik abtretten würde. Es wäre wohl auch gut gewesen, wenn die Städte in Kalabrien so lange in Sicherheit wären gebracht worden, bis die Natur den Kellerbau, den sie unter denselben vorhatte, vollendet gehabt hätte, das ist es eben. Ich sollte denken, wenn trotz aller Reparaturen und alles Stützens, das Gebäude doch endlich einstürzt, so lag die bessere Einrichtung des Ganzen nicht in dem Reparatur-Plan und dessen Fortgangs-Gesetz. Aus einem immer verbesserten, aber nach *seinen* Grundsätzen verbesserten Katholizismus konnte nie Protestantismus, und aus einer *verbesserten* Populär-Philosophie nie Kantische Philosophie werden. Aus einer allmählig verbesserten Cartesianischen Physik konnte nie die wahre Newtonische werden. Die größten Mathematiker haben an den Wirbeln gedreht und gelenkt um sie gehen zu machen. Aber es half alles nichts, sie mußten herunter diese Wirbel und allgemeine Schwere bestieg den Thron und herrscht nun von der Milchstraße bis zur Sonne, und wird herrschen bis ans Ende der Zeit.

Man hat Sagen der Vorzeit von Veit Weber. Unsere Zeitungen sind Sagen der Zeit, so sollte man sie nennen. Man hat nachgerechnet und gefunden daß 1/4 (Viertel) von jedem Blatt mit Berichtigung von alten Lügen und 3/4 mit neuen angefüllt sind. Siehe S. 141. Col. 2.

Ist es nicht sonderbar, daß jedermann sein eigner Arzt, auch sein eigner Advokat sein darf, sobald er aber sein eigner Priester sein will, so schreit man Jammer und Weh über ihn und die Götter der Erde mischen sich darein. Was wohl die Ursache sein mag daß sich die Götter der Erde so sehr um das ewige Wohl der Menschen bekümmern, da sie doch ihr zeitliches oft so unverantwortlich vernachlässigen? Die Antwort ist nicht sehr schwer.

Ordnung führet zu allen Tugenden! aber was führet zur Ordnung?

Sie fühlen den Druck der Regierung so wenig als den Druck der Luft.

Was ist der Mensch anders als ein kleiner Staat der von Tollköpfen beherrscht wird pp?

Ich habe jemanden gekannt der schrieb sich in 8 nehmen und Hoch8tung, einen ver8en, und er br8e anstatt er brachte. Ver9nen (falsch).

Die besten Gesetze kann man bloß respektieren und fürchten, aber nicht lieben. Gute Regenten respektiert man, fürchtet man und liebt man. Was für mächtige Quellen von Glück für ein Volk!

Ich [habe] mir ein kleines Siberien für meine widerspenstigen Untertanen angelegt.

Bei vielen Menschen ist das Verse-Machen eine Entwicklungs-Krankheit des menschlichen Geistes.

Wenn uns einmal ein höheres Wesen sagte wie die Welt entstanden sei, so möchte ich wohl wissen ob wir im Stande wären es zu verstehen. Ich glaube nicht. Von Entstehung würde schwerlich etwas vorkommen, denn das ist bloßer Anthropomorphismus. Es könnte gar wohl sein, daß es außer unserm Geist gar nichts gibt was unserem Begriff von Entstehung korrespondiert, sobald er nicht auf Relationen von Dingen gegen Dinge, sondern auf Gegenstände an sich angewendet wird.

M*arriage*. Vergleichung zwischen Philosophie und Frisur; sie hängen beide von der Mode ab. Alte Perücken und alte Philosophie; auch schleichen die alten Professoren der Philosophie einher, wie die alten Perückiers. Sie sollten also auch wie diese, wenn sie im Alter nicht darben wollen, sich bestreben bei Zeiten als Kammerdiener bei Ökonomie und Kameral-Wissenschaft angestellt zu werden (besser). Daß sich beide mit modischer Auszierung der Köpfe beschäftigen, darf nicht übergangen werden.

Etwas dabei zu tun oder zu denken was noch kein Mensch in der Welt je dabei getan oder gedacht hat.

A. Sie sind ja so fett geworden. B. Fett? Sie sind noch einmal so dick als sonst. B. Das ist die Arbeit der ermüdeten Natur, die nicht mehr Kraft hat etwas anders zu machen als *Fett*, das man allenfalls, ohne der Menschheit damit zu nahe zu treten, wegschneiden kann.* Fett, Fett ist weder Geist noch Körper, sondern bloß, was die müde Natur liegen läßt, für mich so gut wie für das Gras auf dem Kirchhofe. (in der Dämmerung geschrieben).

Das neue Testament ist ein autor classicus, das beste Not- und Hülfsbüchlein das je geschrieben worden ist, daher man jetzt auf jedem Dorfe der Christenheit mit Recht einen Professor angesetzt hat diesen Autor zu erklären. Daß es viele unter diesen Professoren gibt, die ihren Autor nicht verstehn, hat dieser Autor mit andern Autoribus gemein. Aber dadurch unterscheidet sich das Buch gar sehr von andern daß man Schnitzer in der Erklärung desselben sogar geheiligt hat.

* auf Sperma Ceti anzuspielen. Schmeisser.

Wie geht es, fragte ein Blinder einen Lahmen; Wie Sie sehen, war die Antwort.

Große Eroberer werden immer angestaunt werden, und die Universalhistorie wird ihre Perioden nach ihnen zuschneiden. Das ist traurig, es liegt aber in der menschlichen Natur. Gegen den großen und starken Körper selbst eines Dummkopfs, wird immer der kleine des größesten Geistes, und sonach der große Geist selbst verächtlich erscheinen, wenigstens für den größesten Teil der Welt, und das so lange Menschen Menschen sind. Den großen Geist im kleinen Körper vorzuziehn ist Überlegung, und zu *der* erheben sich die wenigsten Menschen. Bei einem Viehmarkt sind immer die Augen auf den größesten und fettesten Ochsen gerichtet.

In einem Lande N.N. müssen bei einem Kriege der Regent so wohl als seine Räte solange der Krieg währt über einer Pulvertonne schlafen und zwar in besondern Zimmern des Schlosses, wo jedermann frei hinsehn kann um zu beurteilen, ob das Nachtlicht auch jedesmal brennt. Die Tonne ist nicht allein mit dem Siegel der Volks-Deputierten versiegelt sondern auch mit Riemen an den Fußboden befestigt die wieder gehörig versiegelt sind. Alle Abend und alle Morgen werden die Siegel untersucht. Man sagt daß seit der Zeit die Kriege in jenen Gegenden ganz aufgehört hätten.

Er stieg langsam und stolz wie ein Hexameter voran und seine Frau trippelte wie ein Pentameterchen hinten drein.

Wenn die Nachwelt einmal einen ganz aufgetrennten Damen-Anzug fände (vielmehr, statt der Nachwelt, eine andere Klasse vernünftiger Wesen) und wollte daraus die Figur der Dame bestimmen, die damit überzogen gewesen wäre, was würde da für eine Figur herauskommen.

Da jetzt in den Zeitungen so viel von den Spitzen der Armeen, und der Ehre der Kronen gesprochen wird, so wünscht ein wahrer Patriot und Menschen-Freund zu erfahren 1) Wo eigentlich die Spitzen der Armeen liegen, vornen oder hinten oder auf den Seiten oder in der Mitte, oder ob die Armeen ihre Spitzen, wenn sie gegen den Feind marschieren, gar nicht einmal bei sich führen, sondern als ein Heiligtum unter einer guten Eskorte zurücklassen. 2) Worin eigentlich die wahre Ehre der Kronen besteht? Darin, daß ihre Untertanen bei einem mäßigen Auskommen und bei geraden Gliedern glücklich sind, oder darin daß man Hunderttausende schlachten oder zu Krüppeln schießen läßt, um ein paar Krämer zu bereichern und von dem Abfall dieses Überflusses Edelsteine für die Krone zu kaufen? (Ist im Hogarth genützt)

B*envenuto Cellini* macht die vortreffliche Bemerkung: Schaden mache nicht klug, weil der neue sich immer unter einer verschiedenen Form ankündige. Dieses kenne ich recht gut aus eigner Erfahrung. NB.

Ich bin längst von dem Satz überzeugt gewesen, daß es in den Familien, die zum Exempel aus Mann und Frau, 4 bis 8 Kindern, einer Kammerjungfer, ein Paar Mägden, ein Paar Bedienten, Kutscher pp bestehen, und auch kleineren, zumal wenn noch ein paar Frau Basen wenigstens toleriert werden, gerade so zugeht, wie mutatis mutandis in den größten Staaten. Es gibt da Verträge, Friedensschlüsse, Kriege, Ministerwechsel, Lettres de Cachet, Reformation, Revolution usw. Dieses nun à la spectateur mit Familien-Geschichten zu erläutern.

Glaubt ihr denn, daß der liebe Gott katholisch ist?

Im Jahr 1796 zählte Deutschland gegen 9000 Schriftsteller (Neue allgemeine deutsche Bibliothek 29ter Band S. 162).

Der Todenkopf eine Weltkugel.

Es geht hier wie mit dem heiligen Christ und den Oster-Eiern, so bald man erfährt, wo sie herkommen, kriegt man keine mehr.

Ströbeck heißt der Ort im Halberstädtischen, wo in jedem Hause ein Schachbrett ist.

So ist zum Beispiel das Wort *unvergleichlich* im Deutschen ganz unvergleichlich erbärmlich.

Es gibt eigentlich [62]erlei Arten das Gesicht mit einem Ellbogen und einer Hand zu unterstützen. 1) Die meditierende, da zum Exempel der Daumen der rechten Hand an den rechten Schlaf gesetzt, der Zeige-Finger aber über die Stirne weggeht und die übrigen Finger nebst dem Zeige-Finger eine Art von Schirm über dem Auge formieren. 2) Diese etwas züchtiger wo die 3 letzten Finger eine Faust machen. 4) die ganze Faust, wobei aber nur die ersten Glieder der Finger (die zunächst an der Hand) den Kopf stützen und der Winkel an der Handwurzel auswärts gebogen ist. 5) Die ganze Faust, mit dem Winkel an der Handwurzel einwärts gebogen, ist eine der solidesten Stützen, darunter gibt es eine Species, da die Faust sehr tief an den Backen angesetzt und dann der Kopf sehr schwer gemacht wird, dadurch wird dann der Mund in die Höhe gezogen und das Auge fast zugedrückt. 6) Die bähende, wo der Kopf in der flachen Hand ruht, ist bei Zahnschmerzen gebräuchlich. Zwischen diesen Haupt-Gattungen finden sich natürlich sehr viele Stufen von Übergängen aus einer in die andere, die hier nicht angeführt werden können. Werden sie nun mit beiden Händen veranstaltet, so gibt es noch 6 andere bloß symmetrische und da nun jede Gattung auch noch außerdem mit der andern verbunden werden kann, so entstehen noch mehrere. Sie werden sich so zusammenzählen lassen. Noch muß einer siebenten gedacht werden, nämlich die selbstgefällige da das Unterkinn zwischen den Daumen und Zeigefinger genommen wird. Sie stehen also so: 7 mit der Rechten und 7 mit der Linken (= 14), 6 symmetrische weil die siebente an sich selbst symmetrisch ist (= 20). Weil aber jede dieser 7 mit den 6 der andern Hand verbunden werden können, die keine symmetrische machen, so entstehen für jede der rechten Hand 21 unsymmetrische und eben soviel für die Linke, das sind 42 und mit den obigen 20 zusammen gerechnet gibt es also 62 verschiedenen Arten den Kopf zu unterstützen bloß aus jenen 7 einfachen Gattungen.

Ob das Elend in Deutschland zugenommen hat, weiß ich nicht, die Interjektions-Zeichen haben gewiß zugenommen. Wo man sonst bloß ! setzte, da steht jetzt !!!

Ich werde tagtäglich mehr überzeugt daß mein Nerven-Übel von meiner Einsamkeit sehr unterhalten wird, wo nicht gar hervorgebracht worden ist. Ich finde fast gar keine Unterhaltung mehr, als durch meinen eignen Kopf, der immer beschäftigt ist, da nun meine Nerven nie die stärksten gewesen sind, so muß notwendig dadurch eine Ermüdung entstehn. Ich merke dieses sehr wohl, daß mich Gesellschaft aufheitert. Ich vergesse mich, oder vielmehr mein Kopf empfängt anstatt zu schaffen und ruht daher. Daher ist auch das Lesen schon eine Erholung für mich, allein es ist doch nicht das, was die Gesellschaft ist, weil ich das Buch immer weglege und wieder für mich handle.

Für Avantgarde, Arrieregarde sagte man im alten Deutschen *Vorhut*, *Nachhut*, für Bevollmächtigter *Machtbote*, (*Hämling*) *Geltling* war Kastrat, *Witzbold* einer der gern witzig sein will. (Braga und Hermode I. 2. p. 167.)

Der jetzige Krieg hat gewisse Begriffe allgemein in Gang gebracht. Man kann nicht sagen, daß dieses schon oft geschehen sei. Nein! Niemals *so*: nach Erfindung der Buchdruckerei, nach der Reformation, nach dem Etablissement so vieler Zeitungen und Journale, nach so vielen Leih-Bibliotheken, und nach der entstandenen Lesesucht, die gewiß nie so allgemein war. Es kömmt so vieles zusammen, was nie vorher beisammen war, und nicht beisammen sein konnte, was unsere Zeiten zu den merkwürdigsten macht, die je gewesen sind.

Ein etwas vorschnippischer Philosoph, ich glaube Hamlet Prinz von Dänemark hat gesagt: es gebe eine Menge Dinge im Himmel und auf der Erde, wovon nichts in unsern Compendiis steht. Hat der einfältige Mensch, der bekanntlich nicht recht bei Trost war, damit auf unsere Compendia der Physik gestichelt, so kann man ihm getrost antworten: gut, aber dafür stehn aber auch wieder eine Menge von Dingen in unser Compendiis wovon weder im Himmel noch auf der Erde etwas vorkömmt.

Das Niesen ist eine Operation wodurch große Übel entstehen können, Taubheit, Blindheit, Aderkröpfe, ja selbst der Tod. Dieses ist die Ursache warum man Prosit sagt, Gott gebe, daß dir dieses nicht schaden möge. Man könnte das Prosit bei manchen andern Dingen sagen, beim *ersten Versemachen*, Heiraten pp.

Ich habe ihm Lieder gesungen, gereimte und ungereimte, aber er hörte sie an, wie der Maikäfer den Gesang der Kinder, und tat nur bloß was ihm gefiel.

Er baute für seine witzigen Einfälle: als Mr Hotham mit ihm speiste, gab er den Bedienten Ordre, sie sollten den warmen Schinken vor ihn hinsetzen, bloß damit er Gelegenheit hätte zu sagen Mr Hotham, shall I help You to a slice of hot ham? Einem sehr witzigen satyrischen Manne ließ er ein sehr stumpfes Messer geben, um sagen zu können: ein schneidendes Messer und ein schneidender Witz sind zu viel für *einen* Menschen. Mit diesem könnte die Geschichte des Mannes verbunden werden, der seinen Kindern abends Fixsterne schenkt.

Diesesmal habe ich Ihnen durch meinen Bedienten sagen lassen, daß ich nicht zu Hause wäre, nach dem Billet aber, das Sie mir deswegen geschrieben haben, werde ich bei dem nächsten Besuch, womit Sie mich beehren werden, die Ehre haben es Ihnen auf der Treppe selbst zu sagen. Ich bin pp.

Es macht allemal einen sonderbaren Eindruck auf mich, wenn ich einen großen Gelehrten oder sonst einen wichtigen und gesetzten Mann sehe, dabei zu denken, daß doch einmal eine Zeit war, da er den Maikäfern ein Liedchen sang um sie zum Auffliegen zu ermuntern.

Eine unwissende Frau, die einen Brief an ihren Mann eröffnet, hält eine Reihe meteorologischer Beobachtungen für eine Wein- und Kaufmanns-Rechnung, N.W. (Nordwest) für neuen Wein, S.W. für süßen Wein, dieses muß gut durchgesetzt werden. Denn dieses ist bloß der Plan. Hier schließt sich an die Zusammensetzung eines zerrissenen Zettels. Dieser Gedanke ist neu.

Wenn unsere Theologie so fortfährt sich nach und nach in Theonomie zu verwandeln, so wie sich Astrologie in Astronomie verwandelt hat, so wäre doch die Frage ob es nicht besser wäre das *neue* Testament das mittlere zu nennen.

Berg-Rat; *Tal-Rat* könnte man einen Aufseher über die Brunnen nennen.

Aus dem Zittern, wenn man schwach wird, sollte man fast glauben, [daß] die Wirkung unsres Willens auf unsern Körper stoßweis geschähe, und die Stetigkeit in den Bewegungen sich zum Zittern verhalte, wie das Polygon zum Kreis oder der krummen Linie (ich verstehe mich). Man kann in jedem Alter glaube ich witzig sein, nur geht es damit nicht mehr in einem so steten Strom wie in der Jugend, man zittert auch da, sammelt man die Bemerkungen und nimmt die Zwischen-Räume weg, so kann der Leser die Abnahme der Kräfte nicht bemerken. Ich mag tun was ich will, so kann ich es ohne Zwischen-Räume nicht. Ich zittere überall. Zittern ist Anstrengung mit Ausruhen mit schnellen Abwechselungen verbunden.

Ich glaube, Prozessionen, wovon alle Glieder an den lockeren Faden einer Bratwurst gereihet sind, [sind] nie gefährlich (Dieses zielt auf die Königsbergische Bratwurst, wovon ich in dem roten Kalenderbuche rede). Der Mensch der sich an eine Bratwurst von 840 Fußen (?) einfädeln läßt ist nie gefährlich, aber der, der einzeln geht, und auf eine Fahne oder ein Kruzifix hinblickt. Jede Prozession hat ihren geheimen Faden auf welchen die marschierenden Per[sonen] gereihet sind. Oder so: Wer je eine Prozession gesehen hat, dem muß schon bei der geringsten Gabe von Witz einfallen, daß sie eine Perlen-Schnur sei, eigentlich eine Schnur, auf die man allerlei gereihet hat.

Wie mögte es in den Wissenschaften aussehen, wenn die Menschen erst im $15^{\underline{ten}}$ Jahre sehen, und im $20^{\underline{ten}}$ etwa erst hören und folglich sprechen lernten. So etwas verdiente mit Philosophie und Menschenkenntnis durchgesetzt zu werden.

Jemand (Lion), der die Größe eines Fleckens beschreiben wollte, sagt: er war von der *Größe* eines *gewöhnlichen* Dintenflecks.

Die Dintenflecke flogen in seiner ganzen Stube herum, ohne sich je wegzubegeben, wenn sie sich *einmal* niedergelassen hatten.

Es wäre wohl der Mühe wert ein Leben doppelt oder dreifach zu beschreiben, einmal wie ein allzu warmer Freund, dann wie es [ein] Feind, und dann wie es die Wahrheit selbst schreiben würde.

Flüche für Kinder, Seeleute, Militärpersonen pp.

Es wäre möglich, daß manche Lehren der Kantischen Philosophie von niemand *ganz* verstanden würden, und jeder glaubte, der andere verstünde sie besser als er, und sich daher mit einer undeutlichen Einsicht begnügte oder gar mitunter glaubte es sei seine eigene Unfähigkeit, die ihn verhinderte so deutlich zu sehn, als andere.

Ich habe oft stundenlang allerlei Phantasien nachgehängt, in Zeiten, wo man mich für sehr beschäftigt hielt. Ich fühlte das Nachteilige davon in Rücksicht auf Zeitverlust, aber ohne diese *Phantasien-Kur*, die ich gewöhnlich stark um die gewöhnliche Brunnen-Zeit gebrauchte, wäre ich nicht so alt geworden, als ich heute bin, 53 Jahr 1½ Monat.

Wenn dieses Philosophie ist, so ist es wenigstens eine, die nicht recht bei Trost ist.

Wenn zwei Personen, die sich jung gekannt haben, alt zusammen kommen, so müssen tausend Gefühle entstehn. Eines der unangenehmsten mag sein, daß sie nun sich in so manchem betrogen finden, was sie bei ihren Hoffnungsspielen ehmals als gewiß berechnet hatten. (Ich verstehe mich.)

The second sight der Hochländer in Schottland ist eigentlich a foreknowledge of future events. Ich glaube, daß sie die Gabe besitzen, weil sie keine Hosen tragen. Daher auch die Weiber in allen Ländern mehr zu Prophezeiungen aufgelegt sind.

Gott anzureden: Baron aller Barone, ist nicht lächerlich, es ist übertrieben, affektiert. Aber Graf aller Grafen ist in hohem Grade lächerlich. Hieraus mögen die Herrn Grafen in Deutschland lernen wenigen mag das freilich helfen, aber gewiß [ist] in diesem Getreibe sehr viel Mode, und des eigentlichen Wahren und mit menschlicher Natur und Vernunft Zusammenhängendes nur wenig. Im Rittergeist ist sehr vieles was sich an menschlicher Natur anschließt, aber das eigentliche Treiben war Mode, Esprit du Corps; während als man sich mitten darin befand hielt man *alles* für notwendig. Mit der christlichen Religion ist es eben so. Was für ein Kriegen und Streiten und Rennen für Gottes-Verehrung, man sollte zu manchen Zeiten fast geglaubt haben, der Mensch lebe bloß um zu beten und Gott zu verehren. Ich bin überzeugt, daß hierin das meiste bloßer *Auswuchs* ist. Es gibt schlechterdings keine andere Art Gott zu verehren, als die Erfüllung seiner Pflichten, und Handeln nach Gesetzen die die Vernunft gegeben hat. *Es ist ein Gott* kann meiner Meinung nach nichts anderes sagen, als ich fühle mich bei aller meiner Freiheit des Willens genötigt *Recht* zu tun. Was haben wir weiter einen Gott nötig? das ist er. Wenn man dieses mehr entwickelt, so kömmt man meiner Meinung nach auf Herrn Kants Satz. Einen Gott der objective dreinschlüge, wenn ich Unrecht tue, gibt es nicht, das muß der Richter tun der der Verwalter der Gesetze ist oder wir selbst. Ich glaube daher auch nicht, daß es Religions-Spötter gibt, aber Spötter der Theologie wohl. – Das sind Auswüchse, die freilich gar mancherlei Art sind, und darunter sehr gefällige die durch Aberglaube und frühe Einschätzung ganz das Ansehen und das Gewicht von Wahrheit erhalten. Dieses muß mehr entwickelt werden. Überhaupt erkennt unser Herz einen Gott, und dieses nun der Vernunft faßlich zu machen ist freilich schwer, wo nicht gar unmöglich. Hiervon steht etwas in meinen andern Büchern, das ich aufsuchen muß. S. Pascal. K p. 174.

Ich glaube doch nun auch wirklich, daß die Frage, ob die Gegenstände außer uns objektive Realität haben, keinen vernünftigen Sinn hat. Wir sind unsrer Natur nach *genötigt* von gewissen Gegenständen unsrer Empfindung zu sagen, sie befänden sich außer uns, wir können nicht anders. Siehe unten was *Kant* sagt L p. XIV. Die Frage ist fast so törigt, als die: ob die blaue Farbe wirklich *blau* sei. Wir können unmöglich über die Frage hinausgehen. Die Dinge, von denen ich sage sie seien außer mir, weil ich sie so ansehen muß, es mag übrigens mit jenem Außer-mir-sein eine Beschaffenheit haben, was es für eine will, darüber können wir nicht richten. Hierüber doch den Theätet zu lesen.

Wie man sagt so sollen die Götter gewünscht haben, daß sie so schön wären, wie sie von den Griechen abgebildet worden sind. Höher läßt sich wohl das Lob der griechischen Künstler schwerlich treiben, und ein illüstreres Beispiel, daß die Porträte schöner sind als ihre Originale, auch nicht geben.

Da man beim Frieden das Te Deum laudamus anstimmt, so wäre doch nichts natürlicher als [wenn man] beim Anfang des Krieges das Te Diabolum (damnamus) anstimmte (besser). Wäre es nicht eines Dichters würdig ein Te diabolum zu dichten, und eines Musikers zu komponieren?

Ich möchte wohl die Verhält[nis] der Zahlen sehen, die ausdrückte wie oft das Wort: Revolution in den 8 Jahren von 1781-89 und in den 8 Jahren von 1789-97 in Europa ausgesprochen und gedruckt worden ist, schwerlich würde die Verhältnis geringer sein als 1 : 1 000 000.

Ist noch ein Tisch, noch ein Stuhl da, worauf dieser Reim geschrieben worden ist? Ist noch ein Pantoffel, noch ein zerrissener Schlafrock da, in welchen er geschrieben worden ist?

Ich denke, über alte Zeitungen zum Exempel jetzt von 1792 an müßte sich ein herrliches Collegium lesen lassen, nicht in historischer, sondern in psychologischer Rücksicht. Das wäre was. Was in der Welt kann unterhaltender sein, als die vermeintliche Geschichte der Zeit mit der wahren zu vergleichen. Hieher die Aussage der Dame oben S. 43. Col. 2.

Die Kinder in den Zimmern aufhängen wie Medaillons. Gürtel unter dem Arm und ein Steig-Riemen.

Wenn er philosophiert, so wirft er gewöhnlich ein angenehmes Mondlicht über die Gegenstände, das im ganzen gefällt, aber nicht einen einzigen Gegenstand deutlich zeigt.

Ich hatte mich auf K's *Anraten* damals entsetzlich darüber geärgert.

Experimental-Politik, die französische Revolution.

Es ist ein Glück, daß die Gedanken-Leerheit keine solche Folge hat, wie die Luftleerheit, sonst würden manche Köpfe, die sich an die Lesung von Werken wagen, die sie nicht verstehen, zusammengedrückt werden.

Das Populär-Machen sollte immer so getrieben werden, daß man die Menschen damit heraufzöge. Wenn man sich herabläßt, so sollte man immer daran denken auch die Menschen zu denen man sich herabgelassen hat ein wenig zu heben.

Citoyen de Gomorrha.

Das war der Henkel (Stiel) bei dem man ihn anfassen mußte, wenn man ihn ausgießen wollte, an allen andern Stellen verbrannte man sich die Finger.

Wenn der Mensch sagt, Gott hört und sieht alles, warum sollte man ihn nicht mit Augen und Ohren malen, mit Pinsel oder Phantasie das ist gleich viel. Aber ob es recht ist ihn bloß mit 2 Augen zu malen glaube ich kaum, denn so könnte er unmöglich sehn was hinter ihm vorgeht. Es ist also eine Frage, wer hier am vernünftigsten malt, der der ihn wie einen Menschen darstellt oder der, [der] ihn ganz mit Augen besetzt.

Über den Aberglauben ließe sich gewiß etwas sehr Gutes schreiben, nämlich zu seiner Verteidigung; auch zu zeigen, daß jedermann abergläubisch ist. Ich mit meinen Lichten. Ich glaube an diese Dinge nicht ernstlich, aber es ist mir denn doch angenehm wenn sie nicht widrig ausfallen. Nachzusehen Peucer de praecipuis divinationum generibus. Kepler Harmonices Libri V im 4ten Buch.

Ist es nicht abscheulich, daß sich der Mensch gewöhnt hat, Dinge zur Nahrung, oder zu Befriedigung seiner Leckerhaftigkeit Dinge zu wählen, die von seiner eigenen Gartenmauer an gerechnet ein paar tausend Meilen entfernt wachsen? Warum nicht reiche Juden bei ihren Traktamenten mit Wasser aus dem Jordan traktieren, oder mit dem Honig und der Milch, die in ihrem Vaterland fließt?

Es ist angenehm bei jedem Menschen eine gewisse Gleichförmigkeit der Gesinnungen in Rücksicht auf ihre Temperatur zu bemerken. Bei Johnson (nicht πμ) nahm alles eine gewisse Härte an. Was bei ihm einmal gewurzelt hatte, das konnte nicht mehr herausgerissen werden, daher auch sein: I love a good hater. Härte und Weiche erstreckt sich gemeiniglich in jedem Menschen über Alles.

Im Jahr 1800 tritt die 8 wieder in die Stelle der Hunderter, die sie seit dem Jahre 899 nicht besessen hat und nicht ehe bis 2800 wieder einnehmen wird. Eine Anrede an die übrigen Ziffern könnte ein guter Kalender-Artikel für den Kalender von 1800 werden. – Alle 10 Jahre versieht sie eine Stelle unter den Einern nur auf ein Jahr, alle hundert Jahre versieht sie 10 Jahr den Dienst der Zehner ohne deswegen ihren Einer-Dienst in einem darunter aufzugeben. Sie könnte allerlei erzählen. Es müßte auf 888 gesehen werden. Sie ist ein doppeltes Quadrat und eine Kubikzahl, und zwar bin ich der Würfel eben der Zahl, deren *doppeltes* Quadrat ich bin, eine Eigenschaft deren sich keine ganze Zahl in der Welt mehr rühmen kann (Na: dieser Ruhm ist völlig in echt adlichem Stil). (Das alles muß sehr viel besser kommen.) Ich habe zu meinem Vorgänger die sonderbare *Sieben*, und mein nächster Nachbar ist wieder ein Quadrat. Meine nächste Zahl ist ein Quadrat.

Vater und Mutter hewwet caresseert un da hewwet se den Ofen ümme smeten, un da woll ek den Owensetzer halen.

Wenn der Mensch wollte, so könnte er das Horazische: Laudator temporis acti se juvene pp *Lügen* strafen: nämlich wenn man die Alten *erzöge* so wie jetzt die Kinder. – Es wäre eine Frage ob man nicht alte Leute *rückwärts* erziehn könnte, so wie die Kinder *vorwärts*. – Hier sieht man was Unbiegsamkeit ist. Tiere können weder vorwärts noch rückwärts erzogen werden.

Das größte Geheimnis, das so viele Menschen gewußt haben, und noch so viele beiderlei Geschlechts einst wissen werden, das man gewöhnlich an öffentlichen Plätzen erfährt, das aber noch nie jemand ausgeplaudert

[hat], noch je ausplaudern wird. – *Die Empfindung wenn einem der Kopf abgehauen wird.*

Dem armen Aorabanu auf Neu-Südwallis wurde weis gemacht, die Ketten seien Zierraten (sie seien Ban ally).

Er trieb einen kleinen Finsternis-Handel.

Wenn die Neger-Bedienten in Westindien Punsch mischen, so fragen sie vorher: for drunk or for dry? So etwas könnte man auch bei politischen Disputen fragen: sollen wir mit Gefühlen oder mit Vernunft disputieren, for drunk or for dry?

Jeder stürzt sich mit seiner elastischen Atmosphäre in das Meer der Ewigkeit, je elastischer sie ist, desto länger sprudelt es, aber am Ende, wo es nicht mehr sprudelt, sind wir Alle, Alle *vergessen*.!!

Ich glaube es ist ein großer Fehler, dessen sich die Natur-Geschicht-Schreiber des Skribenten-Reichs schuldig machen, daß sie in ihren Journalen und Zeitungen nicht bloß den Charakter der Gattungen und Arten der Schriftsteller angeben, sondern sich zugleich herausnehmen über den Wert dieser Geschöpfe zu urteilen. Ich glaube, wenn dieses nicht Vermessenheit ist, so verrät es wenigstens philosophischen Blödsinn, und Mangel an hohem Überblick. Linné sagt: die Wanze riecht nicht sonderlich, und das ist wahr: aber er sagt nicht, die Wanze hätte zu Hause bleiben können, wir hätten der stinkenden Tiere schon genug. Wie unsere Rezensenten sagen usw.

Warum gibt man nicht manchen Meubeln oder Gefäßen und andern Gerätschaften passende Formen, wie die Alten bei ihren Lampen zum Beispiel getan haben? – Wenn man wüßte wie die Büchse der Pandora ausgesehen hätte, so wäre sie wohl zu Dintenfässern, Lotto-Rädern, Kriegs-Kassen und dergleichen zu empfehlen. Vorschläge zu Dintenfässern. Brodfrucht. Die Weltkugel. Für Zeitungsschreiber eine Fama nach Butler's Idee mit ihren zwei Trompeten, wovon die eine bloß mit der obern Öffnung des menschlichen Körpers, die man den Mund nennt, geblasen wird. Musterung mancher Verzierungen. Ananas auf Torpfosten. Würfel auf die Spitze gestellt, Drachen-Köpfe. Ich habe Kanonen Wasser speien sehen. Drachen-Köpfe schickten sich besser für Schornsteine. Drachen-Köpfe sind chinesisch.

Dieses ist einer von den sogenannten *geflügelten* Sprüchen die sich aber leider, anstatt umher zu fliegen, über die Wolken erhoben haben. So geht es mit fliegenden Dingen. Man sollte sie anzubinden wissen oder lernen.

Die Vernunft sieht jetzt über das Reich der dunkeln aber warmen Gefühle so hervor wie die Alpen-Spitzen über die Wolken. Sie sehen die Sonne reiner und deutlicher, aber sie sind kalt und unfruchtbar. Brüstet sich mit ihrer Höhe.

Es ist eine ganz bekannte Sache, daß die Viertel-*Stündchen* größer sind, als die Viertel*stunden*.

Wo alle Leute so früh als möglich kommen wollen, da muß notwendig bei weitem der größere Teil zu spät kommen.

Kein Wort im Evangelio ist mehr in unsern Tagen befolgt worden, als das: *Werdet wie die Kindlein*.

Daß wir die Sperlinge noch nicht ganz von unsern Erbsen-Feldern abhalten können, ist ein Zeichen, daß wir die Natur der Sperlinge noch nicht genug kennen. Man verfährt gegen sie wie gegen Spitzbuben, das ist wie gegen Menschen und das sind [sie] doch offenbar nicht. Ich wollte also auf alle Weise zur unmenschlichen Behandlung raten.

Es ist ein großer Unterschied in einem schlechten Zustand immer gelebt [zu haben] oder nur in denselben erst *abwärts* gekommen zu sein. Im letzten Falle wird man von 2 Kräften getrieben, die in der einfachen Richtung noch immer als verschieden gefühlt werden, hingegen im ersten nicht, da man sie für eine einzige, einfache hält. Dieses erstreckt sich noch über mehrere Dinge.

Es war immer auf dem Garten eine Freude so die schönen Lein-Athenienserinnen des Sonntags vorbeigehen zu sehen.

Wer nicht so schreiben kann, daß die Philosophen Regeln davon abstrahieren müssen, der lasse es. Ist wohl je ein Dichter durch Regeln geworden? Was helfen der Nessel die Regeln für die Zeder? Die Philosophen, die Ästhetiker kann man als Physiologen ansehen. So wenig die höchste Kenntnis dessen, was zu einem vollkommnen Menschen gehört, den Besitzer dieser Kenntnisse in den Stand setzt einen vollkommnen Menschen zu machen, so wenig werden auch die Regeln einen Dichter machen. Für den Philosophen, und für Kenntnis der menschlichen Natur sind diese Untersuchungen in sehr hohem Grade wichtig, dieses wird niemand leugnen.

Er trug den Kopf auf einer Seite wie Alexander, wie dem Cervantes stund immer der Hosenlatz offen, und wie Montaigne konnte er nicht rechnen, weder mit Ziffern noch mit Zahlpfennigen.

Man spricht viel von Aufklärung, und wünscht mehr Licht. Mein Gott was hilft aber alles Licht, wenn die Leute entweder keine Augen haben, oder die, die sie haben, vorsätzlich verschließen?

Theorie der Falten in einem Kopfkissen.

Er hatte seinen beiden Pantoffeln Namen gegeben.

Bürger sagt in der Beichte an seine Schwäbische Elise (Lebensbeschreibung von Althof. p. [137]), er habe nie die Ehre gehabt sich im Profil kennen zu lernen. Hätte er mir nur ein Wort davon gesagt, so hätte ich ihm zu *der* Ehre wenigstens verhelfen können; mit dem Winkelspiegel. Er hatte Physik bei mir gehört, und da ich immer bei diesem Spiegel auf diesen Umstand aufmerksam mache, so muß er sich dessen nicht mehr erinnert haben.

Wenn man jung ist, so weiß man kaum daß man lebt. Das Gefühl von Gesundheit erwirbt man sich nur durch Krankheit. Daß uns die Erde anzieht merken wir wenn wir in die Höhe springen, durch Stoß beim Fallen. Wenn sich das Alter einstellt, so wird der Zustand der Krankheit eine Art von Gesundheit und man merkt nicht mehr, daß man krank ist. Bliebe die Erinnerung des Vergangenen nicht, so würde man die Änderung wenig merken. Ich glaube daher auch daß die Tiere auch nur in unsern Augen alt werden. Ein Eichhörnchen, das an seinem Sterbe-Tage ein Auster-Leben führt, ist nicht unglücklicher als die Auster. Aber der Mensch der an drei Stellen lebt, im Vergangnen, im Gegenwärtigen und [in] der Zukunft, kann unglücklich sein, wenn eine von diesen dreien nichts taugt. Die Religion hat sogar noch eine vierte hinzugefügt, die – Ewigkeit.

Man sieht jetzt häufig Verordnungen, daß kein Kandidat zum Predigtamt gelassen werden soll, der nicht die (orientalischen) Grundsprachen studiert habe. Du gerechter Gott, und doch läßt man täglich Leute auf Thronen steigen und in das Ministerium, die nicht einmal die Muttersprache ihres Fachs kennen!!

Wie viel in der Welt auf Vortrag ankömmt, kann man schon daraus sehen, daß Kaffee, aus Weingläsern getrunken, ein sehr elendes Getränke ist, oder Fleisch bei Tische mit der Schere geschnitten, oder gar, wie ich einmal gesehen habe, Butterbrod mit einem alten wiewohl sehr reinen Schermesser geschmiert.

Die Polizei-Anstalten in einer gewissen Stadt lassen sich füglich mit den Klappermühlen auf den Kirschen-Bäumen vergleichen. Sie stehen stille wenn das Klappern am nötigsten wäre, und machen einen fürchterlichen Lärm, wenn wegen des heftigen Windes gar kein Sperling kömmt.

Verminderung der Bedürfnisse sollte wohl das sein was man der Jugend durchaus einschärfen sollte, und sie dazu [zu] stärken suchen. Je weniger Bedürfnisse desto glücklicher, ist eine alte aber sehr verkannte Wahrheit.

Der Franzos ist ein sehr angenehmer Mann um die Zeit, wo er zum 2ten mal anfängt an Gott zu glauben.

Luther sagt bekanntlich:

Wer nicht liebt Wein, und Weiber und Gesang,
Der bleibt ein Narr sein Leben lang.
Doch muß man hierbei nicht vergessen hinzu[zu]setzen:
Doch ist, daß er ein Freund von Weibern, Sang und Krug ist,
Noch kein Beweis, daß er deswegen klug ist.

A
men
Ein Amen-Gesicht.

Ich wollte einen Teil meines Lebens hingeben, wenn ich wüßte was der mittlere Barometerstand im Paradiese gewesen ist.

Titular-Lieblings-Dichter, deren gibt es jetzt in Deutschland, die gar niemand liest.

Die Corps-Invaliden bei den Soldaten dienen doch wahrlich deutlich zu zeigen, was dereinst aus den *Validen* werden wird. Es wäre gut wenn man auch in andern Ständen den Jüngeren eine solche Passions-Geschichte vorhalten könnte. Andere Klassen von Geschäfts-Männern sehen die Exempel nicht so beisammen. Man muß sie durch Überlegung und Phantasie zusammen denken und malen und das vermindert den Total-Eindruck schon.

Bei den Reden auf dem Marsfelde zu Paris wurde bei der Feier des 18 Fructidor (1798) das Zeichen zum Stillschweigen mit einer Kanone gegeben.

Jean Paul ist doch zuweilen unerträglich, und wird noch unerträglicher werden, wenn er nicht bald dahin gelangt, wo er ruhen muß. Er würzt alles mit Cayennischem Pfeffer und es wird ihm begegnen, was ich einst Sprengeln weissagte, er wird, um sich kalten Braten schmackhaft zu machen, geschmolzenes Blei oder glühende Kohlen dazu essen müssen. Wenn er wieder von vornen anfängt wird er groß werden.

Er schien eher Tischler-Arbeit zu sein als ein wirklich menschliches Geschöpf.

Ich habe einmal gehört oder gelesen, daß man die Rezeptbücher, *schöne* Kinder zu zeugen, erst um die Zeit nachzuschlagen anfangen soll, wenn es anfängt zweifelhaft zu werden, ob man überhaupt noch welche zeugen kann. (Schillers und Goethens Theorie.) Ich lese Fieldings Schauspiele lieber, als die Meisterstücke Corneille's oder Racine's, eben weil sie *Meister*stücke sind. Es gibt für mich keine infamere Lektüre, als die von Meisterstücken, (zu gewissen Zeiten muß eingeschaltet werden).

Es *ist fast nicht möglich etwas Gutes zu schreiben ohne daß man sich dabei jemanden oder auch eine gewisse Auswahl von Menschen denkt die man anredet. Es erleichtert wenigstens den Vortrag sehr in tausend Fällen gegen einen.*

Nur ums Himmelswillen keine Satyren, die von Rezepten hergeholt sind. Rezept zu einem Roman usw. Am schlimmsten, wenn sie sich mit Probatum est schließen.

Er leistete seiner Frau die eheliche Pflicht des Prahlens an jedem Abende. Er suchte ihr begreiflich zu machen, daß er der erste Mann in der Stadt oder wohl gar im Staate sei. Vertraulichkeit ist nirgends größer als zwischen rechtschaffenen Ehe-Leuten, sie gründet sich zwischen rechtschaffenen Menschen auf Aufopferung der Schamhaftigkeit in dem einzigen Falle der ehelichen Verhältnisse. Dieses vermehrt das Verbrechen des Ehebruchs gar sehr (besser). Es gibt der ehelichen Pflichten gewiß mehrere, dahin gehört auch die für die Frau, daß sie schlechterdings den Beweis von dem Wert ihres Mannes dem Manne selbst überläßt; ihm implicite glaubt, allenfalls nur mit gesundem Menschenverstand hier und da moderiert. Des Mannes Pflicht ist zu glauben, daß das Weib das treuste in der Welt sei so bald sie es sagt. Ja er muß sogar an Reservationes nicht einmal glauben. Doch wird auch hier gesunde Vernunft, wo sie statt findet, zu verbessern und nachzuholen wissen. Seine Frau mußte ihm alle Abende die eheliche Pflicht leisten seine Prahlereien anzuhören.

Übersetzerei Brodfruchtbaum (Vergleichung).

Da wo die Tugenden wild wachsen.

Ich kann nicht sagen, daß ich das Glück hätte daran zu zweifeln.

Heautobiographia. Nicht zu vergessen, daß ich einmal die Frage, was ist das Nordlicht? auf den Graupnerschen Boden mit einer Adresse an einen Engel hinlegte und ganz schüchtern am andern Morgen nach dem Zettel hinschlich. O wäre da ein Schelm gewesen, der den Zettel beantwortet hätte!

Es müßte eine lustige Vorstellung werden, wenn man einen Neger, der nie aus seinem Vaterlande gekommen wäre aber Schlittenfahrten aus Beschreibungen kennte, eine Ode auf eine Schlittenfahrt, oder den Eislauf machen ließe.

Ist es nicht sonderbar, daß die Menschen so gerne für die Religion *fechten*, und so ungerne nach ihren Vorschriften *leben*?

Ibid. p. 120 Die Kamtschadalen halten so viel auf Vielfraß-Pelze, daß sie glauben die Engel im Himmel trügen welche.

Ibid[em] p. 222 Die Chineser ziehen öfters winters 13 bis 14 Kleider übereinander an, und tragen statt der Muffe eine lebendige Wachtel in der Hand.

Michelangelo ging einer Zeche wegen eine Wettung mit andern Malern ein, wer den Menschen am häßlichsten malen würde. Er malte ihn so  und gewann.

An *Werthern* gefällt mir das Lesen *seines* Homers nicht. Es ist subtile Prahlerei, daß der Mann etwas Griechisches lesen konnte, während andere Leute etwas Deutsches lesen müssen. Daß deutsche Schriftsteller so oft ihre Helden mit einem Griechen in der Hand spazieren lassen, ist deutsche Prahlerei, Zeitungs- und Journalenleserei. Literärisches Verdienst ist in Deutschland leider der Maßstab von wahrem Wert geworden, weil Schulfüchse den Thron des Geschmacks usurpieren. Anstatt einen Helden immer in *seinem* Homer lesen zu lassen, wollte ich ihn lieber in das Buch sehen lassen, aus dem Homer selbst lernte; das wir ganz ohne Varianten, ohne Dialekte vor uns haben. Es ist von diesen tiefen Kennern des Geschmacks gar nicht schön, daß sie eine Kopie studieren, während sie das Original vor sich haben.

Es ist fast unmöglich, die Fackel der Wahrheit durch ein Gedränge zu tragen, ohne jemandem den Bart zu sengen.

Der eine hat eine falsche Rechtschreibung und der andere eine rechte Falschschreibung.

Ist das nicht ein herrlicher Zug in Rousseau's Bekenntnissen, wo er sagt, er habe mit Steinen nach Bäumen geworfen, um zu sehen, ob er selig oder verdammt würde? Großer Gott, wie oft habe ich Ähnliches getan, ich habe immer gegen den Aberglauben gepredigt und bin für mich immer der ärgste Zeichendeuter. Als N... auf Tod lag, ließ ich es auf den Krähenflug ankommen, wegen des Ausgangs mich zu trösten. Ich hatte, wenn ich am Fenster stand, einen hohen Turm mir gegenüber, auf dem viele Krähen waren. Ob rechts oder links vom Turm die erste Krähe erschien. Sie erschien von der linken, allein da tröstete ich mich wieder damit, daß ich nicht festgesetzt hatte, welches eigentlich die linke Seite des Turms genannt zu werden verdiente. Es ist vortrefflich, daß Rousseau sich mit Fleiß einen dicken Baum aussuchte, den er also nicht leicht fehlen konnte.

Man irrt sich, wenn man glaubt, daß alles unser Neues bloß der Mode zugehörte, es ist etwas Festes darunter. *Fortgang der Menschheit* muß nicht verkannt werden.

Jemand geht lange unentschlossen in seiner Stube auf und ab; auf einmal findet er eine hölzerne Walze, auf der er Kupferstiche erhalten hatte, und dieser Prügel gibt seinem Geist Stärke, und er entschließt sich. Vielleicht hielt er es für einen Marschallsstab, ohne es deutlich zu denken.

Wovon das Herz *nicht* voll ist, davon geht der Mund über, habe ich öfters wahr gefunden, als den entgegengesetzten Satz.

Es ist wirklich nichts abscheulicher, als wenn sich selbst zugezogene Strafgerichte noch einlaufen, nachdem man schon lange angefangen hat, sich zu bessern.

Er wunderte sich, daß den Katzen gerade an der Stelle zwei Löcher in den Pelz geschnitten wären, wo sie die Augen hätten.

Man muß keinem Menschen trauen, der bei seinen Versicherungen die Hand auf das Herz legt.

Es ist wahr, alle Menschen schieben auf, und bereuen den Aufschub. Ich glaube aber, auch der Tätigste findet so viel zu bereuen, als der Faulste; denn wer mehr tut, sieht auch mehr und deutlicher, was hätte getan werden können.

Gewiß ist die Anbetung der Sonne zu verzeihen. Jedermann sieht schon unwillkürlich nach einem *hellen* Fleck. Das tun auch die Tiere, und was bei Katzen, Hunden unwillkürliches Starren, ist bei den Menschen Anbetung.

Die gesundesten und schönsten, regelmäßigst gebauten Leute sind die, die sich alles gefallen lassen. Sobald einer ein Gebrechen hat, so hat er seine eigne Meinung.

Die Geistlichen machen einen Lärm, wenn sie einen Mann sehen, der frei denkt, wie Hennen, die unter ihren Jungen ein Entchen haben, welches in das Wasser geht. Sie bedenken nicht, daß Leute in diesem Elemente eben so sicher leben, als sie im Trocknen.

Es ist eine alte Regel: Ein Unverschämter kann bescheiden aussehen, wenn er will, aber kein Bescheidener unverschämt.

Daß man so viel wider die Religion und die Bibel schreibt, geschieht mehr aus Haß gegen eine gewisse Klasse von Menschen. Wenn Philologen anfangen sollten zu herrschen, so könnte leicht den alten Klassikern Homer, Virgil, Horaz und andern eine ähnliche Ehre mit größerem Vorteil widerfahren. Wir dürften nur einmal einen philologischen Pabst bekommen.

Durch unser vieles Lesen gewöhnen wir uns nicht allein Dinge für wahr zu halten, die es nicht sind, sondern unsere Beweise bekommen auch eine Form, die oft nicht sowohl die Natur der Sache mit sich bringt, als unser unvermerkter Anhang an die Mode. Wir beweisen aus den Alten, was wir mit Beispielen aus unserm Ort eben so kräftig unterstützen könnten; auch werden Sentenzen zitiert, die nichts beweisen, und Sätze, aus denen man nichts Neues lernt. Es ist sehr schwer, eine Sache neu anzusehen, nicht durch das Medium der Mode, oder mit Rücksicht auf unser Modesystem. Es wird immer Ansehen gebraucht, wo man Gründe brauchen sollte, immer geschreckt, wo man belehren sollte, und Götter werden zu Hülfe genommen, wo Menschen hinreichend wären.

Unter den Gelehrten sind gemeiniglich diejenigen die größten Verächter aller übrigen, die aus einer mühsamen Vergleichung unzähliger Schriftsteller endlich eine gewisse Meinung über einen Punkt festgesetzt haben. Auch dieses muß freilich geschehen, und sie verdienen desto aufrichtigern Dank, je mehr es ausgemacht ist, daß wir an ihrer Stelle eben das tun und denken würden. Vieles Wachen und Lesen, denkt man, verdient den Lohn des Ruhms. Allein diese Leute müssen auch bedenken, daß gerade mit eigenen Augen in die Welt hineinsehen, auch ein Studium ist, wozu sie nicht aufgelegt sind. Denn ob ich Bemerkungen hinter dem Buche, oder hinter den Fensterscheiben mache, ist wohl gleichviel. Nehmet alles mit Dank an, und verachtet keinen. Es ist alles gut, und alles kann zu einem großen Endzweck genutzt werden. In Büchern nach den Menschen suchen, sollte ich *deswegen* für eine schlechtere Arbeit halten, als selbst beobachten, weil die wenigsten im Stande sind, den Menschen, so wie er ist, zu Buch zu bringen; und dasselbe Geistesgebrechen, welches macht, daß man den Menschen falsch beobachtet, macht, daß man ihn auch falsch im Buche erkennt; also ist bei dem letztern Studium die Wahrscheinlichkeit zu fehlen doppelt so groß, als bei dem erstern.

Ich habe in meinen Universitätsjahren und nachher enthusiastische Bewunderer von Haller und welche von Klopstock gekannt. Die von Haller, ich rede hier bloß von dem Dichter, waren gemeiniglich Leute von Geist und Nachdenken, die ihre Brotwissenschaft nie vernachlässigten. Hingegen mit Klopstocks enthusiastischen Bewunderern verhielt es sich gerade umgekehrt. Die meisten waren unausstehliche Pinsel, denen vor den Wissenschaften, die sie eigentlich erlernen sollten, ekelte. Musenalmanache waren eine Hauptlektüre für sie. Waren es Juristen, so lernten sie nichts, waren es Theologen, so wurden es frühzeitige Prediger, und die kamen noch am besten fort. Mediziner, die enthusiastisch für Klopstock eingenommen gewesen wären, habe ich nicht gekannt. Mir ist nicht bewußt, daß ein deklarierter Bewunderer von Haller und der seine Gedichte mit vorzüglichem Vergnügen gelesen, hernach etwas frappant Einfältiges geschrieben hätte, hingegen ist es eine ganz bekannte Sache, daß unter Klopstocks eifrigsten Bewunderern einige der größten Flachköpfe der Nation sind. Das Faktum ist wahr. Erklären kann ich es selbst nicht.

Wenn man sich einmal einen Gedanken eines andern ein wenig zu Nutze macht, so schreien alle Rezensenten: *halt den Dieb*. Dieses kommt mir vor, als wie, wenn sich ein Knabe hinten auf eine Kutsche setzt, so rufen alle anderen, die die Freude nicht haben können, dem Kutscher zu: es sitzt einer hinten auf.

Despaviladura heißt eine Lichtputze auf Spanisch. Man sollte glauben, es hieße wenigstens ein kaiserlicher Generalfeldmarschalllieutenant.

Die Nachtigallen singen und wissen wohl dabei nicht, was für Lärm die Verliebten und Dichter aus ihren Gesängen machen und daß es eine Gesellschaft höherer Wesen gibt, die sich ganz mit Philomelen und ihren Klagen unterhalten. Vielleicht hält ein höheres Geschlecht von Geistern unsere Dichter wie wir die Nachtigallen und Kanarienvögel; ihr Gesang gefällt ihnen eben deswegen, weil sie keinen Verstand darin finden.

Fünf Komödien von Einem Akt zu schreiben, ist nicht halb so schwer, als eine einzige von fünf Akten.

Das Buch, das in der Welt am ersten verboten zu werden verdiente, wäre ein Katalogus von verbotenen Büchern.

In einem Lande, wo den Leuten, wenn sie verliebt sind, die Augen im Dunkeln leuchteten, brauchte man des Abends keine Laternen.

Man sollte *Katarr* schreiben, wenn er bloß im Halse, und *Katarrh*, wenn er auf der Brust sitzt.

Die Leute, die das y so gern aus dem ABC verbannen wollen, kann ich wenigstens so viel versichern, daß, als in den Jahren funfzig die Worte: *Seid fromm*! am Himmel standen, das Wort *seid* mit einem y geschrieben war.

Der Amerikaner, der den Kolumbus zuerst entdeckte, machte eine böse Entdeckung.

Er las immer Agamemnon statt »angenommen«, so sehr hatte er den Homer gelesen.

Da liegen nun die Kartoffeln, und schlafen ihrer Auferstehung entgegen.

Als unsere selige Kuh noch lebte, sagte einmal eine Frau in Göttingen.

Keine Nation fühlt so sehr, als die deutsche, den Wert von andern Nationen, und wird leider! von den meisten wenig geachtet, eben wegen dieser Biegsamkeit. Mich dünkt, die andern Nationen haben recht: eine Nation, die allen gefallen will, verdient von allen verachtet zu werden. Die Deutschen sind es auch wirklich so ziemlich. Die Ausnahmen sind bekannt, und kommen nicht in Betracht, wie alle Ausnahmen.

Warum gibt sich nicht leicht irgend jemand, der es nicht ist, für einen Deutschen aus, sondern gemeiniglich, wenn er sich für etwas ausgeben will, für einen Franzosen oder Engländer? Das ist in dieser Welt ausgemacht. Aber das sind Hasenfüße. Gut, aber warum gibt es keine Hasenfüße unter andern Nationen, die sich für Deutsche ausgeben? Es ist seltsam. Es ist ein Irrtum. Aber Irrtum von Nationen, wer will ihn richten? Es werden Kriege geführt über Ursachen, die im gemeinen Leben den Galgen verdienen. Aber wer will richten?

Ein gutes Mittel, gesunden Menschenverstand zu erlangen, ist ein beständiges Bestreben nach deutlichen Begriffen, und zwar nicht bloß aus Beschreibungen anderer, sondern so viel möglich durch eigenes Anschauen. Man muß die Sachen oft in der Absicht ansehen, etwas daran zu finden, was andere noch nicht gesehen haben; von jedem Wort muß man sich wenigstens einmal eine Erklärung gemacht haben, und keines brauchen, das man nicht versteht.

Durch eine strikte Aufmerksamkeit auf seine eigenen Gedanken und Empfindungen, und durch die stärkstindividualisierende Ausdrückung derselben, durch sorgfältig gewählte Worte, die man gleich niederschreibt, kann man in kurzer Zeit einen Vorrat von Bemerkungen erhalten, dessen Nutzen sehr mannichfaltig ist. Wir lernen uns selbst kennen, geben unserm Gedankensystem Festigkeit und Zusammenhang; unsere Reden in Gesellschaften erhalten eine gewisse Eigenheit wie die Gesichter, welches bei dem Kenner sehr empfiehlt, und dessen Mangel eine böse Wirkung tut. Man bekommt einen Schatz, der bei künftigen Ausarbeitungen genützt werden kann, formt zugleich seinen Stil, und stärkt den innern Sinn und die Aufmerksamkeit auf alles. Nicht alle Reichen sind es durch Glück geworden, sondern viele durch Sparsamkeit. So kann Aufmerksamkeit, Ökonomie der Gedanken und Übung den Mangel an Genie ersetzen.

Ein Mädchen, 150 Bücher, ein paar Freunde und ein Prospekt von etwa einer deutschen Meile im Durchmesser, war die Welt für ihn.

Das *Ja* mit dem Kopfschütteln, und das *Nein* mit dem Kopfnicken wird einem sehr schwer, bekommt aber doch nachher eine eigene Bedeutung, wenn man es kann.

Die meisten Leute halten die Augen zu, wenn sie rasiert werden. Es wäre ein Glück, wenn man die Ohren und andern Sinne so verschließen könnte, wie die Augen.

Als es den Goten und Vandalen einfiel, die große Tour durch Europa in Gesellschaft zu machen, so wurden die Wirtshäuser in Italien so besetzt, daß fast gar nicht unterzukommen gewesen sein soll. Zuweilen klingelten drei, vier auf einmal.

Im Deutschen reimt sich *Geld* auf *Welt*; es ist kaum möglich, daß es einen vernünftigern Reim gebe; ich biete allen Sprachen Trotz!

Wenn jemand alle glücklichen Einfälle seines Lebens dicht zusammen sammelte, so würde ein gutes Werk daraus werden. Jedermann ist wenigstens des Jahrs einmal ein Genie. Die eigentlich so genannten Genies haben nur die guten Einfälle dichter. Man sieht also, wie viel darauf ankommt, alles aufzuschreiben.

In den Bibelerklärungen kommt mir vieles vor, wie in den Erklärungen der Figuren in der Baumannshöhle. Man hat da betende Jungfrauen, Taufsteine, Paten, Mönche, Rindszungen, Säulen, Eierstücke, Himmelfahrt Christi, Pauken usw. Man muß aber gemeiniglich schon wissen, was es sein *soll*, um es darin zu erkennen.

Es gibt Leute, die das r wie ein w aussprechen, sie sind mir unerträglich. Z. B. Fwiktion, Fwage, Bweite, statt Friktion, Frage, Breite.

Wären nur die Herren Weiber besser, mit den Frau Ehemännern ginge es wohl noch hin.

Dinge, die mich vorzüglich zum Lächeln bringen konnten, waren z.B. die Idee einiger Missionarien, einen ganzen Hof voll Proselyten mit der Feuerspritze zu taufen; und dann, daß einmal ein Schüler die Stelle aus dem Horaz: Pallida mors aequo pulsat pede etc. übersetzte: der Tod mit seinem Pferdefuß. Letzteres fiel mir einmal bei sehr großen Schmerzen ein, und bewirkte ein wiewohl sehr kurzes Aufwallen von Lachen. Wenn ich nicht schlafen konnte, suchte ich oft die Lachen erregende Materie aus solchen Dingen zu scheiden.

Es hat mich öfters geschmerzt, daß ich seit 20 Jahren nicht mehr dreimal in einem Atem genieset, noch mich an das Kümmeleckchen gestoßen habe.

Wenn ich einen Nagel einschlage, nur um etwas anzuheften, so denke ich immer, was wird geschehen, ehe ich ihn wieder herausziehe. Es ist gewiß hierin etwas. Ich heftete den Pappdeckel im November an mein Bett an, und ehe ich den Nagel noch herauszog, war mein vortrefflicher Freund Schernhagen in Hannover, und eines meiner Kinder gestorben, und die italienische Reise zu Wasser geworden.

Es ist mir keine Betrachtung angenehmer, als die, in den poliertesten Zeiten Spuren von Gebräuchen der rohesten Völker aufzusuchen, freilich ebenfalls verfeinert.

(Es ist unmöglich, daß ein Volk lange in einer Gattung seiner Kenntnisse zunehmen soll, ohne in den andern auch mit zuzunehmen, wenigstens nicht ohne Scheiterhaufen.) So wird es einem scharfen Beobachter nicht schwer werden, einen subtilen Schamanismus (geistliche Taschenspielerei) selbst auf unsern Kanzeln zu finden. Solche Dinge aufzufinden, darf man nur die Reihe aufsuchen, in welcher der Schamanismus liegt. Alles läßt sich verfeinern, und alles läßt sich vergröbern – ein vortreffliches Erfindungsmittel.

Ich glaube, der sicherste Weg, den Menschen weiter zu bringen, wäre, durch die polierte Vernunft des verfeinerten Menschen die blinden Naturgriffe des Barbaren (der zwischen dem Wilden und Feinen in der Mitte steht) mit Philosophie zu verfeinern. Wenn es einmal in der Welt keine Wilden und keine Barbaren mehr gibt, so ist es um uns geschehen.

Wir müssen glauben, daß alles eine Ursache habe, so wie die Spinne ihr Netz spinnt, um Fliegen zu fangen. Sie tut dieses, ehe sie weiß, daß es Fliegen in der Welt gibt.

Vieles Lesen macht stolz und pedantisch; viel sehen macht weise, verträglich und nützlich. Der Leser baut eine einzige Idee zu sehr aus; der andere (der Weltseher) nimmt von allen Ständen etwas an, modelliert sich nach allen, sieht, wie wenig man sich in der Welt um den abstrakten Gelehrten bekümmert, und wird ein Weltbürger.

Wer in sich selbst verliebt ist, hat wenigstens bei seiner Liebe den Vorteil, daß er nicht viele Nebenbuhler erhalten wird.

Es ist sonderbar, daß diejenigen Leute, die das Geld am liebsten haben und am besten zu Rate halten, gerne im Diminutivo davon sprechen. »Da kann ich doch meine 600 *Tälerchen* dabei verdienen« – »ein hübsches *Sümmchen*!« – Wer so sagt, schenkt nicht leicht ein halbes Tälerchen weg.

Der Mensch ist der größten Werke alsdann fähig, wenn seine Geisteskräfte schon wieder abnehmen, so wie es im Julius und um 2 Uhr des Nachmittags, da die Sonne schon wieder zurückweicht und sinkt, heißer ist, als im Junius und um 12 Uhr.

Die Könige glauben oft, das was ihre Generale und Admirale tun, sei Patriotismus und Eifer für ihre eigne Ehre. Öfters ist die ganze Triebfeder großer Taten ein Mädchen, welches die Zeitung liest.

Es ist sehr gut, die von andern hundertmal gelesenen Bücher immer noch einmal zu lesen, denn obgleich das Objekt einerlei bleibt, so ist doch das Subjekt verschieden.

Es gibt wenige Gelehrte, die nicht Einmal gedacht haben, sich reich zu schreiben. Das Glück ist nur wenigen beschieden. Unter den Büchern, die geschrieben werden, machen wenige ihr Glück, wenn sie leben bleiben; und die meisten werden tod geboren.

So wie es vielsilbige Wörter gibt, die sehr wenig sagen, so gibt es auch einsilbige von unendlicher Bedeutung.

Es wäre eine rührende Situation, jemanden vorzustellen, der des Nachts plötzlich blind würde, und glaubte, die Nacht dauerte fort. Er nimmt sein Feuerzeug und schlägt, und kann keine Funken herausbringen, und dergleichen mehr.

Die schönen Weiber werden heutzutage mit unter die Talente ihrer Männer gerechnet.

Es scheint, wir haben jetzt nur noch Zugochsen, *Auerochsen* gibt es nicht mehr. Wir haben jetzt nur Zugdichter, die eigentlichen Auerdichter gibt es nicht mehr.

Einer will sich ersäufen, allein sein großer Hund, der ihm nachgelaufen, apportiert ihn allemal wieder.

Er konnte das Wort »succulent« so aussprechen, daß, wenn man es hörte, man glaubte, man bisse in einen reifen Pfirsich.

Wir bilden uns oft etwas auf
Leute ein die sich unserer
schämen würden.

Er hatte ein paar Augen, aus denen man, selbst wenn sie still standen, seinen Geist und Witz so erkennen konnte, wie bei einem stillstehenden Windhunde die Fertigkeit im Laufen.

Er hielt sehr viel vom Lernen auf der Stube, und war also gänzlich für die gelehrte Stallfütterung.

Es klingt lächerlich, aber es ist wahr: wenn man etwas Gutes schreiben will, so muß man eine gute Feder haben, hauptsächlich eine, die, ohne daß man viel drückt, leichtweg schreibt.

In Genua darf sich kein Mann bei seiner Frau auf der Straße oder sonst öffentlich blicken lassen; der Cicisbeat hat da die größte Höhe erreicht, und ein Mann, der nicht darauf achten wollte, würde verspottet werden und sich den größten Insulten des Pöbels aussetzen. Man tadelt diesen Gebrauch vielleicht mit Recht, aber es ist doch etwas in dem Gefühl, was ihn entschuldigt. Es gibt doch zu sonderbaren Gedanken Anlaß, einen Mann bei seiner Frau zu sehen. Sie werden ausgemessen, und allerlei dabei gedacht, was man nicht denkt, wenn man jedes allein sieht. Einen Erzbischof von Canterbury mit seiner Frau einher gehen zu sehen, würde wenigstens das bischöfliche Ansehen nicht fester gründen, das ist gewiß. In jedem menschlichen, von einem ganzen Staat gebilligten Gebrauch, liegt immer etwas zum Grunde, was sich, wo nicht rechtfertigen, doch entschuldigen läßt.

Ach! beim Tabakrauchen bedenkt der Statistiker nur den Tabak. Aber, gerechter Gott! das Vergnügen, nach des Tages getragener Last und Arbeit, in seiner Familie ruhig und vorbereitend zum kurzen Schlaf und der sich morgen wieder erneuernden schweren Arbeit, das Kraut abbrennen zu sehen, das Geschäft des Ausspukkens, und den Ersatz durch teuer erkauften Trunk, die ausruhende Beschäftigung – o großer Gott! das alles bedenkt niemand. Laßt es dem Armen, der es einmal hat, ihr, die ihr alles habt, was ihr wollt, und wechseln könnt, wie es euch gefällt.

In dem Roman ja recht darauf zu bestehen, daß wir eigentlich nicht in Gesellschaft gehen, sondern nur einen Bevollmächtigten hinschicken, der über den eigentlichen Zustand seines Hofes das geheimnisvollste Stillschweigen beobachten muß, zumal gegen die, die man zu fürchten hat, hingegen mit den armen Teufeln schon etwas deutlicher zu sprechen. Dieses hat mir die Gesellschaft der meisten Menschen und hauptsächlich der Professoren verhaßt gemacht. Einmal zur andern Zeit zu entwickeln, was die Professorengesellschaften unangenehm macht, zumal der jungen, die vor kurzem in einer Zeitung gelobt worden sind. Das sind unerträgliche Geschöpfe.

Es ist mir nichts angenehmer, als da, wo meine Zu- oder Abneigungen vor meiner Vernunft vorhergehen, aufzusuchen, wie sie mit ihr zusammenhängen. Mit andern Worten, mir bewußt zu werden, daß ich das in der Welt sei, oder warum ich das sei, was ich bin. – Ich glaube überhaupt, daß unsere ganze Philosophie darin besteht, uns dessen deutlich bewußt zu werden, was wir schon mechanisch sind. Es ist sehr sonderbar, daß uns der Himmel so viel Spielraum gegeben hat. Vermutlich können wir so häufig im Scherz fehlen, damit wir uns nicht bei unserem freien Willen einfallen lassen im Ernst zu fehlen.

Ich und *mich*. *Ich* fühle *mich* – sind zwei Gegenstände. Unsere falsche Philosophie ist der ganzen Sprache einverleibt; wir können so zu sagen nicht raisonnieren, ohne falsch zu raisonnieren. Man bedenkt nicht, daß Sprechen, ohne Rücksicht von was, eine Philosophie ist. Jeder, der Deutsch spricht, ist ein Volksphilosoph, und unsere Universitätsphilosophie besteht in Einschränkungen von jener. Unsere ganze Philosophie ist Berichtigung des Sprachgebrauchs, also, die Berichtigung einer Philosophie, und zwar der allgemeinsten. Allein die gemeine Philosophie hat den Vorteil, daß sie im Besitz der Deklinationen und Konjugationen ist. Es wird also immer von uns wahre Philosophie mit der Sprache der falschen gelehrt. Wörter erklären hilft nichts; denn mit Wörtererklärungen ändere ich ja die Pronomina und ihre Deklination noch nicht.

Die vernünftigen Freigeister sind leichte fliegende Corps, immer voraus und die die Gegenden rekognoszieren, wohin das gravitätische geschlossene Corps der Orthodoxen am Ende doch auch kommt.

Ich bin nicht der Meinung, die Erde zum Hospitalplaneten zu machen.

Der Esel kommt mir vor wie ein Pferd ins Holländische übersetzt.

Wenn noch ein Messias geboren würde, so könnte er kaum so viel Gutes stiften, als die Buchdruckerei.

Relationen und Ähnlichkeiten zwischen Dingen zu finden, die sonst niemand sieht. Auf diese Weise kann Witz zu Erfindungen leiten.

S*o viel als möglich der gemeinen Meinung entgegen: So behauptete Meister und, wie mich dünkt, mit Recht, daß je länger die Welt stünde desto mehr Erfindungen würden gemacht werden.*

Durch das planlose Umherstreifen durch die planlosen Streifzüge der Phantasie wird nicht selten das Wild aufgejagt, das die planvolle Philosophie in ihrer wohlgeordneten Haushaltung gebrauchen kann.

Man könnte den Menschen so den Ursachen-Bär, so wie den Ameisen-Bär nennen. Es ist etwas stark gesagt. Das Ursachen-Tier, wäre besser.

K*olumbus, Kolumbus! überall.*

Philosophie ist immer Scheidekunst man mag die Sache wenden wie man will. Der Bauer gebraucht alle die Sätze der abstraktesten Philosophie nur eingewickelt, versteckt, gebunden, latent, wie der Physiker und Chemiker sagt; der Philosoph gibt uns die reinen Sätze.

Ich lese die Psalmen Davids sehr gern: ich sehe daraus, daß es einem *solchen* Manne zuweilen eben so ums Herz war wie mir, und wenn ich sehe, daß er nach seinem großen Leiden wieder für Errettung dankt; so denke ich, vielleicht kommt die Zeit, daß auch du für Errettung danken kannst. Es ist gewiß ein Trost, zu sehen, daß es einem großen Manne in einer höhern Lage nicht besser zu Mute war, als einem selbst, und daß man doch nach Tausenden von Jahren von ihm spricht und sich an ihm tröstet.

O! ich erinnere mich noch sehr wohl, wie ich beim Aufgange der Sonne empfinden sollte und wollte, und nichts empfand, aber mit dem Kopfe bald gegen diese bald gegen die andre Schulter gesenkt und mit blinzenden Augen zuweilen vieles von Empfindung sprach, und damit nicht bloß andere, sondern sogar mich selbst betrog. Aber jene Empfindung kam erst in spätern Jahren und vorzüglich stark von 1790 an, da ich die Sonne öfter aufgehen sah. Vorzüglich waren verstorbene Freunde, zumal die letztverstorbenen, und meine Frau und Kinder der Gegenstand, den mein Herz jetzt umfaßte. Ich habe oft Tränen geweint, und bin niedergekniet. Könnte ich doch meinen Entschlüssen mehr Dauer geben! Allein es ist gewiß körperliche Schwäche daran Schuld, Leichtsinn gewiß nicht, ob es mich gleich sehr schmerzt, daß die Welt vermutlich das einer Wankelmütigkeit im Charakter zuschreibt, was doch bloß Kränklichkeit ist.

Wenn ich doch Kanäle in meinem Kopfe ziehen könnte, um den inländischen Handel zwischen meinem Gedankenvorrate zu befördern! Aber da liegen sie zu Hunderten, ohne einander zu nützen.

Meine beständige Vergleichung der Jahre eines Schriftstellers, dessen Leben ich lese, mit den meinigen, die ich schon in meiner Jugend machte, ist ganz menschliche Natur.

Wenn ich ehedem in meinem Kopfe nach Gedanken oder Einfällen fischte, so fing ich immer etwas; jetzt kommen die Fische nicht mehr so. Sie fangen an sich auf dem Grunde zu versteinern, und ich muß sie heraushauen. Zuweilen bekomme ich sie auch nur stückweise heraus, wie die Versteinerungen vom Monte Bolca, und flicke daraus etwas zusammen.

Ich verspreche dem Publikum ihm künftig nichts mehr zu versprechen (sehr wahr und richtig nach meiner körperlichen und vielleicht auch geistigen Anlage).

Ehemals zeichnete mein Kopf (mein Gehirn) alles auf, was ich hörte und sah, jetzt schreibt er nicht mehr auf, sondern überläßt es *Mir*. Wer ist dieser *Ich?* bin ich und der Schreiber nicht einerlei?

Wenn ich zuweilen in einem meiner alten Gedankenbücher einen guten Gedanken von mir lese, so wundere ich mich, wie er mir und meinem System so fremd hat werden können, und freue mich nun so darüber, wie über einen Gedanken eines meiner *Vorfahren.*

Wenn auch meine Philosophie nicht hinreicht, etwas Neues auszufinden, so hat sie doch Herz genug, das längst Geglaubte für unausgemacht zu halten.

Was bei anderen Ehen im Ernst geschieht, das ahmen wir (ich und meine Frau) aus Scherz nach. Wir zanken uns förmlich im Scherz, wo dann jeder so viel Witz zeigt, als er auftreiben kann. Dieses tun wir, um der Ehe ihr Recht zu lassen. Wir feuern blind, um, wenn einer von uns sich je wieder verheiraten sollte, nicht aus der Übung zu kommen.

Schon vor vielen Jahren habe ich gedacht, daß unsere Welt das Werk eines untergeordneten Wesens sein könne, und noch kann ich von dem Gedanken nicht zurückkommen. Es ist eine Torheit zu glauben, es wäre keine Welt möglich, worin keine Krankheit, kein Schmerz und kein Tod wäre. Denkt man sich ja doch den Himmel so. Von Prüfungszeit, von allmähliger Ausbildung zu reden, heißt sehr menschlich von Gott denken und ist bloßes Geschwätz. Warum sollte es nicht Stufen von Geistern bis zu Gott hinauf geben, und unsere Welt das Werk von einem sein können, der die Sache noch nicht recht verstand, ein Versuch? ich meine unser Sonnensystem, oder unser ganzer Nebelstern, der mit der Milchstraße aufhört. Vielleicht sind die Nebelsterne, die Herschel gesehen hat, nichts als eingelieferte Probestücke, oder solche, an denen noch gearbeitet wird. Wenn ich Krieg, Hunger, Armut und Pestilenz betrachte, so kann ich unmöglich glauben, daß alles das Werk eines höchst weisen Wesens sei; oder es muß einen von ihm unabhängigen Stoff gefunden haben, von welchem es einigermaßen beschränkt wurde; so daß dieses nur respektive die beste Welt wäre, wie auch schon häufig gelehrt worden ist.

Wenn man die Natur als Lehrerin, und die armen Menschen als Zuhörer betrachtet, so ist man geneigt, einer ganz sonderbaren Idee vom menschlichen Geschlechte Raum zu geben. Wir sitzen allesamt in einem Collegio, haben die Prinzipien, die nötig sind, es zu verstehen und zu fassen, horchen aber immer mehr auf die Plaudereien unserer Mitschüler, als auf den Vortrag der Lehrerin. Oder wenn ja einer neben uns etwas nachschreibt, so *spicken* wir von ihm, stehlen, was er selbst vielleicht undeutlich hörte, und vermehren es mit unsern eigenen orthographischen und Meinungsfehlern.

Wir werden uns gewisser Vorstellungen bewußt, die nicht von uns abhängen; andere glauben, wir wenigstens hingen von uns ab; wo ist die Grenze? Wir kennen nur allein die Existenz unserer Empfindungen, Vorstellungen und Gedanken. *Es denkt*, sollte man sagen, so wie man sagt: *es blitzt*. Zu sagen *cogito*, ist schon zu viel, so bald man es durch *Ich denke* übersetzt. Das *Ich* anzunehmen, zu postulieren, ist praktisches Bedürfnis.

Mit dem Fortschreiten der Menschheit zu größerer Vollkommenheit sieht es traurig aus, wenn man die Analogie alles dessen, was lebt, zu Rate zieht.

In ältern Jahren nichts mehr lernen *können*, hängt mit dem in ältern Jahren sich nicht mehr befehlen lassen wollen zusammen, und zwar sehr genau.

Mangel an Kraft sich zu verteidigen geht bei dem Schwachen in Klage über. Man kann dieses an den Kindern sehen, wenn sie von größeren Kindern unrecht behandelt werden, aber der stille Trotzkopf ist allemal der Beste.

Ich habe einen Müllerknecht gekannt, der niemals die Mütze vor mir abnahm, wenn er nicht einen Esel neben sich gehen hatte. Ich konnte mir das lange nicht erklären. Endlich fand ich, daß er sich diese Gesellschaft für eine Demütigung ansah und um Barmherzigkeit bat; er schien damit der geringsten Vergleichung zwischen ihm und seinem Gefährten ausweichen zu wollen.

Ein Gelübde zu tun ist eine größere Sünde, als es zu brechen.

Ich habe sehr häufig gefunden, daß gemeine Leute, die nicht rauchten, an Orten, wo das Rauchen gewöhnlich ist, immer sehr gute und tätige Menschen waren. Bei dem gemeinen Mann ist es leicht zu erklären; es verrät bei dieser Klasse vorzüglich schon etwas Gutes, sich von einer solchen Mode nicht hinreißen zu lassen, oder überhaupt etwas zu unterlassen, was wenigstens von Anfang nicht behagt. Auch muß ich gestehen, daß von allen den Gelehrten, die ich in meinem Leben habe kennen gelernt, und die ich eigentlich Genies nennen möchte, kein einziger geraucht hat. – Hat wohl Lessing geraucht?

Wird man wohl vor Scham rot im Dunkeln? Daß man vor Schrecken im Dunkeln bleich wird, glaube ich, aber das erstere nicht. Denn bleich wird man seiner selbst, rot seiner selbst und anderer wegen. – Die Frage, ob Frauenzimmer im Dunkeln rot werden, ist eine sehr schwere Frage; wenigstens eine, die sich nicht bei Licht ausmachen läßt.

Ich habe durch mein ganzes Leben gefunden, daß sich der Charakter eines Menschen aus nichts so sicher erkennen läßt, wenn alle Mittel fehlen, als aus einem Scherz, den er übel nimmt.

Wer recht sehen will, was der Mensch tun könnte, wenn er wollte, darf nur an die Personen denken, die sich aus Gefängnissen gerettet haben oder haben retten wollen. Sie haben mit einem einzelnen Nagel so viel getan, wie mit einem Mauerbrecher.

Die sogenannten Mathematiker von Profession haben sich, auf die Unmündigkeit der übrigen Menschen gestützt, einen Kredit von Tiefsinn erworben, der viele Ähnlichkeit mit dem von Heiligkeit hat, den die Theologen für sich haben.

Es gibt wenig Menschen, die ein gescheutes Gesicht machen können, wenn sie nach der Sonne sehen.

In keiner Streitigkeit, deren ich mich erinnere, sind je, glaube ich, die Begriffe so verstellt worden, als in der gegenwärtigen über Freiheit und Gleichheit. Seht, ruft die eine Partei, hin nach Paris, da seht ihr die Früchtchen der Gleichheit! Und es ist betrübt, zu sehen, daß sogar berühmte Schriftsteller in diesen Ton mit einstimmen. Eben so könnte ich rufen: ihr, die ihr ein so großes Glück im Umgange mit dem andern Geschlecht und in der Liebe findet, seht dort die Hospitäler der Nasenlosen! oder ihr, die ihr von dem Labsal sprecht, das euch beim Genuß der Freundschaft der Wein gewährt, seht dort die Trunkenbolde in den Klauen der Schwindsucht im Kreise verhungernder Kinder langsam dahin sterben! Ihr Toren, möchte ich sagen, so lernt uns doch verstehen! O ich glaube auch, ihr versteht uns nur allzu wohl, ihr deraisonniert nur deswegen so, weil ihr fürchtet, die Welt möchte uns verstehen. Die Gleichheit, die wir verlangen, ist der erträglichste Grad von Ungleichheit. So vielerlei Arten von Gleichheit gibt es, worunter es fürchterliche gibt, eben so gibt es verschiedene Grade der Ungleichheit, und darunter welche, die eben so fürchterlich sind. Von beiden Seiten ist Verderben. Ich bin daher überzeugt, daß die Vernünftigen beider Parteien nicht so weit von einander liegen, als man glaubt; und daß die Gleichheit der einen Partei, und die Ungleichheit der andern wohl gar am Ende dieselbigen Dinge mit verschiedenen Namen sein könnten. Allein was hilft da alles Philosophieren? Dieses Mittel muß erkämpft werden, und wird die Übermacht von einer Partei zu groß, zumal wenn der Mutwille der andern unbändig war, so kann es auch sehr viel schlimmer werden. Es ist aber nur zu befürchten, daß jene mittlere Gleichheit oder Ungleichheit (wie man will) von beiden Parteien gleich stark verabscheut wird. Sie muß also wohl mit Gewalt eingeführt werden; und da ist es denn dem Einführenden nicht zu verdenken, wenn er sich einen etwas starken Ausschlag gibt. Hierin liegt überhaupt ein allgemeiner Grund von der Seltenheit guter *Mittelzustände*.

Es kommt nicht darauf an, ob die Sonne in eines Monarchen Staaten nicht untergeht, wie sich Spanien ehedem rühmte; sondern was sie während ihres Laufes in diesen Staaten zu sehen bekommt.

Was die Großen jetzt zu bedenken haben, ist, daß sie ihre Untertanen gewiß nicht leicht ärger drücken können, als sie in Frankreich gedrückt wurden; und diese doch ihrem Könige den Kopf abgeschlagen haben.

So lange das Gedächtnis dauert, arbeiten eine Menge Menschen in Einem vereint zusammen, der zwanzigjährige, der dreißigjährige usw. Sobald aber dieses fehlt, so fängt man immer mehr und mehr an, allein zu stehen, und die ganze Generation von *Ichs* zieht sich zurück und lächelt über den alten Hülflosen. Dieses spürte ich sehr stark im August 1795.

Was mir an der Art, Geschichte zu behandeln, nicht gefällt, ist, daß man in allen Handlungen Absichten sieht, und alle Vorfälle aus Absichten herleitet. Das ist aber wahrlich ganz falsch. Die größten Begebenheiten ereignen sich ohne alle Absicht; der Zufall macht Fehler gut, und erweitert das klügst angelegte Unternehmen. Die großen Begebenheiten in der Welt werden nicht gemacht, sondern finden sich.

Eine seltsamere Ware, als *Bücher*, gibt es wohl schwerlich in der Welt. Von Leuten gedruckt, die sie nicht verstehen; von Leuten verkauft, die sie nicht verstehen; gebunden, rezensiert und gelesen von Leuten, die sie nicht verstehen; und nun gar geschrieben von Leuten, die sie nicht verstehen.

Ich glaube, daß man selbst bei abnehmendem Gedächtnis und sinkender Geisteskraft überhaupt noch immer gut schreiben kann, wenn man nur nicht zu viel auf den Augenblick ankommen läßt, sondern bei seiner Lektüre oder seinen Meditationen immer niederschreibt, zu künftigem Gebrauch. Auch der abgelebteste Mann hat Augenblicke, wo er, durch Umstände so gut wie durch Wein angespornt, sieht, was kein anderer gesehen. Dieses muß gehörig aufgesammelt werden. Denn das, was der Augenblick der Ausarbeitung zu geben vermag, gibt er doch. So sind gewiß alle großen Schriftsteller verfahren.

Es schadet bei manchen Untersuchungen nicht, sie erst bei einem Räuschchen durchzudenken und dabei aufzuschreiben; hernach aber alles bei kaltem Blute und ruhiger Überlegung zu vollenden. Eine kleine Erhebung durch Wein ist den Sprüngen der Erfindung und dem Ausdruck günstig; der Ordnung und Planmäßigkeit aber bloß die ruhige Vernunft.

Ich glaube, daß es mit dem Studieren gerade so geht, wie in der Gärtnerei: es hilft weder der da pflanzt, noch der da begeußt etwas, sondern Gott, der das Gedeihen gibt. Ich will mich erklären. Wir tun sicherlich eine Menge von Dingen, von denen wir glauben, daß wir sie *mit Wissen* täten, und die wir doch tun, *ohne es zu wissen*. Es ist so was in unserm Gemüte wie Sonnenschein und Witterung, das nicht von uns abhängt. Wenn ich über etwas schreibe, so kommt mir das Beste immer so zu, daß ich nicht sagen kann, *woher*. Merkwürdige Beobachtungen, wie viel man tut, ohne es zu wissen, enthält Montaigne im 3. T. S. 105 ff.

Es ist traurig, daß die meisten Bücher von Leuten geschrieben werden, die sich zu dem Geschäft *erheben*, anstatt daß sie sich dazu herablassen sollten. Hätte z. B. Lessing ein Vademecum für lustige Leute herausgeben wollen, ich glaube, man hätte es in alle Sprachen der Welt übersetzt. Aber so schreibt jedermann gern über Dinge, worin er sich noch selbst gefällt, und man gefällt sich selten in Dingen, die man so inne hat und übersieht, wie etwa das Einmaleins. Wer, wenn er schreibt, um sich Genüge zu tun, alles sagt, was er weiß, schreibt gewiß schlecht. Hingegen wer anhalten muß, um nicht zu viel zu sagen, kann sich eher Beifall versprechen.

Die Leichenpredigten auf Bücher unterscheiden sich gar sehr von denen auf Menschen. Die letzteren werden gewöhnlich über Verdienst gelobt und die ersteren ausgeschimpft.

Es war vor einiger Zeit Mode, und ist es vielleicht noch, auf die Titel der Romane zu setzen: *eine wahre Geschichte*. Das ist nun eine kleine unschuldige Betrügerei, aber daß man auf manchen neueren Geschichtsbüchern die Worte: *ein Roman*, wegläßt, das ist keine so unschuldige.

Um über gewisse Gegenstände mit Dreistigkeit zu schreiben, ist fast notwendig, daß man nicht viel davon versteht. Auch geht es gut an, wo der Gegenstand noch wenig bekannt ist. Unstreitig hat man sehr viel mehr vom *Vielfraß* zu erzählen gewußt, da er noch wenig gekannt war, als jetzt, da man ihn kennt.

Um gut versifizieren zu können, scheint es unumgänglich nötig, daß man das Metrum und den Numerus in demselben leise hört, ohne noch die Worte zu vernehmen, die es füllen sollen. Die Form des Gedankens muß dem Dichter schon vorschweben, ehe der Gedanke selbst erscheint.

In allen Werken Hogarths findet sich kein Esel angebracht, womit sonst die satyrischen Künstler so sehr freigebig sind.

Wenn die Menschen nicht nach den Uhren gehen, so fangen endlich die Uhren an nach den Menschen zu gehen.

Vergleichung zwischen einem Prediger und einem Schlosser.

Der erste sagt: du sollst nicht stehlen *wollen*; und der andere: du sollst nicht stehlen *können*.

Wir fressen einander nicht, wir schlachten uns bloß.

Es wäre freilich gut, wenn es keine Selbstmorde gäbe. Aber man richte nicht zu voreilig. Wie in aller Welt wollte man z. B. in Trauerspielen die unnützen Personen wegschaffen? Sie durch andere ermorden zu lassen ist gefährlich. Alles ist weislich geordnet.

Man hatte ihm sein Buch zu Schanden rezensiert, und er sagte selbst, wenn er es auf dem Schranke stehen sähe, so verarge es in ihm das Gefühl, wie der Anblick des verschlossenen Ladens eines Kaufmannes, der bankerott geworden ist.

Wäre es nicht gut, die Theologie etwa mit dem Jahre 1800 für geschlossen anzunehmen und den Theologen zu verbieten, fernere Entdeckungen zu machen?

Wir von Gottes Ungnaden Taglöhner, Leibeigen[e], Neger, Fronknechte etc.

Er glich gewissen Blumenblättern, die man nie gerade biegen kann, sie bleiben immer nach der einen oder der andern Seite hohl.

Ein Mädchen, kaum zwölf *Moden* alt.

Wo die gemeinen Leute Vergnügen an Wortspielen finden, und häufig selbst welche machen, da kann man immer darauf rechnen, daß die Nation auf einer sehr hohen Staffel von Kultur steht. Die Calenberger Bauern machen keine.

Särge von Korbwerk können wohlfeil und doch schön gemacht werden; man könnte sie schwarz und weiß anstreichen. Sie hätten den Vorteil, daß sie leicht verfaulten.

Was man von dem Vorteile und Schaden der *Aufklärung* sagt, ließe sich gewiß gut in einer Fabel vom Feuer darstellen. Es ist die Seele der unorganischen Natur, sein mäßiger Gebrauch macht uns das Leben angenehm, es erwärmt unsere Winter und erleuchtet unsere Nächte. Aber das müssen Lichter und Fackeln sein, die Straßenerleuchtung durch angezündete Häuser ist eine sehr böse Erleuchtung. Auch muß man Kinder nicht damit spielen lassen.

Wenn jemand etwas schlecht macht, das man gut erwartet, so sagt man: *nun ja, so kann ichs auch*. Es gibt wenige Redensarten, die so viel Bescheidenheit verraten.

Ich habe mir die Zeitungen vom vorigen Jahre binden lassen, es ist unbeschreiblich, was für eine Lektüre dieses ist: 50 Teile falsche Hoffnung, 47 Teile falsche Prophezeiung und 3 Teile Wahrheit. Diese Lektüre hat bei mir die Zeitungen von diesem Jahre sehr herabgesetzt, denn ich denke: was diese sind, das waren jene auch.

Wenn die Fische stumm sind, so sind dafür ihre Verkäuferinnen desto beredter.

Der Gehalt, das spezifische Gewicht des Geistes und der Talente eines Menschen ist dessen absoluter Wert, multipliziert mit der mittlern Wahrscheinlichkeit seiner Lebensdauer oder seiner Entfernung vom gewöhnlichen Stillstand der Fortschritte. – Sehr verständlich, für mich wenigstens.

Die Jahre der zweiten Minorennität, das sind böse Zeiten, wenn sie ankommen. Bei Schriftstellern übernimmt das Publikum alsdann gemeiniglich die Vormundschaft. Abnahme des Gedächtnisses, graue Haare, Wegschleichen der Zähne, und Lob der Zeiten, wo das Fleisch noch weicher gekocht wurde, sind die sicheren Kennzeichen, daß sie eingetreten sind. Wohl dem alsdann, der auf guten Grund gebaut hat.

Der liebe Gott muß uns doch recht
lieb haben, daß er immer
in so schlechtem
Wetter zu uns kommt.

Cartesius sagt in einem Briefe an Balzel (European Magazine Febr. 1795 p. 85.), daß man die Einsamkeit in großen Städten suchen müsse, und er lobt sich dazu Amsterdam, von wo der Brief datiert ist. Ich sehe auch wirklich nicht ein, warum nicht Börsengesumse eben so angenehm sein soll, als das Rauschen des Eichenwaldes; zumal für einen Philosophen, der keine Handelsgeschäfte macht, und zwischen Kaufleuten wandeln kann, wie zwischen Eichbäumen, da die Kaufleute ihrerseits bei ihren Gängen und Geschäften sich so wenig um den müßigen Wandler bekümmern, als die Eichbäume um den Dichter.

Es ist doch so ganz modern, einen Aschenkrug oben über ein Grab zu setzen, während der Körper unten in einem Kasten fault. Und dieser Aschenkrug ist wieder ein bloßes Zeichen eines Aschenkruges; es ist bloß der Leichenstein eines Aschenkruges.

Wenn der Mensch, nachdem er 100 Jahre alt geworden, wieder umgewendet werden könnte, wie eine Sanduhr, und so wieder jünger würde, immer mit der gewöhnlichen Gefahr, zu sterben; wie würde es da in der Welt aussehen?

In dem Lande des doppelten Prinzen sagt man nicht, er hat die und die Nation bekriegt, sondern er hat seine Bauernkerle hinter die Nation gehetzt. Es ist eigentlich eine Völkerhetze, der Krieg. Man sollte die Sachen ausdrücken, so wie sie sind.

Er verlangte immer angeredet zu werden: Zweieiniger, Höchstdero Zweieinigkeit.

Nur eine Amme. Dadurch wird fast immer Streit oder Friede.

Es wäre vortrefflich, wenn sich ein Katechismus, oder eigentlich ein Studienplan erfinden ließe, wodurch die Menschen vom dritten Stande in eine Art von *Biber* verwandelt werden könnten. Ich kenne kein besseres Tier auf Gottes Erdboden: es beißt nur, wenn es gefangen wird, ist arbeitsam, äußerst matrimonial, kunstreich und hat ein vortreffliches Fell.

Ich möchte was darum geben, genau zu wissen, für wen eigentlich die Taten getan worden sind, von denen man öffentlich sagt, sie wären *für das Vaterland* getan worden.

Ich kann freilich nicht sagen, ob es besser werden wird wenn es anders wird; aber so viel kann ich sagen, es muß anders werden, wenn es gut werden soll.

Immer sich zu fragen: sollte hier nicht ein Betrug statt finden? und welches ist der natürlichste, in den der Mensch unvermerkt verfallen, oder den er am leichtesten erfinden kann?

Zweifle an allem wenigstens Einmal, und wäre es auch der Satz: zweimal 2 ist 4.

Wozu ist das Stroh gut?

Sollte nicht manches von dem was Herr *Kant* lehrt, zumal in Rücksicht auf das Sittengesetz Folge des Alters sein, wo Leidenschaft und Neigungen ihre Kraft verloren haben, und Vernunft allein übrig bleibt. – Wenn das menschliche Geschlecht in seiner vollen Kraft etwa mit dem 40[^{ten}] Jahre stürbe, was für Folgen würde dieses auf die Welt haben. Aus der Verbindung der ruhigen Weisheit des Alters entsteht viel Sonderbares. Ob es nicht noch einmal einen Staat geben wird, in welchem [man] alle Menschen im 45ten Jahre schlachtet.

Kirchtürme, umgekehrte Trichter, das Gebet in den Himmel zu leiten.

Die Gesundheit sieht es lieber, wenn der Körper tanzt, als wenn er schreibt.

Es ist immer besser einem schlechten Schriftsteller gleich den Gnadenstoß zu geben, als ihn so lebendig von unten herauf zu rezensieren.

Unsere schönen Schriftsteller verfallen in einen Fehler in den manche Leute verfallen, die statt Treppe Trepfe sagen.

Ich mögte einmal wissen, was geschehen würde wenn man in London die Zehn Gebote so lange aufhübe als es 12 schlägt.

Nachweise

Die Texte der vorliegenden Ausgabe und die Zählung der Aphorismen folgen der Edition von Wolfgang Promies (G. Chr. Lichtenberg, Schriften und Briefe, Band 1 und 2, München: Carl Hanser Verlag 1968, 1971).

Seite

7: *Heft A:* 4; 9; 15; 19
8-9: 25; 26; 29; 33; 35; 39; 43
10-11: 50; 59; 73; 82; 83; 92; 93
12-13: 98; 107; 108; 112; 117; 119; 121
14-15: 126; 134; 139
16-17: 141; *Heft B:* 1; 3; 6; 12; 14; 15; 17
18-19: 21; 32; 34; 41; 46; 49
20-21: 55; 67; 72; 77; 79; 81
22-23: 82
24-25: 85; 94; 97; 99; 106
26-27: 107; 109; 117; 126; 127; 129
28-29: 130; 131; 132; 137; 141
30-31: 143; 154; 157; 159; 160; 165; 173
32-33: 175; 183; 191; 207; 216; 223; 229; 233; 259; 260
33-34: 285; 286; 289; 295; 299; 301; 310
36-37: 311; 314; 323; 336; 338
38-39: 340; 342; 344; 346; 349
40-41: 354; 359; 365; 369; 379; 382; 394
42-43: 396; 402; 408; 420; *Heft C:* 6; 17; 20; 25; 31; 36; 44
44-45: 57; 60; 64; 81; 85; 87; 100; 107
46-47: 134; 139; 142; 146
48-49: 148; 157; 159; 166; 167; 169; 171; 172; 181
50-51: 185; 186; 192; 194
52-53: 197; 206; 208; 221; 223; 229; 234; 243; 245; 247; 250; 252; 257
54-55: 264; 266; 272; 273; 275; 276; 277; 279; 285; 287; 292; 294
56-57: 299; 300; 310; 318; 320; 321; 324; 336; 340; 343; 344
58-59: 350; 359; 364; 369; 374; *Heft D:* 10; 24; 26; 30; 39
60-61: 45; 53; 55; 59; 65; 75; 79
62-63: 81; 86; 88; 89; 90
64-65: 92; 94; 96; 99; 101; 102; 103

66-67: 107; 108; 110; 115; 116; 120; 121; 123
68-69: 125; 126; 128; 130; 131; 133; 135; 137; 139
70-71: 140; 143; 149; 156; 158; 164; 165; 169; 171; 174; 175; 182
72-73: 183; 195; 197; 200; 201; 203; 208; 216
74-75: 218; 219; 226; 229; 233; 242; 243; 244; 245; 247; 248; 254; 255
76-77: 256; 258; 267
78-79: 268; 285; 290; 292; 304; 313; 322
80-81: 329; 331; 332; 337; 341; 350
82-83: 351; 357; 362; 369; 370; 374; 380; 381; 392
84-85: 398; 399; 400; 401; 407; 412; 417; 422; 423; 430; 436
86-87: 437; 444; 445; 448
88-89: 449; 451; 462; 474; 475; 478; 483; 484; 485; 487; 498; 514
90-91: 525; 527; 528; 529; 530; 531; 533
92-93: 546; 550; 552; 559; 562; 564; 573; 580; 581
94-95: 584; 600; 604; 609; 616; 617; 623; 633
96-97: 634; 636; 644; 655; 661; *Heft E:* 9; 11; 24; 35; 39
98-99: 43; 46; 48; 52; 54; 60; 61; 77; 79
100-101: 93; 98; 100; 104
102-103: 107; 111; 115; 120; 121; 128
104-105: 129; 130; 133; 136; 138; 140; 144; 146; 150
106-107: 154; 161; 165
108-109: 171; 172; 173; 174; 179; 187
110-111: 190; 194; 195; 196; 200; 207; 208
112-113: 212; 213; 215; 216; 221; 222; 224; 231; 240
114-115: 243; 247; 249; 252; 254; 262; 265
116-117: 266; 267; 271
118-119: 276; 284; 288; 289; 296; 306; 309; 310; 311
120-121: 316; 317; 320; 323; 324; 326; 330; 334; 335
122-123: 342; 343; 345; 347; 351
124-125: 357; 367; 372; 374; 385; 387; 390
126-127: 413; 420; 422; 424; 427; 434; 435
128-129: 440; 442; 448; 457; 471; 492; 494; 499; 510; 511; 513; 517; 519; 521
130-131: *Heft F:* 2; 4; 10; 22; 33; 38
132-133: 54; 69; 74; 87; 88; 95; 96; 99; 100; 104; 110
134-135: 111; 112; 138; 152; 164; 167; 173; 174; 180; 191
136-137: 193; 197; 200; 206; 212; 214; 234; 265; 267

138-139: 282; 287; 291; 292; 293; 294; 295; 297; 301; 305
140-141: 309; 319; 320; 321; 324; 325; 326
142-143: 336; 341; 345; 350; 353; 368; 369; 371; 374
144-145: 379; 383; 384; 385; 399; 404; 408; 412; 419; 426; 435; 436
146-147: 439; 441; 443; 450; 458; 462; 480; 482
148-149: 486; 487; 498; 502; 502; 511; 516
150-151: 521; 535; 536; 543; 544; 557; 572; 574; 575; 576; 578; 596; 600; 603
152-153: 607; 613; 615; 618; 621; 626; 643; 645
154-155: 646; 650; 653; 661; 667; 674; 681; 683; 687; 692; 700
156-157: 702; 706; 708; 716; 720; 728; 731; 732; 734
158-159: 737; 743; 758; 761; 762; 768; 776
160-161: 781; 786; 787; 788; 790; 792; 797; 803; 807; 811
162-163: 814; 818; 822; 824; 828; 829; 831; 859
164-165: 862; 870; 872; 875; 876; 877; 884; 891; 902; 915; 936; 939; 940; 945
166-167: 968; 970; 971; 980; 982; 985; 988
168-169: 991; 995; 998; 1002; 1004; 1011; 1021; 1026; 1033; 1039; 1043
170-171: 1046; 1047; 1067; 1070; 1071; 1079; 1081; 1086; 1104
172-173: 1106; 1109; 1120; 1123; 1126
174-175: 1129; 1131; 1134; 1140; 1144; 1145; 1147; 1150; 1161; 1166
176-177: 1171; 1174; 1177; 1179; 1181; 1182; 1195
178-179: 1197; 1200; 1205; 1210; 1212; 1213; 1214
180-181: 1215; 1219; *Heft J:* 3; 6; 7; 12; 17; 26
182-183: 27; 42; 46; 48; 59
184-185: 72; 75; 79; 98; 99; 100; 108; 111; 117
186-187: 121; 133; 139; 142; 148; 149; 157; 168; 171; 180; 183; 196
188-189: 197; 208; 215; 219; 220; 232; 236; 241; 246; 252
190-191: 253; 257; 260; 271; 274; 276; 283
192-193: 284; 292; 294; 303; 315; 317; 320; 323; 330
194-195: 344; 351; 357; 358; 359; 370; 371; 380; 388; 390; 392
196-197: 398; 399; 415; 423; 433; 434; 435; 442; 443
198-199: 448; 469; 470; 472; 474; 489; 495

Robert Gernhardt

Trost bei Lichtenberg

Wer über Georg Christoph Lichtenberg spricht, wird es kaum vermeiden können, zugleich über sich zu reden. Das hat einmal mit dem Werk Lichtenbergs zu tun, dann mit seiner Person und schließlich mit seinen Lesern.

Werk – das meint für mich wie für die meisten anderen Lichtenberg-Leser vor allem jene von Lichtenberg selber »Sudel-« oder »Schmierbücher« genannten Aufzeichnungen, die er etwa fünfunddreißig Jahre lang niederschrieb, von 1764 bis zu seinem Tode 1799. Veröffentlicht wurden diese Eintragungen erst nach Lichtenbergs Ableben, anfangs nur in Auswahlbänden, heute füllen sie ungefähr 1500 Seiten der von Wolfgang Promies besorgten Hanser-Ausgabe der Schriften Lichtenbergs. Seiten voll unterschiedlich umfangreicher Eintragungen, manche eine und mehr Seiten lang, die Mehrzahl aber faßt sich kürzer, besteht oft nur aus einem Satz, ja einem Wort. Die Germanisten haben die Eintragungen pro Buch numeriert, ich habe diese Zahlen überschlagsweise addiert und bin auf ungefähr 8150 solcher Notate gekommen, die – und nun kommt der Autor ins Spiel – weniger von *dem* Zeugnis ablegen, was Lichtenberg, der allseits anerkannte Göttinger Physikprofessor, das Mitglied eines Dutzends deutscher und ausländischer wissenschaftlicher Gesellschaften, alles wußte, als davon, was er alles in Erfahrung gebracht hat oder aber – und häufig verbinden sich in einer Mitteilung beide Stadien der Erkenntnisgewinnung –: was er alles gerne in Erfahrung gebracht hätte, wobei er die Antwort tückischerweise häufig an den Leser delegiert.

Wenn Lichtenberg schreibt »Ich habe noch niemanden gefunden, der nicht gesagt hätte: es wäre eine angenehme Empfindung Stanniol mit einer Schere zu schneiden«, dann mag das noch als Tatsachenfeststellung durchgehen, obwohl der sensible Leser ahnt, daß er die amüsierte Zustimmung, mit welcher er diese Beobachtung zur Kenntnis nimmt, damit bezahlt, daß er fortan ein Problem mehr auf dem Buckel hat: Wenn Lichtenbergs These stimmt – und es hat den Anschein, daß sie es tut –, dann sollte doch auch jemand begründen, warum das so ist. So viel ich weiß, steht eine Antwort bisher aus, doch weiß ich dank Lichtenberg immerhin, warum ich gerne die Ursache des Vergnügens der Menschen am Schneiden von Stanniol wüßte: »Man könnte den Menschen so den Ursachen-Bär, so wie den Ameisen-Bär nennen. Es ist etwas stark gesagt. Das Ursachen-Thier wäre besser.«

Einspruch, Herr Lichtenberg – »Ursachen Bär« trifft zumindest Ihre rastlose Art besser, Fragen zu stellen, Ursachen zu wittern und nach Gründen zu graben.

»Wird man wohl vor Scham rot im Dunkeln?« ist so eine Lichtenbergsche Frage, und auch in diesem Falle ist seine Antwort von der Art, daß der Schwarze Peter der Lösung des Problems unvermutet bei uns landet, bei mir, dem Leser und Vortragenden, und bei Ihnen, den mitgefangenen und mitgehangenen Zuhörern: »Wird man wohl vor Scham rot im Dunkeln? Daß man vor Schrecken im Dunkeln bleich wird, glaube ich, aber das Erstere nicht. Denn bleich wird man seiner selbst, rot seiner selbst und anderer wegen. – Die Frage, ob Frauenzimmer im Dunkeln rot werden, ist eine sehr schwere Frage; wenigstens eine, die sich nicht bei Licht ausmachen läßt.«

Drei der ca. 8000 Lichtenberg-Notate habe ich in den ersten vier Absätzen meines Nachworts zitiert, es fiele mir nicht schwer, so fort und fort zu fahren. Lichtenberg-Leser nämlich sind insofern ein eigenes Völkchen, als jeder seinen eigenen Lichtenberg zu haben glaubt, möglicherweise sogar hat. Aus besagten Eintragungen auf erwähnten 1500 Seiten nämlich lassen sich ohne Schwierigkeiten die unterschiedlichsten Lichtenbergs destillieren, und genau das haben Lichtenberg-Verehrer immer wieder getan, in Form von Auswahlbänden, welche die Mitverehrer meist nur mürrisch, wenn nicht ablehnend zur Kenntnis nahmen und nehmen.

1931, in seinem Aufsatz »Schrei nach Lichtenberg«, listet Tucholsky auf, was es von Lichtenberg zu seiner Zeit gibt: »Es gibt: ›Lichtenbergs Aphorismen‹. Ausgewählt von Alexander von Gleichen Rußwurm ... – ›Aphorismen‹, herausgegeben von Josef Schirmer ... Der Rest ist sanfte Auswahl für den Hausgebrauch.«

Ich kenne keine dieser Auswahlsammlungen, würde jedoch gerne in einer blättern können, die leider nie erschienen ist, der Tucholskys: »Wer die Gewohnheit hat, in Büchern etwas anzustreichen, der wird seine Freude haben, wie sein Lichtenberg nach der Lektüre aussieht. Das beste ist: er macht gleich einen einzigen dicken Strich, denn mit Ausnahme der physikalischen und lokalen Eintragungen ist das alles springlebendig wie am ersten Tag.«

Nicht Tucholsky, Ernst Vincent gab 1932 eine weitere Lichtenberg-Auswahl heraus, im Verlag Alfred Kröner Leipzig, und wieder meldet sich der zu Wort, der ein Jahr zuvor nach Lichtenberg geschrien hatte: »Dieser Herausgeber, Ernst Vincent, hat die Freundlichkeit, einige Sätze von mir im Vorwort zu zitieren, nämlich: ›In Deutschland erscheinen jährlich dreißigtausend Bücher. Wo ist Lichtenberg –? Wo ist Lichtenberg –? Wo ist Lichtenberg –?‹ Hier ist er, sagt der Herausgeber. Hm.«

Derart moderat bleibt Tucholsky nicht lange. Er zitiert Vincent, »Jede Auswahl trägt den Stempel der Zeit, in der sie entsteht, und des Geistes des Herausgebers«, und er kontert: »Diese Ausgabe trägt den Stempel des germanistischen Seminars.« Er kritisiert sich warm, »Was wir hier vorgesetzt bekommen, ist ein geistvoller, matt witziger, kluger und gebildeter Professor«, und er kommt in Fahrt, bis er schließlich beim Thema ist. Aber ist das noch immer Lichtenberg? Nicht vielmehr Tucholsky selber?

Noch einmal läßt er Vincent zu Wort kommen, »Da wird es deutlich, daß dieser Mensch kein Baumeister ist. Um ihn herum liegen Teile und Brocken –«, dann schlägt Tucholsky gnadenlos zu: »So hol sie doch der Henker alle miteinander, diese Pauker. Nein, er war kein Baumeister! Und Goethe war kein Radfahrer! Und Schiller exzellierte nicht in breiten Romanen. Und Dante verstand nichts vom Theater. Warum – o Seminar! – sollte Lichtenberg ein Baumeister großer Werke gewesen sein? Mit manchem ›irgendwie‹ und manchen ›Wissen um ...‹ wird dargetan, daß es bei ihm sozusagen nicht gereicht habe. Uns langts.« Ein »uns«, das wir getrost als Plural majestatis lesen können. Diese Lichtenbergherausgeber-Schelte nämlich ist eine der letzten Veröffentlichungen Tucholskys, doch nicht sie beschließt die dreibändige Ausgabe der Gesammelten Werke im Rowohlt Verlag, ihr folgt eine Rubrik, die Tucholsky, ohnehin kein Langstreckenautor, in dieser Spätzeit bevorzugt beliefert hat: er benannte sie mit einem Wort, das den Klang und Sinn dem Lichtenbergschen »Sudel« recht nahekommt, nämlich »Schnipsel«.

Rund fünfundzwanzig Jahre später sucht und findet ein anderer Künstler Trost bei Lichtenberg, jemand, dessen Werk man alles mögliche vorwerfen kann, nur nicht, daß es aus Teilen, Brocken oder gar Schnipseln bestehe.

Seit den späten 50ern bereits gilt der Autor als Großschriftsteller, was sich sowohl auf den Umfang seiner Werke bezieht, als auch auf seine moralische und artistische Statur. Seine Kunstfertigkeit freilich ist nach seinen letzten Veröffentlichungen nicht mehr unumstritten, die Aufnahme seines allerletzten umfangreichen Buches, »Die Rättin«, war sogar überwiegend negativ: »Ein katastrophales Buch« hatte unser Lautester, Marcel Reich-Ranicki, damals noch Literaturpapst der FAZ, seine Rezension betitelt.
Das alles geschah 1986, zwei Jahre später beschreibt der Autor, wie er mit diesen Schicksalsschlägen fertig wurde. Sein Buch »Zunge zeigen« berichtet von des Dichters Flucht nach und Exil in Calcutta. »Wovon ich wegfliege«, beginnt er, und zählt sodann auf, was ihm in der Heimat alles nicht mehr paßt: »Weg vom Gequatsche, von Verlautbarungen weg... Tausende Kilometer weit weg vom subtilen Flachsinn einst linker, jetzt nur noch smarter Feuilletonisten, und weg, weg von mir als Teil oder Gegenstand dieser Öffentlichkeit.«
Die Rede ist natürlich von Günter Grass, und der macht in Calcutta die Erfahrung, die heimatlichen Quälgeister immer noch nicht ganz abgeschüttelt zu haben, nur daß ihn jetzt nicht ihre Aufdringlichkeit, sondern ihr Ausbleiben erzürnt: »Am Abend sehen wir im Akademie-Theater die erste Aufführung der ›Plebejer‹. Nicht einmal merkwürdig ist, daß jene deutschen Journalisten, die sonst mit Eifer und täglich meinen Stuhlgang befragen möchten, kein Interesse an der bengalischen Aufführung des ›Deutschen Trauerspiels‹ zeigen.«
Einen Freund und Helfer aber hat sich Grass aus der Heimat ins heiße Bengalen mitgenommen, und der leistet sogar als Klimaanlage noch gute Dienste: »... nach

dem Wolkenbruch heute nacht dampft der Garten. Vorsicht! Keine überflüssige Bewegung! Allenfalls Lichtenberg lesen, dessen Prosa kühlt. Wie er die Kritiker zu seiner Zeit (mit Nachhall bis heute) trifft, wie er sich immer wieder – und nicht ohne Genuß – den ›Frankfurter Rezensenten‹ vornimmt. Gleich kommt mir, wie aufgerufen, ein gegenwärtiges Exemplar in die Quere, dessen eloquenter Pfusch sich ungeschmälerter Wirkung erfreut, weil weit und breit kein Lichtenberg dem Beckmesser sein einzig gültiges Werkzeug, die Meßlatte des Sozialistischen Realismus nachweist. Dabei erinnere ich mich an seine umtriebene Präsenz während der letzten Treffen der Gruppe 47: ein amüsanter Literaturnarr, liebenswert noch in seinen Fehlurteilen. Erst als ihm die Chefetage der FAZ Macht zuschanzte – das große Geld weiß, was frommt –, wurden seine Verrisse übellaunig bis bösartig, mißriet er zu Lichtenbergs ›Frankfurter Rezensenten‹.«
Einspruch, Herr Grass! Bei Lichtenberg kann das Opfer beckmesserischer Literaturkritik den stärksten Trost finden, der sich denken läßt – »Wenn ein Buch und ein Kopf zusammenstoßen und es klingt hohl, ist das allemal im Buch?« oder: »Ein Buch ist ein Spiegel, wenn ein Affe hineinsieht, so kann kein Apostel herausgucken« –, Lichtenbergs »Frankfurter Rezensent« aber ist das genaue Gegenteil eines übellaunigen Beckmessers: »Es gibt eine gewisse Art von gekünsteltem Unsinn, den der Halbköpfige leicht für tiefe Weisheit, ja wohl für das Weben des Genies hält, erstimulierte Ausbrüche eines fundamentlosen Enthusiasmus, ein fieberhaftes Haschen nach Originalismus ohne Richtigkeit der Empfindung, in welchem der Frankfurter Rezensent oder der Primaner aller Orten shakespearische Inspiration zu wittern glaubt, das Rauschen von Libanons ewiger Ze-

der, die donnernden Tritte des Würg-Engels, und den Klang der Posaune des letzten Tages hört. Es ist nichts. Fünf gegen eins, der Mann der es geschrieben hat ist ein Tropf, der mehr scheinen will als er ist, und damit ist seine arme Seele für den Ruhm der Nachwelt hin als hätte sie das Licht nie gesehn oder den Satz des Widerspruchs nie gedacht.«

Fundamentloser Enthusiasmus – eine Eigenschaft, die Marcel Reich-Ranicki denn doch ziemlich abgeht, wie er ja überhaupt wenig von einem Stürmer und Dränger hat. Die aber meint Lichtenberg, wenn er – und er tut dies häufiger – von den »Franckfurter Rezensenten« spricht, den Mitarbeitern der Zeitschrift »Frankfurter Gelehrte Anzeigen«, Jünglingen wie Goethe, Herder, Schlosser und Merck.

Ich weiß nicht, welche Lichtenberg-Ausgabe Grass in Calcutta gelesen hat – seine Ausführungen an anderer Stelle legen den Schluß nahe, daß es die Gesamtausgabe der »Sudelbücher« war –, ich wüßte aber noch ein schönes Lichtenberg-Zitat, Rezensionen betreffend. Es sind Zeilen, die es dem Autor, zumal dem gestandenen, nahelegen sollten, einen Verriß nicht allzu schwer und Lichtenbergs Trost nicht dann in Anspruch zu nehmen, wenn das auf Kosten des vom Tröster eigentlich Gemeinten geht: »Ich sehe die Rezensionen als eine Art von Kinderkrankheiten an, die die neugebornen Bücher mehr oder weniger befällt. Man hat Exempel, daß die gesündesten daran sterben, und die schwächlichen oft durchkommen. Manche bekommen sie gar nicht. Man hat häufig versucht, ihnen durch Amulette von Vorrede und Dedikation vorzubeugen oder sie gar durch eigene Urteile zu inokulieren, es hilft aber nicht immer.«

Aller Guten Dinge sind drei – es wird kaum überraschen, daß, nach Tucholsky und Grass, der dritte der von Lichtenberg Getrösteten kein anderer ist als der Schreiber der Zeilen. Allerdings – das sei vorausgeschickt – habe nicht nur ich selber bei ihm Trost gefunden, ich habe auch versucht, mit Lichtenbergs Hilfe andere zu trösten:

Zehn Jahre lang war ich im Rahmen der in Frankfurt erscheinenden Satirezeitschrift »Titanic« als Humorkritiker tätig, lobend, zweifelnd, tadelnd, und als ich die gesammelten Kritiken 1988 zu Druck beförderte, im Buch »Was gibt's denn da zu lachen«, da stellte ich, der Kritiker aus Frankfurt, ihm ein Motto von Lichtenberg voran, das die Kritisierten aufrichten und stützen sollte: »Wenn die Frankfurter Rezensenten wüßten, wie sie bei vernünftigen Leuten stünden, so würden sie gewiß jeden loben, den sie verworfen wissen wollen.«

Und nun zu mir. Welcher Art der Trost sein kann, den ein Nachborener vom schreibenden Vorfahren empfängt, hat Lichtenberg selber an jemandem dargestellt, den *ich* keinesfalls unter seinen Lieblingsautoren vermutet hätte: »Ich lese die Psalmen Davids sehr gern: ich sehe daraus, daß es einem *solchen* Manne zuweilen eben so ums Herz war wie mir, und wenn ich sehe, daß er nach seinem großen Leiden wieder für Errettung dankt, so denke ich, vielleicht kommt die Zeit, daß auch du für Errettung danken kannst. Es ist gewiß ein Trost, zu sehen, daß es einem großen Manne in einer höheren Lage nicht besser zu Mute war, als einem selbst, und daß man doch nach Tausenden von Jahren von ihm spricht und sich an ihm tröstet.«

Rund zweihundert Jahre nach dieser tröstlichen Eintragung spreche ich vom getrösteten Eintragenden – aus welchem Grunde vermag er es, mir Trost zu spenden?

Gewiß nicht seiner Leiden wegen. Lichtenberg macht

aus ihnen kein Hehl, doch nicht die Leiden und Errettungen des Gläubigen sind sein eigentliches Thema, sondern die Freuden und Erleuchtungen dessen, der sich vorgenommen hat, nichts ungeprüft zu glauben.
»Dinge zu bezweifeln, die gantz ohne weitere Untersuchung jetzt geglaubt werden, das ist die Hauptsache überall«, sagt Lichtenberg in den »Vermischten Anmerckungen für Physic und Mathematic«, und »Warum glaube ich dieses? Ist es auch würklich so ausgemacht?« – doch liegt es in der Natur des Zweifels, sich nicht einzäunen zu lassen: »Zweifle an *allem* wenigsten Einmal, und wäre es auch der Satz: zweimal 2 ist 4« – wer sich selbst der Mathematik mit solchem Mißtrauen nähert, der wird gegenüber Menschenwerk noch unbedingtere Vorsicht walten lassen: »Immer sich fragen: sollte hier nicht ein Betrug stattfinden? und welches ist der natürlichste, in den der Mensch unvermerkt verfallen, oder den er am leichtesten erfinden kann?«
Dem, der derart zweifelnd auf die Welt blickt, drohen zwei Gefahren: daß er trübsinnig wird oder rechthaberisch. Rechthaberisch, wenn er seinen finsteren Verdacht allzu häufig bestätigt sieht, und trübsinnig, wenn er mitansehen muß, wie der überwiegende Teil seiner Zeitgenossen gar nicht bereit ist, sich aufklären zu lassen, sondern den bergenden Irrtum und den schützenden Selbstbetrug auch dann noch dem freien Flug des Denkens vorzieht, wenn aus dem Schutz längst ein Kerker geworden ist. Lichtenberg war diese Erfahrung nicht fremd – »Man spricht viel von Aufklärung, und wünscht mehr Licht. Mein Gott was hilft aber alles Licht, wenn die Leute entweder keine Augen haben oder die, die sie haben, vorsätzlich verschließen?« – doch konnte ihn die Erfahrung der Lichtfeindlichkeit anderer deshalb nicht völlig verdüstern, weil er viel zu sehr

damit beschäftigt war, sich selber und den Rest der ihm erfahrbaren Welt auszuleuchten, wobei ihm neben seinem Verstand noch eine Helferin zur Hand ging, seine Phantasie: »Seine Einbildungskraft« – Lichtenberg spricht von sich in der dritten Person – »seine treuste Gefährtin verläßt ihn alsdann nie, er steht hinter dem Fenster den Kopf zwischen die zwo Hände gestützt, und wenn der Vorbeigehende nichts als den melancholischen Kopfhenker sieht, so tut er sich oft das stille Bekenntnis, daß er im Vergnügen wieder ausgeschweift hat.«

Das Vergnügen an Lichtenbergs ausschweifenden Verdächtigungen hält seit zweihundert Jahren an, es ist sogar, glaube ich, in dem Maße gewachsen, wie es sich herausstellte, daß dieser – mit Schopenhauer zu sprechen – Selbstdenker oft auch ein Vordenker war oder doch jemand, der einen bereits länger gehegten Verdacht am erhellendsten formulierte – wobei er sich in einigen Fällen sogar selber übertraf.

»Gott schuf den Menschen nach seinem Bilde, das heißt vermuthlich der Mensch schuf Gott nach dem seinigen« – besser hat das auch Feuerbach nicht gesagt, freilich später. Dafür hat Lichtenberg selber den gleichen Sachverhalt in einer weiteren Aufzeichnung eine noch einprägsamere, weil schön komische Form gegeben: »Die Indiander nennen das höchste Wesen Pananad oder den Unbeweglichen weil sie selbst gerne faulenzen.« Und mit einer dritten, der kürzesten Variante seiner Gottesverdächtigungen ist Lichtenberg sogar so etwas wie der Urvater der feministischen Theologie geworden: »Mutter unser die du bist im Himmel.«

Gott ist also ein Produkt des Menschen, doch was ist der Mensch? Auf jeden Fall ein Mischprodukt: »So wie uns der Vetter Engel und der Vetter Affe auslachen«, sagt

Lichtenberg, und an anderer Stelle: »Es ist schwer, das Affenmäßige in den menschlichen Füßen zu fühlen, aber zuweilen kann man es, man kommt leicht auf das Menschliche und Konventionelle« – die weitere Verfolgung dieser Verdachtsmomente haben dann die Herren Nietzsche und Darwin übernommen.

»Mit Gott für König und Vaterland« stand einst auf den Koppelschlössern der Militärs, Gott hatten wir schon – doch was hat es eigentlich mit dem Vaterland auf sich? Bitte, Herr Lichtenberg: »Ich möchte was darum geben, genau zu wissen, für wen eigentlich die Thaten gethan werden, von denen man öffentlich sagt, sie wären *für das Vaterland* getan worden« – was hier noch in Frage gestellt wird, hat sich in einer weiteren Überlegung Lichtenbergs bereits zur Gewißheit gemausert: »Die Könige glauben oft, das was ihre Generale und Admirale tun, sei Patriotismus und Eifer für ihre eigene Ehre. Öfters ist die ganze Triebfeder großer Taten ein Mädchen, welches die Zeitung liest.«

Es ließen sich natürlich auch andere, weniger niedliche Triebfedern denken, und Lichtenberg wäre sicherlich der letzte, der da widerspräche. Auf jeden Fall aber ist er der allerletzte, der im Patriotismus etwas sähe, das einem zeitunglesenden Mädchen als Motiv einer Tat überlegen wäre:

»Es giebt heuer eine gewisse Art Leute, meistens junge Dichter die das Wort *Deutsch* fast immer mit offnen Naslöchern aussprechen. Ein sicheres Zeichen daß der Patriotismus bei diesen Leuten sogar auch Nachahmung ist. Wer wird immer mit dem Deutschen so dicke tun? Ich bin ein deutsches Mädchen, ist das etwa mehr als ein englisches, russisches oder otaheitisches? ...«

Natürlich nicht, ergänzen wir mit Lichtenberg und stimmen ihm auch dann noch zu, wenn er uns das immer noch rare, dabei doch so ungemein erkenntnisfördernde Kunststück vormacht, wie simpler Blickwechsel die scheinbar angeborenen Scheuklappen des Eurozentrismus in einem Satz aufzulösen vermag: »Der Amerikaner, der Columbus zuerst entdeckte, machte eine böse Entdeckung.«

Applaus, Applaus, doch Lichtenbergs nicht so sehr entlarvender denn demaskierender Geist wagt sich in noch entlegenere Gebiete vor, in Zonen, in welche ihm weder zu seiner Zeit noch heute jeder Wohlmeinende folgen konnte und kann. Wer die letzten dreißig Jahre bei einigermaßen klarem Bewußtsein erlebt, wer die Emanzipationsbestrebungen dieser Zeit begleitet und mit den antiautoritären Bewegungen sympathisiert hat, der weiß, daß gerade jene, die das falsche Bewußtsein des Gegners sogar noch aus dessen angeblich repressiver Toleranz herausschmeckten, ganze Klassen, Völker ja Erdteile von ihrem sonst doch so totalen Ideologieverdacht ausnahmen. Das Vietnam Ho Chi Minhs, das China Mao Tse Tungs waren solche Inseln der Seligen, Landstriche, in denen arme, aber glückliche Völker den Neuen Menschen hervorbrachten, indes der alte Adam des Westens immer weiter im Sumpf versank, angelockt vom faulen Zauber kapitalistischer Scheinblüte... Heute wissen wir, daß solche Paradiese nur deshalb in hiesigen Köpfen existieren konnten, weil die eine Sonne brauchten, einen Fixpunkt, der sie daran hinderte, von der Drift ihres galoppierenden Zweifelns und Anzweifelns aus der Lebensbahn getragen zu werden – was ja nicht wenigen trotzdem widerfuhr.

Um so bewundernswerter erscheint uns daher der Zweifler Lichtenberg, der neben dem traditionellen Trost des Garten Eden auch den jener säkularisierten Paradiese ausschlug, die noch lange in den Köpfen sei-

ner Artgenossen spuken sollten, bis hin zum Otaheite, sprich Tahiti eines Gauguin und dem edlen Wilden Winnetou des Karl May.
Irgendwann muß es doch ein Paradies gegeben haben! hatten Lichtenbergs Zeitgenossen wie Generationen von Mühseligen vor ihnen gehofft; irgendwo gibt es das auch noch heute! vermuteten sie, so wie Generationen von Zivilisationsmüden nach ihnen – Nichts da! entgegnete ihnen Lichtenberg mit gnadenloser Heiterkeit: »Die Kunst Menschen mit ihrem Schicksale mißvergnügt zu machen, die heutzutage so sehr getrieben wird. O wenn wir doch die Zeit der Patriarchen wieder hätten, wo die Ziege neben dem hungrigen Löwen graste, und Kain in den zärtlichen Umarmungen seines Bruders Abel seine Saecula durchlebte (hier müssen noch mehr solche feinen Geschichtchen ausgesucht werden von Sodomiterei, Betrug um Erstgeburt), oder in dem glücklichen Otaheite wo man für einen eisernen Nagel haben kann, was in Hannover und Berlin goldne Tabatieren und Uhren gilt, und wo man bei völliger Gleichheit der Menschen das Recht hat seine Feinde aufzufressen und von ihnen gefressen zu werden.«
So stehts im Sudelbuch K, im vorangehenden Buch J aber findet sich ein Eintrag, der in gebotener Kürze dem in die Parade fährt, der sich etwas darauf einbildet, daß in unseren Breiten zumindest der Kannibalismus überwunden sei: »Wir fressen einander nicht, wir schlachten uns bloß.«
Denn daraus, daß es anderswo kein Paradies gibt, folgt leider nicht, es gäbe auch keine Hölle. Im Gegenteil, sie beginnt vor der Haustür: »Wenn jemand in Chochinchina sagt doii (mich hungert), so laufen die Leute als wenn es brennte ihm etwas zu essen zu geben. In manchen Provinzen Deutschlands könnte ein Dürftiger sa-

gen: mich hungert, und es würde gerade so viel helfen, als wenn er sagte doii.«
Oder, wiederum auf die kürzeste Formel gebracht: »Wir von Gottes Ungnaden Taglöhner, Leibeigene Neger, Fronknechte etc.«
Wer mir bisher gefolgt ist, mag natürlich fragen, welcher Trost eigentlich aus all diesen trostlosen Einsichten zu ziehen sei.
Nun – einmal beweisen Lichtenbergs Erkenntnisse, daß es zur Wahrheitsfindung keines think tanks bedarf und keines Stromanschlusses für Rechner und Speicher, es genügen ein klarer Kopf, ein guter Stift und haltbare Hefte. Die bis heute anhaltende Frische seiner Einsichten aber ist der beste Beweis dafür, wie sehr die Haltung fundierter Skepsis jener überlegen ist, die Lichtenberg als »fundamentlosen Enthusiasmus« bezeichnete und verspottete.
Freilich: Diese Tröstungen können uns auch andere Denker spenden, Kant oder Schopenhauer, Karl Kraus oder Bertrand Russel. Dafür wurden und werden sie geachtet, völlig zu Recht, Lichtenberg aber wird zusätzlich noch geliebt. Seinem Selbstdenken nämlich entsprach ein Eigensinn, der so gut wie alles für aufschreibenswert hielt, was seinen Körper betraf oder ihm durch den Kopf ging: »Es hat mich öfters geschmerzt, daß ich seit 20 Jahren nicht mehr dreimal in einem Atem genieset, noch mich an das Kümmeleckchen gestoßen habe.« Oder: »Er hatte seinen beiden Pantoffeln Namen gegeben.« Oder auch – und wieder meint das Er natürlich den Autor: »Er las immer Agamemnon statt angenommen, so sehr hatte er den Homer gelesen« – übrigens ein Witzmuster, nach dem Freunde und ich ungeniert weitergestrickt haben und das immer noch zur Nachahmung reizt: »Er war so sehr an Politik interessiert, daß

er Vietnam las, statt Vitamin« bzw.: »Er war derart konsumorientiert, daß er Colgate las, statt Golgatha.«
Als Lichtenberg Sätze wie die soeben zitierten niederschrieb, galt Klopstocks enthusiastischer »Messias« als das Groß- und Hauptwerk der Literatur seiner Epoche, sehr zum Mißfallen Lichtenbergs: »Ich lese die Tausend und eine Nacht und den Robinson Crusoe, den Gilblas, den Findling, tausendmal lieber als die Messiade, ich wollte 2 Messiaden für einen kleinen Teil des Robinson Crusoe hingeben. Unsere meisten Dichter haben, ich will nicht sagen nicht Genie genug, sondern nicht Verstand genug einen Robinson Crusoe zu schreiben.«
Heute lebt der gefeierte »Messias« nur noch in germanistischen Seminaren fort, die Sudelbücher aber liegen immer noch auf vielen Nachttischen – kein schlechter Trost für jemanden, der hin und wieder ebenfalls etwas notiert und sich der mit den Jahren wachsenden Anzahl seiner Hefte erfreut: Wenn das mal rauskommt, was da drin steht! Und wenn selbst diese Hoffnung trügt, wenn die Nachwelt den Inhalt dieser Hefte gar nicht oder nur befremdet zur Kenntnis nehmen sollte – auch dann tröstet ein weiteres Lichtenbergwort: »Erstlich glaube ich nicht, daß ich auf die Nachwelt komme, und dann sind ja wir die Väter der Nachwelt und die wird uns gewiß ihren kindlichen Respekt nicht versagen. Ich kann nicht begreifen warum man sich mehr vor ihr als vor dieser Welt schämen soll.«
Lichtenberg kam auf die Nachwelt, wenn auch nicht vollständig. Sein Nachlaßverwalter, der Bruder Ludwig Christian Lichtenberg, drängte Lichtenbergs Verleger Dieterich, ihm die »sämtlichen Schreibereien« des Verstorbenen zuzuschicken, und mahnte zur Vorsicht: »So müssen diese keinem Menschen zu Gesichte gebracht werden.«

Das klingt weniger nach kindlichem Respekt als nach ausgewachsener Furcht, und die Nachkommen Lichtenbergs scheinen sie geteilt zu haben. Denn als der Germanist Albert Leitzmann 1896 den Lichtenberg-Nachlaß im Bremer Haus der Lichtenberg-Enkel aufstöberte, da fehlten drei der über Jahrzehnte verschollenen, bis 1844 jedoch noch komplett vorliegenden elf Sudelbücher, die Bücher G, H und der größte Teil des Buches K, von welchem sich lediglich der Deckel und einige Seiten erhalten haben.

Bis heute darf darüber spekuliert werden, weshalb die Kinder und Kindeskinder den Nachlaß ihres Ahns reinigten. Aus Scham? Um Lichtenbergs Reputation nicht zu gefährden? Um dritte zu schützen?

In der Zeit von G und H seien zwei Liebesaffären Lichtenbergs gefallen, schreibt Ulrich Joost im Katalog der Lichtenberg gewidmeten Ausstellung »Wagnis der Aufklärung«, weshalb nicht ausgeschlossen sei, daß die Familie die Bücher wegen »irgendwelcher Intimitäten vernichtet habe«.

»Aber irgendeine Wahrscheinlichkeit« habe diese Deutung »auf gar keinen Fall« – was war denn dann so gefährlich an den vernichteten Notaten, wenn nicht ihre erotische Brisanz? Die intellektuelle etwa? Die blasphemische? Die satirische? Die komische gar?

So anregend bzw. schmerzlich es sein mag, sich die Qualitäten all der verlorenen Eintragungen Lichtenbergs auszumalen, so tröstlich ist die Tatsache, daß der größere Teil seiner Aufzeichnungen auf uns gekommen und von der Art ist, nicht kindlichen Respekt zu erheischen, sondern reifen Genuß zu bescheren.

Rund 1300 der ca. 8000 Sudelnotate und Schmierbuchnotizen habe ich in *meinem* Lichtenberg-Brevier versammelt, das hoffentlich weder »sanfte Auswahl für den

Hausgebrauch« bietet noch den »Stempel des germanistischen Seminars« trägt. Wortlaut und Reihenfolge der Aufzeichnungen folgen der Lichtenberg-Gesamtausgabe von Wolfgang Promies; sie wurden jeweils vollständig aufgenommen.

»Man sollte Krokodile in Stadtgräben ziehen um ihnen mehr Festigkeit zu geben« – was der möglicherweise gerade die Göttinger Wallanlagen entlangschlendernde Lichtenberg da in einem Geistesblitz zusammensieht und zusammendenkt: das Gefährliche und das Nützliche, das Exotische und das Heimelige, das Aberwitzige und das Denkbare, das Phantastische und das Praktische, das Spekulative und das Anschauliche – diese hochkomprimierte Mischung schien mir derart typisch für ihren Erfinder zu sein, daß sie noch in der verkürzten Form des Buchtitels vom Witz des Verfassers zu künden vermag: Manege frei für Georg Christoph Lichtenberg und seine einzigartigen »Krokodile im Stadtgraben«!